梦 珂

丁 玲 著

中国画报出版社·北京

图书在版编目（CIP）数据

梦珂／丁玲著. -- 北京：中国画报出版社，2015.7

（插图典藏本）

ISBN 978-7-5146-1138-0

Ⅰ．①梦… Ⅱ．①丁… Ⅲ．①中篇小说－小说集－中国－现代②短篇小说－小说集－中国－现代 Ⅳ．①I246.7

中国版本图书馆CIP数据核字(2015)第070962号

梦　珂　　丁　玲 著

出 版 人：于九涛
责任编辑：罗平峰
责任印制：焦　洋
出版发行：中国画报出版社
　　　　　（中国北京市海淀区车公庄西路33号 邮编：100048）
开　　本：32 开（880mm×1230mm）
印　　张：8.5
字　　数：185千字
版　　次：2015年7月第1版　2015年7月第1次印刷
印　　刷：北京通州皇家印刷厂
定　　价：30.00元

总编室兼传真：010-88417359　　版权部：010-88417359
发　行　部：010-68469781　　010-88414683（传真）

关于作者

丁玲（1904—1986），原名蒋伟，字冰之，湖南临澧人，现代女作家。主要作品有：小说《莎菲女士的日记》《水》《母亲》《太阳照在桑干河上》等；散文《五月》《秋收的一天》《风雨中忆萧红》《中国的春天》等。其中，长篇小说《太阳照在桑干河上》获斯大林文学奖。

丁玲1918年就读于桃源第二女子师范学校预科，次年转入长沙周南女子中学。1922年初赴上海，1923年经瞿秋白等人介绍，在中国共产党创办的上海大学中国文学系学习。1927年开始发表揭露旧中国黑暗现实的小说作品。1930年5月，加入中国左翼作家联盟，1931年出任"左联"机关刊物《北斗》的主编，成为鲁迅旗下一位具有重大影响的左翼作家，并于1932年加入中国共产党。1933年5月，丁玲被国民党特务绑架，拘禁于南京。1936年9月，在地下党组织的帮助下，丁玲逃离南京，奔赴陕北，成为到达中央苏区的第一位知名作家，受到毛泽东、周恩来等领导同志的欢迎。

新中国成立后，丁玲曾任中央文学研究所所长、中共中央宣传部文艺处处长、中国作家协会党组书记等职。20世纪50年代，她两次遭受极"左"路线的残酷迫害，下放到北大荒劳动12年，"文化大革命"期间又被投入狱5年。1979年平反后重返文坛。

1986年3月4日，丁玲因病在北京逝世，享年82岁。

女性现代命运的探索者

丁玲(1904—1986),中国现代著名小说家、散文家,原名蒋伟,字冰之,除丁玲外,还使用过彬芷、丛喧、T.L、晓菡等笔名,湖南临澧人。1927年,她在叶圣陶主编的《小说月报》上发表了成名作《梦珂》《莎菲女士的日记》,1930年加入中国左翼作家联盟,参与左翼革命文学运动,创作了《韦护》《水》等"新小说",开始转向对群体命运的关注和书写。抗战爆发后,丁玲组织西北战地服务团,辗转陕西、山西等地,积极从事抗战文化宣传工作。20世纪40年代初,她写出了《我在霞村的时候》《在医院中》《夜》等反映解放区女性命运的小说,引起了广泛的讨论和争议,在随后的整风运动中遭到了严厉批判。1946年后,她深入生活,参加解放区土地改革,创作了反映中国乡村生活巨变的长篇小说《太阳照在桑干河上》,产生了巨大的历史影响。20世纪50年代中后期以来,丁玲开始遭受不公正的压力和批判,被迫停止了文学创作。80年代复出之后,除改写《杜晚香》等关注女性命运的旧作外,丁玲主要从事散文和回忆录写作。

丁玲的小说创作,既有一以贯之的母题,又具有鲜明的时代色彩。一以贯之的母题,是针对从传统生活秩序中挣脱和剥离出来的现代女性,描写她们如何寻找新的生活道路,以及对新的生命形态的探索和思考。鲜明的时代色彩,则是因为丁玲自始至终都在竭力超越个人有限的情感天地,在个人与宏大社会历史事件的亲密关联中来思考女性的现代命运,建构女性在现代性历史语境中的生命新形态。一方面是从传统中剥离出来的孤独"个人",另一方面是纷繁复杂而又波澜起伏的大历史、大时代,丁玲的小说,就诞生并绵延在这两者构成的紧张关系之中。

《梦珂》、《莎菲女士的日记》和《阿毛姑娘》,可以看作在"五四"新文化思潮的影响下,勇敢地冲破了旧观念和旧秩序,在获得自由的同时,又丧失了保护的孤独"一个人",以婚姻和爱情为基石,向着他者,向着不可知的未来伸展出脆弱的生命触角,试图确立自己的生存形态和价值的最初尝试。尤其是《梦珂》和《莎菲女士的日记》两篇小说,大胆、细腻的心理独白,往往容易让读者把小说主人公和现实生活中的作者联系起来。而事实上,我们不妨把这些极端身体化和情绪化的主人公,看作现代性"个人"的存在形态。她们对爱情、对异性极度的甚至是病态的渴求,则是她们对新世界、新生活秩序的渴求。在"五四"新思潮的召唤下觉醒了的孤独"个人",不得不把自己的身体当作唯一可靠的真实存在,试图攀援着自己的身体,把自己摆渡到不可测知的"新世界",进入自由的"新天地"。于是,有了对身体化的异性、对爱情近乎变态的敏感和疯狂。而在连身体化的爱情也变得不稳固、不可靠的情形下,孤独的"个人"被迫折返到自身,死亡就反过来,变成了个体生命的唯一证词。爱情,是丁玲孤注一掷地向"新世界"的生命投射。死亡,则是因这种投射失败后,再次确认"个人"存在及其真实性的强烈信号。前者是丁玲通往"新世界"的舟船,后者是丁玲从坍塌的"新世界"返回自身的救赎之路。这里面包含了一个古老而残酷的隐喻:女人通往神性的道路,是由她的身体铺成的。现代人在把自己从旧制度和旧秩序中解放出来,把自己变成身体化"个人"的同时,也复活了这个生存论隐喻。

就此而言,以革命和爱情之间的纠缠为主题的《韦护》,确确实实构成了丁玲小说创作的转折点。在这部艺术上并不那么成功的小说中，爱情变成了丁玲极力要摆脱和祛除的负面因素。更阔大的，同时也更切实、更有力量的"新世界"，诱惑着、撕扯着丁玲，让她的生命进入了一个崭新的生存领域。从这里开始，对阶级命运的书写和关注，越来越多地代替了对"个人"命运的书写和关注。

　　换个角度，我们也可以说是丁玲以"个人"的命运为隐喻，开始了对更具普遍性和现实性的现代女性命运的整体性思考，"新世界"和"大时代"如何穿透并撕扯"个人"，变成了她小说的新主题。反过来，《我在霞村的时候》讲述了"大时代"怎样以身体为战场，把女性撕裂成两半的故事：一半是符号世界的抗日英雄，一半是现实秩序里的"坏女人"。在《夜》里，符号性的"干部"身份，不知不觉中切入并颠覆了个人欲望，在古老的乡村生活伦理秩序中，生硬地撕开了一个崭新的黎明。

　　但这个黎明，显然只是男性主人公的黎明。那沉默着的女人，会以怎样的复杂的心情，来迎接这个黎明呢？在这个意义上，《杜晚香》可以视为丁玲对这个问题进一步的思考和回溯。在这篇小说里，主人公杜晚香凭借自己的身体能力（劳动力），一步一步挣脱传统秩序的束缚，成功地把自己书写成了"新时代"的符号英雄，彻底实现了中国现代女性的翻身和解放。

　　不过，小说高度的写实色彩和近乎报告的叙述笔调，显然又告诉我们：无处不在的"大时代"，才是杜晚香命运真正的书写者。自始至终关注女性在现代历史条件下的命运及其历史形态的丁玲，最终在这里，把自己的关注和探索，也变成了一个有问题的存在，提醒我们必须再一次回到历史现场，对她曾经思考过、经历过和回答过的问题，做出自己的思考，自己的回答。一如我们每个人都必须用自己的身体，自己的心灵，带着自己全部的感情，来展开自己的命运。

目 录

1 / 梦珂

47 / 莎菲女士的日记

91 / 韦护

205 / 我在霞村的时候

227 / 夜

237 / 在医院中

梦 珂

一

这是九月初的一天,几个女学生在操坪里打网球。

"看,鼻子!"其中一个这样急促的叫,脸朝着她的同伴。同伴慌了,跳过一边,从荷包里掏出小手绢,使劲的往鼻子上去擦。

网那边正发过一个球来,恰恰打在那喊叫者的腿上。大家都瞅着她那弯着腰两手抱住右腿直哼的样儿发笑。

"笑什么,看呀,看红鼻子先生的鼻子!"

原来那边走廊上正走来一个矮胖胖的教员。新学生进校没多久,对于教员还认识不清。不过这一个教员,他那红得像熟透了的樱桃的鼻子却很惹人注意,于是自自然然把他那特点代替了他的姓名。其实他不同别人的地方还够多:如同眼呢,是一个钝角的三角形，紧紧的挤在那很浮肿的眼皮里，走起路来，常常把一只大手放到头上不住的搔那稀稀的几根黄发，还有那咳嗽，永远的，痰是翻上翻下的在喉管里打滚，却总不见他吐出一口或两口来的。

这时他是从第八教室出来，满脸绯红，汗珠拥挤的在肉缝中用力的榨出，右手在秃头上使劲的乱搔，皮鞋也便在那石板上大声的响；这似乎是警告，又像是叹息："唉，慢点呀！不是明天又该皮匠阿二咒我了。"

气冲冲的，他已大步的走进教务处了。

操场上的人都急速的移动，打网球的几个人也就随着大众向第八教室走去。谁不想知道是不是又闹出了什么花样呢。

"是怎么一回事呢？"一个女生抢上前把门扭开。大家便一哄的挤了进去。室内三个五个人一起的在轻声的咕咕着，抱怨着，咒骂着……靠帐幔边，在铺有绛红色天鹅绒的矮榻上，有一个还没穿好衣服的模特儿正在无声的揩眼泪；及至看见了这一群闯入者的一些想侦求某种事件的眼光，不觉又陡的倒下去伏在榻上，肌肉是在一件像蝉翼般薄的大衫下不住的颤动。

"喂，什么事？"扭开门的女生问。但谁也没回答，都像被什么骇得噤住了的一样，只无声的做出那苦闷的表情。

挨墙的第三个画架边，站得有一个穿黑长衫的女郎，默默的愣着那对大眼，冷冷的注视着室内所有的人。等到当她慢慢的把那一排浓密的睫毛一盖下，就开始移动她那直立得像雕像的身躯，走过去捧起那模特儿的头来，紧紧的瞅着，于是那半裸体女子的眼泪更大颗大颗的在流。

"揩干！揩干！值不得这样伤心哟！"

她一件一件的去替那姑娘把衣穿好,正伸过手去预备撑起那身躯时,谁知那人又猛的扑到她怀里,一声一声的哭了起来。

好容易才又扶起那乱蓬蓬的头,虽说止了哭声,但还在抽抽咽咽的喊:

"这都是为了我啊……你,……我真难过……"

"嘿!这值什么!你放心,我是不在乎什么的!把眼泪揩干,让我来送你出去。"

当她们还走不到几步,从人群里便抢上一个长发的少年,一面打着招呼,一面便向她述说他不得不请她慢点走的理由,因为他很伤心这事的发生,他很能理解这事的内幕,所以他想开一个会议来解决这事。同时又有六七个人也一齐在发表他们个人的意见。声音杂闹得正像爆豆一样,谁也听不清谁的。但她却在闹声中大叫了起来:

"好吧,这时你们去开什么会议吧!哼——我,我是无须乎什么的。我走了!"于是她挟着那泪人儿挤出了人众,急急的向教室门走去。

教室里更无秩序的混乱了。

"喂,谁呀?"

"三级的,梦珂。"两个男生夹在人声中也这样的低语着。

以后呢,依旧是非常平静的又过下来了。只学校里再没见着梦珂的影子。红鼻子先生还是照样红起一个鼻子在走廊上蹬去又蹬来。直过了两个月,才又另雇得一个每星期来两次,一月拿二十块钱的姑娘,是代替那已许久不曾来的,上一个模特儿的职务。

梦珂,她是一个退职太守的女儿。当太守年轻时,他生得确是漂亮；又善于言谈，又会喝酒，又会花钱。从起身到睡觉，都耽乐在花厅里。自然有一般时下的诗酒之士，以及贩古董，字画的掮客们去承奉他，终日斗鸡走马，直到看看快把祖遗的三百多亩田花完了，没奈何只好去运动做官。靠了曾中过一名举人，又有两个在京的父执，所以毫不困难的起始便放了一任太守。原想在两三年后再调好缺，谁知不久就被革了，原因是受了朋友的欺骗，在不知不觉中做了一点被牵涉到风化的事。于是他便在怨恨，悲愤中灰起心来，从此规规矩矩的安居在家中，忍受着许多不适意的节俭。但不幸的事，还毫不容情接踵的逼来，第二年他妻子便在难产中遗下一个女孩死了。这是他在十八岁上娶过来的一个老翰林的女儿，虽说也是按照中国的旧例，这婚姻是在两个小孩还吃奶的时候便定下的，但这姑娘却因了在母家养成的贤淑性格，和一种自视非常高贵的心理，所以从未为了他的挥霍，他的游荡，以及他后来的委靡而又易怒的神经质的脾气发生过龃龉。他自然是免不了那许多痛心的叹息和眼泪，并且终身便在看管他那惟一的女儿中，夹着焦愁，忧愤，慢慢的也就苍老了，在那所古屋里。

这幼女在自然的命运下，伴着那常常喝醉，常常骂人的父亲一天一天的大了起来，长得像一枝兰花，颤蓬蓬的，瘦伶伶的，面孔雪白。天然第一步学会的，便是把那细长细长的眉尖一蹙一蹙，或是把那生有浓密睫毛的眼睑一阖下，就长声的叹息起来。不过，也许是由于那放浪子的血液还遗留在这女子的血管里的缘故，所以同时她又很会像她父亲当年一样的狂放的笑，和怎样的去煽动那美丽的眼。只可惜现在已缺少了那可以从挥霍中得到快乐的东西了。

她在酉阳家里曾念过好几年书,也曾进过酉阳中学。到上海来是两年前的事。为了读书,为了想借此重振家声,她不得不使那老人拿叹息来送别她的独女,叮咛又叮咛的把她托付给一个住在上海的她的姑母,他的堂妹。

这天当梦珂把那当模特儿的姑娘送出校后,自己也就跳上一辆人力车。直转了十来个弯,到福熙路民厚南里最末的一家石库门前才停了下来。开门的是个三十多岁的娘姨,一见梦珂便满脸堆下笑来,仰起头直喊:"小姐,小姐,客来咧!"楼窗上便伸出一个头来:"谁呀?梦妹,快上来!"

这是梦珂最要好的朋友匀珍。她俩在小学,中学都是同在一块儿温书,一块儿玩耍。当梦珂到上海不久,匀珍的父亲也把匀珍同她的母亲,弟弟一股儿接到上海来了,自然是因为他的薪水加多了的缘故。自匀珍搬来后,梦珂也就照例的每星期六来一次,星期天下午才又回校。至于她姑母家里却要间三四个月才去打一个转。所以她来上海两年了,还不很能同表姊妹们厮熟,而匀珍家却已跑得像自己家里一样。

匀珍是正在替她父亲回一封朋友的信,听着门响便问梦珂今天怎么会有空来,是不是学校又放假,并请她坐,还接着说:"只有两句了,等一等好吗?"及至没听到答声,于是赶忙丢下笔,一面把头抬起:"不写了。怎么,你,你不舒服吗?"

梦珂始终沉默着。

"哼,不知又是同谁怄了气。"照经验是瞒不过她,只要一猜便猜中,心里虽说已明白,口里却不肯说穿,只逗着她说一些不相干的闲话。

把脸收到手腕中靠在椅背上去了,是表示不愿听的样子。

明白这意思，又赶快停住口不说。

匀珍的母亲也走来问长问短，梦珂看见那老太太的亲热，倒不好意思起来，也就笑了。到晚上吃面时，老太太看到那绿色的，新擀的菠菜面，便不住的念起故乡来。是的，酉阳的确不能拿上海来相比。酉阳有高到走不上去的峻山，云只能在山脚边荡来荡去，从山顶流下许多条溪水，又清，又亮，又甜，当水流到悬崖边时，便一直往下倒，一倒就是几十丈，白沫都溅到一二十尺，响声在对面山上也能听见。树呢，总有多得数不清的二三个人围拢不过来的古树。算来里面也可以修一所上海的一楼一底的房子了。老太太不住的说，匀珍的父亲捻着胡子尽笑。毛子，匀珍的弟弟，却忍不住了：

"酉阳哪里有这样多的学校呢，并且也没有这样好……"

老太太还自有她的见地。本来，酉阳是不必有那样多学校的，并且酉阳的圣宫——中学校址——是修得极堂皇的，正殿上的横梁总有三尺宽，柱头也像桌子大小。便是殿前的那一溜台阶，五六十级，也就够爬了。"哼，单讲你那学校的秋千，看是多么笨，孤零零的站在操坪角上，比起我们祠堂里的来，像个什么东西！未必你们忘记了？想想看：好高！从那桐子树的横枝上坠下来，足足总有五六丈，上面的叶子，巴斗大一匹匹的，底下从不曾有过太阳光，小孩子在那里荡着时，才算标致。你大哥在时，还常常当打到东边就伸手摘那边杈过来的桂花，只要有花，至少也可以抓下一把来，底下看的人便抢着去捡花片。匀儿总该记得吧！"

匀珍眼望着父亲，含含糊糊的在答应。

梦珂因此却涌起许多过去的景象。仿佛自己正穿着银灰竹布短衫，躲在岩洞里看《西厢》。一群男孩子，有时也夹些女孩在外边溪沟头捉螃蟹，等到天晚了，这许多泥泞的脚在洞外便跑了过去，她也就走出洞来，趁着暮色回去。幺姑娘——看名称总够年轻吧——小孩们有时是叫幺妈的，这幺妈是曾在她家做过三四十年的老仆，照例是坐在朝门外石磴上等着她。

"快进去，爹在找你呢！"

先要把书塞给幺妈，是怕爹看见了骂人。爹一听到格扇门响，便在厢房里问道：

"是梦儿吧，怎么才回来？"

于是幺妈就忙了起来，喊三儿——幺妈的孙女——去给姑儿打脸水，四儿去催田大的饭，自己就去烫酒，常常把酒从酒坛里舀出，没倒进壶里去，却漏满了一地，直到喝的时候，才知道是个空壶，父亲和梦珂都大笑，三儿四儿也瞅着奶奶好笑。被笑的就不快活，咕着嘴跑到外面坪上去唤鸡，三儿才又舀一壶酒来烫着。

喝酒的时候，两人便说起梦话来。父亲只想再有像从前的那么一天，等到当日那般朋友又忘形的再向他恭维的时候，然后自己尽情的去辱骂他们，来倾泻这许多年来所尝的人情的苦味……梦珂只愿意把母亲的坟墓修好，筑得正像在书上所看见的一样，老远便应排起石人、石马，一对一对的……末了，父亲发气了，专想找别人的错处好骂人。有时态度也会很温和的，感伤的，把手放到他女儿的头上，摸那条黑油油的长辫子，唉声的说："梦，你长得越像你母亲了。你看，你是不是近来又瘦了……"梦珂于是便把手遮住眼睛，靠在父亲的膝盖上动也不动。

一到雨天，梦珂便不必上学校去。这天父亲就像小孩般的高兴，带着女儿跑到花厅上——近来父亲一人是不去的——去听雨。父亲又一定要梦珂陪他下棋，常常为一颗子两人争得都红起脸来，结果，让步的还是父亲。

想到父亲绯红着脸只朝着她抢棋子的样儿，她不觉得微笑了。匀珍轻轻推了她一下："笑什么？"

望着匀珍更兀自好笑。那梳双丫髻的匀珍的影儿在眼前直晃。还有王三，袁大，自己二伯家的二和大，几人在一块时，总喜欢学那些男孩子跑到后山竹园里接竹尖。常常自己接到半路便在一棵大树上溜了下来，却窜到桃树上去，并且捡起大桃子去打匀珍的丫髻。尤其好欺侮猪八戒，这是她给袁大的浑名，但袁大却顶同自己要好。这自然是因为又常护着她的缘故。顶有趣还是瞒着幺妈偷一篮笋头，几人跑到山嘴上一棵大松树下烧来吃。捡毛栗，耙菌子……现在想起这些来，都像梦一般了。还有那麻子周先生，讲起故事来多么有味，胡子在胸上拂来拂去的……

越想越恍惚，什么事又都像明确在眼前一样，连看牛的矮和尚，厨房田大，长工们也觉得亲热了起来……

最可忆的，还是幺妈，三儿，四儿……爹爹的铁青缎袍，自己的长辫，银灰竹布短衫……

刚剩她和匀珍两人时，她便把脚伸到匀珍的椅栏上去，先喊了一声"匀姊！"

"梦，想起什么了？"手慢慢伸过去，握着。

"匀姊！"

"……"只把手紧了一下。

"我厌倦了学校生活。"

"果然是同人怄了气。"口气还是不说出,只默默的望着她。

"我想回去,爹一人在家,一定寂寞得不像样……还有袁大她们都要念我的。"

匀珍心里却想:"你也常常忘记了你爹的。哼,袁大,人家都快有小孩了,谁还会同你玩……"

及至她听了匀珍劝她不要回去的许多话,她又犹豫不决。真的,现在回去是再也没有人同她满山满坝的跑,谁也不会再去挡鱼,谁也不会再去采映山红。至于爹呢,现在有五叔家两个弟弟搬到这边来念书,想来也不会很寂寞。么妈也还康健,三儿,四儿想都长大了——但,但是……学校呢……

想到这里,忍不住又愤怒起来:

"匀姊!无论如何我是不回学校去。"

于是她诉说:怎样那红鼻子当大众还没到的时候欺侮那女子,那女子骇得乱喊乱叫,怎样自己听见了跑去骂他,惹得那人恼怒了她,反在许多人前面去诬蔑她,虽说那许多同学都像很能理解她,但那无用,那冷淡,那事过后的奋勇,都深深的伤了她的心。她真万分不敢再在那里面住下去。无论如何得换个学校也比较好点。

两人商量了一夜,还是决定得先写封信告诉姑母,她们在上海住得久,对于学校的好歹也知道些,并且早先进这个学校,也是姑母的意思。

二

第二天下午从弄巷口上,车铃马铃便一路响了进来,这是姑母来接梦珂的车子。表哥晓淞亲自也来接她。这是一个刚满二十五岁的青年,从法国回来还不到半年,好久以前便常常在杂志上看到他的名字,大半是翻译点小说。这天穿灰哔叽袍,非常谦卑的向匀珍说了几句感谢的话,便扶着他表妹跳进马车。穿制服的马夫把缰绳一紧,马便的得的得的走了起来,铃声又不断的响出去。弄巷两边门里的妇女都随着铃声半开着门来瞧。车刚走出了里门,表哥便起始向她送过许多安慰的话;她写给她姑母的信,是被大众都看了,并且都能理解她,同情她,欢迎她去。"你是知道的,我家还住得有四个顶有趣的朋友。"最后他又称赞她的信写得非常之好,满含有文学的意味,令人只想一口气读完,舍不得放下,完了时,又希望还能再长点就好。

这是她初次听到这样不伤雅致的赞语,想起在酉阳中学时,那些先生们的什么"……如行云流水……"过火的批语,以及喊给别人听的"第一名"的粗鲁声音来,这真是使她不觉的眨起那对大眼惊诧的望着表哥。于是他也望着那浓密的睫毛惊诧起来:"呵,竟还有如此的一双美丽的眼呵。"

马车走进了大门,便慢慢的跛着,绕过一大片草地,在台阶边停下。楼上凉台上有个黄毛小头伸出来在喊叔叔。走廊上也正走出来表姊:

"我刚想总该到了吧。"

微微的又感到了些不安,当自己被一种浓艳的香水,香粉气紧紧的拥着时候,手指不觉的有点跳动在另外一只柔腻的纤手中。

客厅中有个乱发的男子,穿一件毛织的睡衣,蜷在屋角里的一张沙发上。

梦珂认得他。他还是她在小学时一个上一级的男生。是如何的顽皮呀，常常被先生扣留着要在吃晚饭时才准回家的一个孩子。

她把头侧过去，注视的想考察那一张已不像从前肮脏而是洗得干干净净的脸。

"呵……是……"当他忽然认识出她是谁来的时候，嘴里如此结结巴巴的喊着，杂乱的短发便在沙发上鲁莽的摇了几下。但表姊已携着她的手走出了客厅的门。表哥才走过去拍着他的肩：

"喂，好了些吗？"

在屋后的走廊上才找着姑母，一个已正在稍微发胖的四十多岁的太太，打扮得还很年轻。头顶上已脱了一小撮头发，但搽上油，远看也就看不出什么，两边是拢成髯头形，盖住一大半耳朵。拖着一幅齐脚的缎子长裙，走路时便会发出一种缧缧沙沙的响声。这时候是刚在厨房里吩咐怎样做玫瑰鸭子转来，微带点疲倦，把眼皮半垂着，躺在一张摇椅上，椅子便在那重的身躯下缓缓的，吃力的摇着。走廊的那端，有四个人围着一张小圆桌在玩扑克。

梦珂一看见姑母，却装成快乐的样子一路叫了进来，这大约是由于她明白，她懂得她父亲的嘱托，懂得自己一人独自在上海时，一切是必得依着姑母的话，虽说自己是只想暂住在匀珍家里。

姑母也给了她许多安慰的话，要她不要着急，等明年再去考学校，这里伴又多。就是要练习图画时，等下还可以给介绍一个教员呢。

大表哥两口子早就丢了扑克跑过来。表嫂非常凑趣,接着说:"可不是,我们家又更热闹了呢,(扭过头去)哼,杨小姐!我可不希罕你,你尽管回去。"接着又得意的笑。那穿黄条纹洋服的少年,从桌边踱过来也附和着笑。

可是杨小姐呢,正狂热的在摇着梦珂的手,并把左手抱着她的肩膀:"呵,梦妹,梦妹,好久不见你了呵……"

这热烈的表示,又微微的骇了她一下,但竭力保持那原有的态度,"呵,是的,好久不见了,是的……"于是又张开那惊疑的大眼望着。

表姊给她介绍了那学经济的学生,那穿黄条纹洋服,戴宽边大眼镜的。挺着那高大的身躯,红的面颊上老是现着微微的笑,不待听他说话的腔调,一眼便可认出这正是个属于北方的漂亮的男子。

不久行李也从学校搬来了。梦珂独自留在特为她收拾出的一间房子里,心旌摇摇的站在窗台前,模模糊糊的回想适才的一切。客厅,地毯,瘦长的花旗袍,红嘴唇……便都在眼前舞蹈起来。为想故意去打断这思想,把手撑在窗台上,伸着头去看楼外的草坪:阳光已跑到园的一小角上去,隔壁红楼上一排玻璃窗正强烈的反射出刺目的金光。汽车的喇叭声,不断的从远处送来。及至反身来,又只看见自己的两只皮箱凌乱的,无声的,可怜的摊在那边矮凳上,大张着口呆呆的朝自己望着。于是她不觉的又倒在靠椅上。一双手便盖到脸上去,忐忑的心又移到了那渺茫的将来。

夜晚,她更是不能安睡的辗转在她的那张又香又软的新床上,指尖一摸触到那天鹅绒的枕缘,心便回味到那一切精致的装饰,漂亮的面孔,以及快乐的笑容……好像这都是能使她把前两天的一场气忿消失得净尽,而只醉一般的来领略这些从未梦想过的物质享受,以及这一些所谓的朋友情谊。但,实实在在这新的环境却只扰乱了她,拘束了她,当她回忆到自己的那些勉强装出来的样子,做得真像是非常自然的夹在那男女中笑谈着一切,不觉羞惭得把眼皮也润湿了。过后才又拿起许多"不得已"的理由,算是来宽恕了自己被逼迫做出来的那些丑态,但暗地里却不敢真的便把那一点愧心放下。如此的翻来覆去,好半夜都不能睡着。真的,想起那自由的,坦白的,真情的,毫无虚饰的生活,除非再跳转到童时。"难道这里来的人都是不坦白,不真诚……"最后只好归怨到自己。为什么自己不忠实的来亲近这里所有的人。

"他们待我都是真好的……"在这样默念中,才稍稍含了点快意睡觉去。

的确的,这家里是谁也都欢迎她的。第一是表姊提议到她的那件黑线呢长袍样式已过时,应当还长些,并且也大了,衣料更觉得太粗,所以第二天一清早便把自己刚做好的一件咖啡色纽约绸的夹袍送来。她怕过分拂了别人的好意,虽说她一走路便感觉到十分不适意那窄小的袍缘,蟋缚的绊着脚背,便是那质料的柔滑,光泽也使她在人前时会害羞得举止倒呆板起来。尤其当她忘记了快走时,那珠边很鲁莽的就碰在桌边或门缘,她又得急速的改变那走路的姿势,心就去惦记着那珠子总得又碰碎了几颗。

澹明,一个专门学校的图画教员,在她来的第一个晚上便得知这正是一个在学习绘画的女子,并且那明眸,那削肩又给了他许多兴趣，也就清理了几本顶好的是从法国带回来的裸体同风景画给她。她自然非常珍贵的拿来放在特为她安置的写字台上，以便无事时翻来看。

　　白天常常同表嫂陪姑母谈话，当表姊们上学去时。后来又在她们处学会了扑克。倦了就找丽丽（表嫂的三岁的女儿）玩。晚上多半躺在床上把在晓淞处借来的几本小说从头到尾的细看。晓淞又特买了一盏杏黄色小纱灯送她，这是正宜于放在床头小几上的。

　　时光是箭一般的逝去。梦珂的不安也就随着时光逝去。慢慢也就放心放胆的过活起来。自然是比较又习惯了些这曾使她不敢接近的生活。

　　晚餐后是一天顶热闹的时候，大家总得齐集在客厅里，那学经济的北方先生便放开嗓子唱起皮黄来。醉心京调的杨小姐和表姊也就打起尖锐的小声跟着那转折处滚。晓淞同澹明常常述说着巴黎的博物馆，公园，戏院，饮食馆……梦珂总是极高兴的听着，有时也插进些问话。自己又存心的靠近那幼小时的同学坐着，希望能又找到一个可以重复再谈着过去的一些乐事的人，当又没有同匀珍在一块的时候。在第四夜这谈话终于开始了。

　　"我想你会不很记得了，我是和梦如同班，在酉阳县立高小时。"

　　"怎么，会不记得你，'丙丙'！"

　　"早就不叫这个名字了，'雅南'，是在中学时就改了的。"不好意思的笑里又微露出一点被人不忘的得意。"近来梦如她们呢，还好吧？"

　　"我大姊吗，前年就嫁到秀山，近来二伯母一想起她时就哭。你是几时来的呢？"

"上月才从南京到这里，病了学校不好住。如果我早知道你也在上海，又同他们有亲，那我早就去访你了。亲，如若不是为了也有这芝麻大点亲时，我也不会住在这儿，也不会遇见你……"

于是每夜他们总坐在一张长靠背椅上讲着五六年前的一些故事，但当雅南有点讽刺的影射到这家里某人时，梦珂便把眉头一蹙："呀，九点半，我要去休息了。"或者便惊讶的问着："表姊呢？表姊在哪儿呢？"于是站起来离了客厅。雅南微微感到失意的把头又缩进睡衣点，蜷成一团，默默的听其余的人谈音乐，跳舞，戏剧，电影……等到大众要散的时候，他才一步一步拖回自己的房去。

很明显的，表姊是不喜欢雅南。有一天晚上，当她刚离开客厅的时候，表姊便也随着她出来。一手附着她的臂膀，两人并排的踏上楼梯。

"梦妹，怎么你们会说的那样亲热？"语调里似乎含有冷冷的讥讽。

"他是住在我们对门山上的。小时就同学。"

"老说老说从前，也无味吧。梦妹，你可以去同澹明谈谈，他真是一个有趣的人。"

"我自然也是喜欢同他谈话的。"

表姊把她送到房门边，依旧又很快乐的向她说着："明天见。"

过了几天，她听了她们的怂恿，在澹明处拿了许多颜色，画布，开始学起涂油来。常常整天躲在房子里照着那些自己所爱的几张画模仿着。或涂着那从窗户里看见的蔚蓝的天空，对门的竹篱，楼角上耸起的树……末后，费了四个钟头才画好一张，也是从窗户里望见的景致，是园里的一角，在那丁香花丛中搬来了屋后那草亭，前面的草坪中，丽丽正在玩一个大球。自己看后觉得还满意，于是就去送给表姊，杨小姐就抢去给楼下大众看。澹明第一个便说："好呀。"晓淞也给她许多鼓励的话。于是她仿佛也惊异起自己的天分来，从此更努力的作画，并且也不再像先前只躲在自己房里画画窗外的景致，或又画画自己的手和脚了。

晓淞又送来许多画具和颜料。还有一个极精致的画架，配上一个三角小凳。这自然更能加增她出外写生的兴味。晓淞又欢喜陪她，澹明也常常往学校请假。三个人便坐车到野外去，有时也画一两张，有时因为谈话谈得太起劲，忘了画，尽把带去的一些罐头牛肉，水果，面包，酒……吃完就回来了。但这个小小的旅行却始终很有趣味。澹明既是具有那天生的活泼和滑稽，表哥又是如此的温雅，体贴周到得像一个慈爱的母亲，而梦珂真的便显得非常天真非常幼稚，简直像一个小妹妹的样子了。

如同有一次，她正在晓淞房里帮表哥换金鱼缸里的水，只听见隔壁房里大嚷大闹。丢了金鱼冲到澹明房里去，看见那学经济的朱成红着脸在嚷要回棋。澹明呢，紧揝着那颗"车"笑，硬不给回。后来还是听了她的调停，把"车"还给朱成，但说定以后是不准再回的了。于是她也坐下去。棋又开始走了；先走得都很平稳，过后因为澹明想吃将军，把"马"放过去，却不知正走进人家的"马"口。朱成也没看到，还以为自己危险，想了半天才叹了一口气把"将"偏了一步。澹明还想再去走"马"。猛不防梦珂伸出一只左手把澹明的手压住，右手便把朱成的那个"马"吃了。口里直叫"将军，将军！明哥莫动，我替你走。"朱成知道自己忘记吃人家的"马",反给人家把"马"吃了,并且自己的将军只能又退回来,如果对面的一颗"车"再逼下来,这盘棋便算完了,于是又嚷着要回。梦珂却已把棋子和乱了,纵声的笑起来,澹明也附和着这得意,并且很放肆的望着她,还大胆的说了一些平日所不敢说的俏皮话,反使得她有好几天局促的不敢去亲近他。但不久也就又好了,因为她愿意自己再小孩一点;而他呢,也愿意装得更坦白一点,更老成一点。

又是在一个下棋的晚上。她是正坐在澹明的对面,晓淞是斜靠拢她的椅背边坐着,强要替她当顾问,时时把手从她的臂上伸出抢棋子。当身躯一向前倾去时,微弱的呼吸便使她后颈感到温温的微痒,于是把脸偏过去。晓淞便又可以看到她那眼睫毛的一排阴影直拖到鼻梁上,于是也偏过脸去,想细看那灯影下的黑眼珠,并把椅子又移拢去。梦珂却一心一意在盘算自己的棋,也没留心到对面还有一双眼睛在审视她纤长的手指,几个修得齐齐的透着嫩红的指甲衬在一双雪白的手上。皮肤也像是透明的一样。莹净的里面,隐隐分辨出许多一丝一丝的紫色脉纹,和细细的几缕青筋。澹明似乎是想到手以外的事了,所以总要人催促才能动子。看样子还以为在过分的用心,而结果是输定了。于是她高兴的掉过脸去,"讲的不要你帮!二表哥,是不是我进步了?你看他老输!"表哥照例是表同意的无声的微笑。输的也高兴,又竭力的去夸赞她。

棋还没下完时,杨小姐同表姊手牵手的走了进来。

"看我,梦妹!"杨小姐一进门便嚷。

"呵,美透了!"澹明走去便把右手伸给她。还在那一束鸵鸟毛上嗅起来,这是在那一顶金色软帽上垂下的。嘴里不住的又在赞美那随着进来的香气。

梦珂是并不称许那一套漂亮衣服的,尤其是那件大红小坎肩,多么刺戟人的颜色呀!袍子也嫌太花,反不如表姊的那件玄色缎袍,只下边袍缘上一流织就的金色小浪花。但她却不得不慷慨她的赞谀,但又不知应如何说才惬合。过了半天只好也重复的学着别人:"呵,美透了!美透了!"眼睛便又放到那颜色太不调和的脂粉的面孔。

"梦妹!这是大哥提议,也是他做东,据他交易所的同事说,那新世界的黑姑娘的梨花大鼓,是如何的了不起。去,快换衣服去,你看他今夜回来得多么早!"

"不,"毫不思索的便回答了,这是因为她一听到"新世界",便连想到过去的一幕:是刚到上海没多久,同着几个同学去玩,曾受窘于一群挤眉弄眼的男子。

懂了梦珂眼光的问询的晓淞,微微的笑着,退到一张躺椅上去看书,是表示不愿出去的意思。表姊接着再要问时,杨小姐已一手拖着那还在迟疑的澹明折转身子走了:"好,他们不去的!我们找'睡虫'去。"

大表哥亲自又来一次,但梦珂已上楼去了。

朱成已被他们吵醒,在睡眼惺忪的忙着洗脸。

从窗子下面传来汽车的喇叭声,知道大众已经走了。梦珂觉得有点烦闷,把袍子脱下,便走到凉台上去吹风。这是二十九日,月亮还没出来,织女星闪闪的在头上发出寒光。天河早已淡到不能揣拟出它的方向。清凉的风,一阵一阵飘起她的头发。这沉寂的夜色,似乎又触着她那无来由的感动,头是慢慢的低下去,手心紧紧的按着额头,身体也便无力的凭靠着石栏。

在这时,表哥无声的走上凉台。

"着凉,梦妹!"手是轻轻的附着她的臂膀。

看见了星光下的两颗亮晶晶东西在那双自己所爱恋的黑眼睛里闪耀,忍不住便紧紧的握住那另外的两只手。

梦珂反更张大起一双大眼望着表哥笑了起来。

两人挟着又走进屋里去。

表哥坐在一个矮凳上看梦珂穿衣。在短短的黑绸衬裙下露出一双圆圆的小腿,从薄丝袜里透出那细白的肉,眼光于是便深深的落在这腿上,好像还另外看见了一些别的东西。及至梦珂穿好了袍子时,他却狠狠的懊悔着适才自己不该催促她穿衣。这件宽袍直把腰间的曲线也给遮住。因为这样倒不能不称许女人的袍子是应当要瘦小点才好。

"我不喜欢这样,你痴痴的在想什么?"

毫不会感到困难,立刻他便想好了回答:"梦妹!我是在想你——想你会不会答应同我去看电影。今晚,卡尔登演映《茶花女》……"

三年前梦珂便曾读过这篇杰作的翻译本,那时还曾洒过几次可笑的眼泪,既然现在正有这影片,为什么不去看?高高兴兴的倒催晓淞去换衣。

走到楼梯边时,听见丽丽在哭,跑到丽丽房里,只见表嫂也红起眼睛,丽丽倒在小床头放声的哭,小手小脚不住的在空中蜷缩,表嫂看见梦珂,才抱过丽丽来,说是丽丽有点肚子痛。丽丽睡到了母亲怀里,哭却停止了,但听见母亲扯谎,便又使劲的用拳头捶着母亲的胸脯。梦珂邀她同去看电影,她始终却说为了丽丽的保姆不在家而辞谢了。

梦珂又去找雅南,据听差说,一吃过晚饭南少爷就早走了。

因此只剩了她和表哥,两人便走往飞凤车行去雇车。

到卡尔登时,影片已开映了。由一个小手电灯做引导,梦珂紧携着表哥一只手,随着那尺径大的一块光走去,直到侧面最末的一间包厢才算空着。表哥让她坐好后,自己也就轻轻移动了一下那小软椅才靠紧她坐下。这时幕上正映着一个胖子,穿一件睡衣在飞机上翻来翻去。飞机又一时横过海面,一时又掠过高山,后来便在一座城市上打旋。梦珂心里正在疑惑,这又是什么呢,恰好表哥便凑过头来悄声的说:"还好,正片还没开始呢。"梦珂懒得去看那胖子,拿眼睛便去搜索别的可看的东西。几盏小灯隐隐的在那音乐台上的蓝色纱幔里透出。上排和楼下望去尽是模模糊糊的显出密密人头的线条。隔壁包厢不时送过一阵阵的香味。背后有个人发出小小的嘘声,正谐和着那音乐的节奏,还不时用脚尖蹴出那拍子。

当刚映到那拖黑色长裙的女人出现在石阶梯上时,梦珂便专精注神的把眼光紧钉在幕上,一边体会着从前所看的那本小说,一边就真真把那化身的女伶认作茶花女,并且还去分担那悲痛,像自己也是陷在同一命运中似的。

有时也会感到旁边正有一个眼光也紧钉着她时,便伸过手去。

"真动人!看呀,表哥!"

"是的,真动人!"这是她不能体会出那言外的意思的一句答语。

正是她看得有味的时候,忽的那音乐便停止了,灯球也燃了,强烈的光四射着,这是休息的时候。表哥便问她要喝点咖啡啵,她只默默的摇动一下头,神经里还在晃着那修眉,大眼,瘦腰,那含愁的笑容,舞态……

表哥已从拥挤的走廊中走出外面了,因为这电影院中沉闷的,昏热的空气实苦了他,在他那已被激动的感情上加了许多苦痛。他是知道得很清楚,在一个还不很了解风情的女人面前,放肆了是只会偾事的。

食堂里挤进许多人和小孩,卖糖果和卖香烟的地方顶热闹。

没有走动的一些男人,便从座位上站起来,伸长起颈项在找他们的朋友,其实眼光却又正在追随一些别的,哪里肯给遗漏掉一个女人的影子呢。

女太太们总喜欢几人把头凑在一处,悄声的去评论隔座太太们的装饰,眼光也常常从发边漾过去瞟一下比较漂亮些的男人的面孔。有的又正朝着小镜在搽粉,或拢整颊上的短发。

梦珂隔壁包厢里,有一个意大利女人正和几个有须的男人在大声的笑,惹得周围便给吸去了许多眼光。一只大手直放到挨梦珂的厢壁上,指上夹有一枝香烟,并戴有一个宝光四射的戒指。

表哥走回时,在障着的铜栏边,还在向远远的一个人告别。

继续的又开映了。她竟在伤心处流下泪来,等不到演完,站起来就朝外走。表哥随着她上了汽车。她默默靠在他伸过来的一只手上,腰肢便轻轻的给那只手围住。两人都无言的在咀嚼那,沉醉那各人所感动的。

车刚停住,她就跑上自己的屋里了。

这时小马车也停在台阶前的柏油路上,是姑母刚从李公馆吃寿酒回来。满屋依旧静悄悄的。逛新世界的,怕不是正在劲头上呢。

晓淞去陪着母亲闲坐,讲讲那些拜寿的客人,以及那些铺张,酒,戏……还和今夜的电影。看见母亲的眼皮睁不起时,便退出来,这时自己的神志却很清醒了,想起梦妹只觉得孩气可笑;连自己适才的许多昏迷思想,动作,也只能让自己来暗自发笑,并怀疑,但梦妹的确算得可爱的,于是又细想那自己所赞赏的一些美处。

"……这都是只要我愿意便行的!"

想到这里,不自觉的现出那得意的微笑,脱下衣服,安安稳稳的去睡在那软被里了。

梦珂这时正回想到那电影,简直是爱上那幕上的女伶了。那些剧情和许多别的配置都忽略过去,单单只零星的记牢了那女伶的一颦一笑,还和那仿仿佛佛的一种可悲的身世,这身世也只是那女伶的。于是便又去记忆那女伶的名字,但总记不起,想下楼去问表哥,又怕别人已睡觉,只好留在明天再打听,以便将来一有这可爱人儿的片子便去看。

翻来覆去,老是睡不着,披起一件衣服便又捡出骨牌来过五关,但牌还没有和好时,心似乎又想发气,手一送,许多牌便跳到地上去了。回头看见圆桌上还有好几个苹果,便又把那小高脚盘移来书桌上,一边吃,一边像想什么的把眼注视到灯罩,慢慢等把三个苹果吃完后,从抽屉里拿出一个红色金边的袖珍本,翻到没有字的一页上,拿钢笔细细的写下去:

> 我淡漠一切荣华,
> 　却无能安睡,在这深夜,
> 　　是为细想到她那可伤的身世。

……

还要写下去时,但已听到楼梯上的杨小姐的喊"梦妹"的声音,忙忙乱乱关了灯,溜到床上装睡着。

"就睡了吗?梦妹!"

这时同表姊两人都已站在她房门口,外面走廊上的灯光正射到她两人的身上,梦珂眯着眼睛清清楚楚的看见她们。她们没有听到回声,随手又把门带关走了。梦珂独自好笑,默想若不如此装睡,恐怕又要惹出许多麻烦呢。

隔壁的两人也睡不着,尽谈着那黑姑娘的相貌,声音,还有那戏,顶有趣的要算那开始的"打花鼓",那丑角的一些唱词,并且常常还夹上些英文。于是杨小姐学着那声音唱起来,什么"Sorry sorry 真悲伤……"表姊也学着唱:"那个miss也不想……"的等等从"打花鼓"中听来的小调。

"嘿,姊!听你唱的些什么?多么丑!"

"这是学别人的。"

"其实那里面还有许多都是骂女人的,那丑角也真惹厌!"

两人尽着咕哩咕哝,在梦珂却像催眠一样,慢慢的也就睡着了。

天气已一天冷似一天,梦珂看见自己的旧棉袍已不暖和,想另做一件新的,并且那紫花洋绸的面子,和蓝大布罩袍,都有点害羞拿出来。表姊们出去时都披上斗篷了。自己只想能花五六十元做件皮袍也好,凑巧,父亲在这几天竟一次汇来三百元,是知道她已住在姑母家里,怕她要用钱,特赶忙把谷卖了一大半,凑足了寄来的,并说这必得等第二年菜油出脱时才能有钱来,但决不会多……

她邀表姊同去买衣料，但表姊硬自作主替她买了一件貂皮大氅，两件衣料，和些帽子，皮鞋，丝袜零星东西，一共便去了两百四十五元。表姊还在挑剔那些东西的坏处；后来又只得把自己的许多好的手套，香水……送给她。梦珂还有点难过，当想到父亲时，及至一看钱所剩已不多，便请姑母辈吃了一餐大菜。

如此一天一天的玩上来，梦珂竟把匀珍忘了。还是雅南问着她时，才记起已是四五个星期不到民厚里了。要去时又被雅南留住，因为雅南已决定第二天便动身回学校。于是在这晚上，他给了一个深深的印象在这还不很见过世面的女子心上。

当他两人从半淞园出来时，天已黑了，雅南是这样对她说：

"我介绍两个顶有趣的女朋友给你好吗？她们都是中国无政府党员。"

她不懂什么是无政府党，却也答应了。

"她们都很了不起，你可以多亲近点她们，她们将告你许多你不曾知道的事和许多你应做的事。"

"真有这么一回事吗？那我们走吧！"

在一个黑弄里踅入，走进一间披满烟尘的后门，从房里传出来一阵又粗，又大，又哑的歌声，厨房里有个十五六岁的小厮在低着头吃饭，爬满桌上灶上的是许多偷油婆。雅南已走进客堂门。梦珂在自来水管边窗前，望清了房里，那儿正有两对男女在，歌声便是从那睡在躺椅上的男人所唱出，他的半身又已被一个穿短裤的女子压着，所以那粗声中还带点喘。书桌前面的那一对，是搂抱住在吸纸烟。梦珂正不知应如何时，雅南已又回转来在等她，一边大声的喊着一个外国名字，这是梦珂所不懂的。于是客堂里的灯光亮了，四个男女从门边跳出来。那穿短裤的女人双手握住了雅南,用力的摇,口里便不断的"同志,同志!"的叫喊。雅南也竭力的回敬,手既不得空,只好扭过脸去接受了另外那个麻脸女人的一个用力的大吻。雅南替她介绍时,她已被这些从未赏鉴过的这样热情,坦直,大胆,粗鲁而又浅薄的表情骇呆了。支持着自己,又只好机械的轮流握着那伸来的手。及至看见了那只遍生黑毛的大掌时,忍不住抬起目光来,啊,这就是那唱歌的人;一对斜眼!看样子,雅南还最钦佩他似的。

堆满一桌子的尽是些传单,报纸,梦珂走拢去假装着看。耳里忽然听得那斜眼人说什么:"……明天开会时,自然可以通过。不过,曾做过什么运动没有?"

"有的,学生运动,在酉阳中学时。"是雅南的声音。

梦珂奇怪了,张大起眼睛望着雅南,意思是问:"见鬼哟,难道你们说的是我吗?"

雅南回答她一个鬼脸。

斜眼的于是折向她来:

"来上海不久吧?"并不等待别人的答话又接下去:"你可以常常来此地谈,这位就是我们所称呼的'中国的苏菲亚女士'。真值得再握一次手的。"有一只眼睛似乎是望到那穿短裤的。那黄毛女子呢,是正缠着雅南,要他替她预备下星期开市民大会时用的演讲稿。听到这里在说"苏菲亚",跳过来又攀着梦珂说话:

"下星期我准去约你。无论我是怎样的不得空。你看,有许多工作都未曾做,单说传单就有这么多,这还只十分之一呢!"

梦珂不懂雅南的扯谎,以及这几个男女所发出的那些所谓工作的意义,于是当他们几人在清检小旗杆时,偷偷的溜了出来，在鹅石的马路上急急的走着，连头也不敢回过去望一望，是怕雅南来追。

第二天为想躲避雅南，一清早便往民厚里去了。但民厚里已非早先的可留恋！一进门便听了许多似责备的讥讽话。她只好努力的去解释，小心的去体会。但匀珍总不肯转过她的脸色来。单单为那一件大衣，总足够忍受了四五次的犀锐的眼锋和尖利的笑声，因此反使她觉到曾经轻视过和还不曾施用过的许多装饰都是好的。为什么一个人不应当把自己弄得好看点？享受点自己的美，总不该说是不对吧！一个女人想表示自己的高尚，自己的不同侪属，难道就必得拿"乱头粗服"去做商标吗？……她忍不住回报了匀珍几句才回来。

虽说后来匀珍曾向她又修好过，但她一半为负气却没复信。一个冬天尽陪着这几个漂亮青年听戏，看电影，吃酒，下棋，看小说过去了。

但这也并不很快乐的，尤其是单独同两位小姐在一块时，她们是在肆无忌惮的讥骂间她们所亲热的人，她们强迫的教给她许多处世，待遇男人的秘诀。梦珂常常要忍耐的去听她们愚弄别人后的笑声，听她们所发表的奇怪的人生哲学的意义。有时固然为了她们的那些近乎天真的顽皮笑过，但看到她们如妖狞般的心术和摆布，会骇得叫了起来，拳头便在暗处伸缩。

澹明也比较大胆了，常常当着她说出许多猥亵的话，她又不能像表姊们拿调皮的样子去处理，只好装出未曾听见的样子，默默的走了开去。

朱成，她是即使同在一桌打牌时，都很少和他说话，因为她是并不像表姊们须要如此的一个能供小奔走的清客。

那么，表哥呢？是的，她只依恋着晓淞，也像从前依恋着匀珍一样。单讲那态度，就够多么动人呀：看见壁炉前的梦珂是在沉思着什么了，便拿过一本书来站在她的椅背边，轻轻的拍她的肩，声音是细细的，怕骇着她似的：

"让我来念首诗吧。"

于是打开书，在一百三十六页上停住，开始念起来：

在火苗之焰的隐约里，
她如晚霞之余艳，
呵，能倩何物
传递我心灵之颤动！

梦珂的心微微的颤抖，一半是由于受惊，一半也是被那低沉的声音所感动，脸便慢慢的藏在那一双纤瘦的手中。晓淞乘势坐在旁边的矮凳上，从那眼皮上拿下那双手来。

"梦——"早已把"梦妹"两字分开了来叫，有时是又只叫"妹"的。这时声音也像是被感动得微微的抖了起来，两道眼光更紧逼到梦珂脸上。

她竟不敢抬起头来。

表哥只是无语的望着，那沉默的动人是更超过用语言。

在不可忍耐时，她便抽身像燕子似的轻飘的跑走了。

于是表哥便倒在她适才起身的软椅上，得意的来称许起自己的智慧，自己审美的方法，并深深的去玩味那被自己所感动的那颗处女的心。这欣赏，这趣味，都是一种"高尚"的，细腻的享乐。

怕人看出自己的羞愧,大半时候都在找丽丽玩,丽丽一见她不说话,便生气,扳着她颈项问,梦姑是在想什么了。

因此表嫂却很同她亲热了起来,常常晚上她便在表嫂房里玩,这时大表哥是不会回来的。表嫂是川西人,说起故事时,总挂念她屋前的西湖,和她八十多岁的祖母,她是在六岁时同年失掉了父母的。表嫂还常常低声向她诉说她为了祖母而忍心把自己让那鲁莽的粗汉蹂躏了的事。

"难道他不爱你吗?"梦珂便问。

"你是不会知道这个的!"表嫂却笑了。"你看,近来是都不常在家了。这是他故意的想怄我,因为他明白了我的藏在衣服里面的那颗心,谁知我却舒服多了。嘿,梦妹,你哪里得知那苦味,当他凑过那酒气的嘴来时,我只想打他。"

"真的便打了他吗?"梦珂又问。

表嫂又笑了。还向她诉说她十七岁来做新娘时所受的许多惊骇,以及祖母三月后知道了她是怎样用惊哭去拒绝了新郎时的抱着她的伤心……原来表嫂还会填词,她从她那几本旧稿中得知了她的许多温柔,蕴藉的心性,以及她的慕才,她的希望,还和她的失意。梦珂心想:如果她那时是同二表哥结婚,那她一定不会自叹命蹇的了。于是便又问:

"你说,二表哥如何?"

表嫂又会错了她的意思,便告诉她,晓淞是如何的细心,如何的会体贴女人……

梦珂喟叹了,这是完全在悼惜表嫂;而表嫂却不能领悟这同情,反以为她想起别的感触,竭力的倒去安慰她。

春天来后,家里反静寂了许多。表姊和杨小姐每天又挟着乐谱上学校去。澹明，朱成，也都有课。晓淞也在一个大学里每星期担任了两个钟头。姑母不时要在外面应酬；表嫂有丽丽作伴；只有她是闲着。于是她便整天的躺在床上，像回忆某种小说一样的去想到她未来的生活，不断的幻想开去，有时竟说是体悟出自己的个性来，生生的认定："无拘无束的流浪，便是我所需要的生命。"有时简直会羡慕起那些巴黎的咖啡店的侍女……但也常把自己幻想成一个英雄，一个伟人，一个革命家；不过一想到"革命家"时，连什么梦想也都将破灭，因为那"中国的苏菲亚女士"把她的心冰得太冷了。

澹明想再提高她已不热心了的画兴，又常常去邀她作画，但她已在那可爱的滑稽外得知了不安的轻浮，所以有时也会拒绝他的。晓淞是早已不提到画上了。

为了巴黎的梦，她又起始在表哥处学法文。

不久，父亲又寄来第二次的钱，并附有一封信：

> 梦儿，接得你的信，知道你又很需钱用，所以才又凑足两百元给你，虽说为数并不多，但这也足够全家半年的日用。你如果是可能的话，我还是希望你省俭点也好，因为你无能的父亲已渐渐的老了。近来年成又都不好。我怕你在外面一时受窘了又要难过，所以才这样说。不过，你也不必听了这话又伤心，我总会替你设法，不愿使你受苦的。其实，都是你父亲不好……唉，这都不必说了……
>
> 从先你喜欢的那匹老牛在二月间死了。但又添了好些小羊。有只顶小的，一身的毛雪白，下巴处又带点肉红色，

顶不怕人,一天到晚都听见它小声的"咩咩咩咩"的叫。四儿喜欢它,说它像你,于是就叫它作"小姐小姐"。现在是一家人谁一提"小姐小姐"都会笑的,他们都念你咧。

梦珂沉思了,似乎又看见父亲的那许多温情的仪态,三儿们的顽皮,以及晴天牛羊们在草坪上奔走的情形……还有那小白蚨蝶们……这过去的一些幸福日子,真多么够人回忆呵!

如果你还住在姑母家时,你就拿这两百元做路费回来也好。我是足足有两年半没见着你了。你回来后,要出去时,我也可以送你的。梦儿,你要知道,父亲已不年轻,你莫遗给将来一些后悔呵!

还有一件很可笑的事。前天你姨母来,当面向我要你呢。我自然没有答应,这都是要尽你自己的。不过祖武那孩子也很聪明,你们小时也很合得来,只要你觉得还好,我是没有什么可说的。梦儿,你年纪也不小了呢!

信纸一张张从手指间慢慢滑了下去,一种犹豫的为难弥漫着;但想起祖武那粗野样儿,以及家中亲戚中的做媳妇们的规矩,并为避免当面同父亲冲突,于是决定不转家,回信也只说自己在读书时代,不愿议及此等事……

回信上话既说得很宛转,心便又觉得安妥了一样,几天后也便不想到父亲,祖武了。一人玩得无聊时,只想去找表哥,但表哥已三天不在家了。梦珂是如此的感到寂寞,自己也不住的惊诧:难道表哥之于自己竟这样的可念吗?这天夜里却出乎意料的接到表哥的一封信,原来是为了一件朋友很要紧的事不得空回来,并且也非常之挂念她,还详详细细的问她这三天的生活怎样……她把这封信看了有七八次,好半夜不得安睡。

这几天澹明却老厮守着她,又给了她许多不安和厌烦。

在没有见着表哥的第五天晚上,她正同丽丽剪纸玩,表嫂在旁边修指甲,轻声的向她说话:

"梦妹,你说对不对?"

"什么?"

"昨天在楼下找到的那本旧杂志上说的关于女子许多问题的话,你不是也看过了吗?我说真对,尤其是讲到旧式婚姻中的女子,嫁人也便等于卖淫,只不过是贱价而又整个的……"

"那也不尽然。我看只要两情相悦。新式恋爱,如若是为了金钱,名位,不也是一样吗?并且还是自己出卖自己,连归罪都不好横赖给父母了。"

"啊呀!你看,梦姑!你给小人儿的手也剪掉了。"丽丽着急了,用手去推她,"妈!你等下再和梦姑说话好不好?"

"好,这个不要了,再剪个好姑娘吧,拿一柄洋伞的,你说,还是提一个大钱包的呢?"于是又另外剪,并接下去说:"表嫂!你莫神经过敏了吧,遇事便伤心……"

"你不要说什么神经过敏。真可笑,我也是二十多岁的人,并且还有丽丽,自然应当安安分分的过下去,可是有时,我竟会如此无理幻想,真愿意把自己的命运弄得更坏些,更不可收拾些,但现在,一个妓女也比我好!也值得我去羡慕的!……"

梦珂听见了这些从来未听过,如此大胆的,浪漫的表白,又是在一个平日最谦和,温雅,小心的表嫂口中吐出,不禁大骇,

丢了剪纸,捉着表嫂的手:

"真的吗?你竟如此想吗?你是在说梦话吧?"

表嫂看见了她那张惶样儿,反笑着拍她:

"这不过是幻想,有什么奇怪!你慢慢就会知道的……"

还要说下去时,杨小姐已闯了进来,抓着梦珂便跑,梦珂一路叫到屋前的台阶边,阶前汽车里的澹明,表姊,朱成三人都嚷了起来。澹明打开车门,杨小姐一推,她便在澹明手腕中了。杨小姐上来后,车慢慢的走了起来,她夹在杨小姐和澹明中间,前面的两人也转过脸来笑,她虽说有点生气,也只好陪着笑脸:

"打劫我做啥子?"

"告你吧,我一见晓淞二哥有四五天不在家,就疑惑,一问他两人都不知道,心想明哥是同二哥一鼻孔出气的,他一定知道,不过假使他们要安心瞒我们时,问也不肯说的,于是我便使姊去诈他,果然一下就诈出来了。现在我们去安乐宫找二哥。你,若不行抢,你也不肯来,听到'安乐宫'便不快活了。"

"他住在安乐宫做啥子?"

"哈,安乐宫也能住吗?他们今夜要在那儿跳舞。做啥子,他们在大东旅舍'做啥子'!"

大众都放声的大笑。

车走过大东旅舍时,杨小姐忽的喊要停车。澹明争着说不能这样进去,但看见杨小姐似乎要发气的样儿,也便告了她一个住房的号数,除了他一人不肯走外,其余的都陆续下了车。当他们走到一百四十三号门外时,杨小姐先从钥匙孔朝里望了一下,忍住笑才又弹门。

"进来!"显然是表哥的声音,梦珂奇怪了。

门开了,表哥弯着腰在擦皮鞋,镜台前坐有一个披粉红大衫的妖娆的妇人,在悠悠闲闲的画眉毛。

"二哥哥,你——好!还不介绍给我们吗,这位二嫂……"朱成和杨小姐最感着有兴趣。

很明显的那两人都骇着了。表哥连耳根都红了,蹬在椅上的那只脚竟不会放下来,口中期期艾艾的不知在说什么。女的呢,把手掩在胸前,不住的说请坐,请坐。

杨小姐们更得意的大笑,满屋里走着去观察所有的陈设。

"你们真岂有此理!这位是章子伍太太,子伍还来信说要我送她转杭州呢。这是舍妹,这是……她们都太小孩气,没等通报就闯进来了,请章太太不要见怪吧!"

这种敷衍自然是没有效力,反更给了人许多以便于说笑的隐射的讽刺话。那善笑的女人这时也镇静了,拖着一双半截鞋,来应酬她所迷恋的人儿的朋友们。

只有澹明不安的坐在汽车里觉得有十二分的对不起晓淞,以后怎好见他,他是那样的嘱咐来!不过一想到如此或许竟于自己还有益处时,又踌躇不安,要怎的去进行才好呢……

这时他已看见梦珂一人从旅馆里出来,跳下车便跑去迎接。

梦珂无言的随着他上了车。

问了梦珂往哪儿去,车便向家里开了。

他把梦珂的两手握着,梦珂也随他。

他又向她说了许多关于那女人的不名誉事。

她哭了。这事是这样的使她伤心,想起自己平日所敬爱,所依恋的表哥,竟会甘心搂抱着那样一个娼妓似的女人时,简直像连自己也受到侮辱。

澹明倒很高兴的一直挽着她到家。

她拒绝了澹明送她进房,便一人关着门,躺在床上像小孩般的哭了起来。细细的去想到那从前所得的那些体贴,温存,那些动魄的眼光,声音……"呀!他是多么的假情呵!"于是她从枕头底下把前天收到的那封甜情蜜意的信抽出来扯得粉碎,满床尽是纸屑,看见纸屑,心越气了,又把纸屑撒满一地。千怪万怪,只怪自己太老实,信人信得实实的。便吃亏,不是应该的吗……如此的自怨,怨人,哭了又笑,笑了又哭,也不知经过了多少时候,只觉得人已疲倦,头沉沉的作痛,躺在软枕上犹自流泪。

这时门上,有个轻轻的声音在弹着。

她跳起来,用力抵住门。

"梦!一次,最后一次,许可我吧!梦!我要进——来!"

听了这柔和的,求怜的,感伤的声音,心又大跳起来,身躯已无力的靠在门上,用心的去听外面的声息。

"梦,我的梦……你,……你误会我了!……"

手已抬起,是去开门,但人在这时却昏倒了。

外面没有听到有回声,以为这次的脾气发得是不算小,一边好笑,一边安慰自己的就下楼去。

等梦珂清醒时再去看,门外面只有那头走廊上射过来的灯光,映在粉墙上,现着如死的灰白的颜色。

她反身拿了一条手绢便朝外走。

然而她走错了,直走上后园的亭子才知道。于是她坐下来,但亭子上灯光,很刺戟那哭后的眼睛,她又走到亭子后面去。那里树丛中正放有一张铁椅,她便躺在那张她曾同表哥坐过的长椅上。眼望着上面,星星是在那繁密的叶子中灿烂着;潮湿的草香,从那蔷薇花，罂粟花……丛中透出。等梦珂感觉到冷时，椅背上早已被露水湿透了。正想站起身来时，忽然听到皮鞋的声音，是有人在向亭子这方面来。梦珂从椅缝中望去，天哪！那正是表哥！还有澹明，迎着灯光来了。于是她又屏声静气的躺着，看他们。

表哥带着非常严肃的脸色走上亭子，把电灯关了，然后冷涩的说：

"说吧！你有什么说的！"

"我想你生我的气了。"

"为什么？"

"关于梦珂。"

"你以为你有希望吗？"接着只听见不住的冷笑。

"不敢说……"

"哈……哈……"

"晓淞！请不必如此，令人难堪。不过，我们七八年的交情，难道还肯为一个女人而生隔阂！我是这样同你开诚布公：若你不爱梦珂，我自然可以进行，万一梦珂竟准许我，那你可不要生气！——你说，你的态度到底如何？"

"哈！你错了！你以为你的机会来了是不是？我告你，章的事，有什么要紧！我自然想得出许多话向梦妹解释。"

"她如果还要信你的那些假劲，那真是她的不幸！"

"好，好假劲！我正在得意我的假劲咧！哈……你想打主意，你就干吧！只要你行，我是不会吃醋的。只是那时惹起小杨来，我却不管，她可不老实。"

梦珂只想跑出去打他两人，但又把两只手叠着压住嘴唇忍耐着，直到那两人又笑着的走出园子。

"梦珂从椅缝中望去,天哪!那正是表哥!还有澹明,迎着灯光来了。"

人们正在酣睡的时候,她走回房去。澹明又留了一封信在她桌上,她看后便用那打颤的手把它扯了。其实一星期来她就很害怕这事的发生,当每次澹明一人留在她面前时,她便迅速的跑开,因为澹明那局促的,极动火的态度,和一些含糊的表白,举动,都使她觉得受逼得可怕,尤其是那一双常常追赶着女性的眼睛。不过出她意料之外的便是他竟敢写出这样一封不得体的信,像写给一个已同他定情过的风骚的女人。结果,她觉得她像其他的一些女人一样,痛遭了这种被人开玩笑般的侮辱。她不能再加一丝的伤心了!

在第二天吃午饭时,在这所三层楼洋房里,曾发生了一点点不平静。那是当这屋主人,中年的太太,公布了她侄女的一封告别信时候。她是写得非常委婉,恳挚,说自己是如何辜负了姑母的好意,如何的不得不姑息着自己的乖戾性格的苦衷,她是必得开始她的游荡生涯,她走了。每个人听了都感到无可挽回的叹息。晓淞,澹明,更觉怅然,但这是不久的,因为澹明既有杨小姐可追随,而晓淞是除章太太外还有两个很有希望的女朋友,所以都说不上是一个损失。

三

她本是为了不愿再见那些虚伪的人儿才离开那所住屋,但她便走上光明的大道了吗?她是直向地狱的深渊坠去。她简直疯狂般的毫不曾想到将来,在自己生涯中造下如许不幸的事。但这都能怪她吗?哦,要她去替人民服务。办学校,兴工厂,她哪有这样大的才力。再去进学校念书,她还不够厌倦那些教师,同学们中的周旋吗?还不够痛心那敷衍的所谓的朋友的关系?未必能整个牺牲自己去做那病院看护,那整天的同病人伤者去温存,她哪来这种能耐呵!难道为了自己所喜欢的小孩们去做一个保姆,但敢不敢去尝试那下人的待遇,同一些油脸的厨子,狡笑的听差,偷东西的仆妇们在一块……当然,她是应该回去的,不过,她一看到那仅仅剩下的二三十元便发恨,"呵!为什么我要回去!我还能忍耐到回去吗?……"结果,她决定了,她是有幻想的。她不知道这是更把自己弄到"还不堪收拾"的地方去了。

几天后吧,这女子便出现在那拥挤的马路上,在许多穿尖头鞋围丝围巾的小男人,拖大裤脚的上海女人中跑着,直走到一条比较僻静点的街上,在一个有很长的竹篱的大门边站住。那黑漆的竹篱上还可以依稀辨认出几个粉字"圆月剧社",门内既没有人,大着胆子便朝里走。在二层门卫那角上的铜栏柜台后忽的探出一个扁扁的脸。

"喂,啥事体?"

在扁扁的脸后又伸出一个小后生的头,看样子是当差,或者汽车夫吧,两只小眼睛便愣愣的钉住这来访的女客,又拍一下扁脸的肩。

梦珂朝着这正挂有一块演员领薪的日期并规则的牌匾的铜栏走去:

"我是姓林。"摸了一下口袋,"呵,我忘了带名片……"

"倷找啥人?"

"张先生?龚先生……"这是那个小后生在夹着问。

"不,我想会会你们这里的经理……"

"哈,经理!格个辰光弗在此地。"

"哦……什么时候可以……"

"倷是伊啥人?"

"我还不认识他……"

"哈……"那小后生的白牙齿露出来了。

"明天来。"

"上午……"。

"啥格辰光,阿拉弗晓得,经理来弗来也呒没规。"

"哦……那你们此地还有什么办事人,我很想能见一见……"

"倷到底有啥事体?"

"劳驾,请去问一声,我是姓林。"

"哈哈……"扁脸把脸笑得更扁了,眼睛只剩一条缝:"阿宝,倷去问声张先生看,说是有位姓林的小姐要会他。""姓林的小姐"几个字说得分外加劲。又从那肉缝中,挤着两颗黄眼珠,来仔细地再打量一下站在柜台前的林小姐。

一会,那小后生一颠一跛的跑出来:"呀——请,小姐!"脸还是笑笑的,导引着又朝里面走。

在会客室里等着的,是一位非常整洁的少年,穿一身黑绿色的哔叽洋服,斜躺在锦质的沙发上,悠悠闲闲的望那边窗台上的花,刚听到门扭响,便很敏快地站起来,姿势还是很从容,闲适得又非常有礼。顺手把那一寸多长的残烟丢到痰盂里,走上两步迎住了这位来客。腰微微的弯着,头也就势有点偏,声音是清晰而柔柔的:

"哦,林小姐,请坐!"

"真冒昧得很,我是有……"

"不要紧,不过经理不在此地。如若有什么事,我们都可商量商量。"接着递上一张名片,头衔是留美戏剧专家,现任圆月剧社的话剧和电影的导演,名字是张寿琛,籍贯是江苏。

梦珂于是向这戏剧专家点了一下头:"对不起,我忘了带名片来,'林琅'便是我的名字。"

"不要紧,请坐,林小姐今天来,我想是有点儿事,或是对于我们近来公演的《少奶奶的扇子》有什么批评,或是这次出品的《上海繁华之夜》的影片有什么不好的地方,不妨都请你能不客气的赐教。或者有什么用得着我们公司或我自己,这都非常愿意竭力效劳。"

梦珂却正在憨憨的张着两只大眼审视这生人,在那一张刮得干干净净的脸上,有个很会扇动的鼻孔;在小小的红嘴唇里,说话中不时露出一排雪白的牙齿。左手是那样的细腻,随意的在玩弄着胸前的表链。呵,领结上的那颗别针,还那样讲究呢!她不转眼的望着这人,心便怀疑到这人以外的一些东西,竟未曾把对面那人所说的一些客套话听清楚,直望见那一道同时也注视到自己脸上的眼光,是现着在期待她说话的神情,于是她才迟迟疑疑的开始来说明她来此地的希望。先是绕着大弯子讲,渐渐也就放大了胆,最后还这样说:

"……现在我当然可以不必多解释我自己,将来你总会明白的,因了我内在的冲动和需要。我相信我不会使你们太失望……"

这事很使这少年的导演吃惊,自然他可以答应下来,但他却向这热心于戏剧的女子解释了许多特殊的情形。又再三盘问了这女子的家庭,经济……状况。最后还使人不得不允许了他如此一个令人不快的要求:她无声的举起一双手去勒上两鬓及额上的短发,显出那圆圆的额头并两个小小的玲珑的耳垂给人审视。这时候,她伤心——不,完全是受逼迫得哭一样。但她却很受欢迎了。他又赞美她,又恭维她,又鼓励她,又愿帮助她,意思是要她知道,他总可以使她在上海成为一个很出众的明星。他并且要她明天来,他将给她介绍石三先生,就是此地的经理。

当她告别时,他又把自己的那只白嫩的手递给她,又给她行礼,又笑笑的送她出了客厅。

扁脸也笑笑的去替她拉开玻璃门:"俫去哉,林小姐。"

她出来了,急急的走去,头也不敢再掉过来望一下那黑漆的竹篱。心里昏昏迷迷的,完全被一种嫌厌,或是害怕,或竟是为了喜欢过度了的感情所压迫,所包围,以致走了不很远,四肢便软了,马路上一切静静的,没有车,只间或有两三个工人提着竹篓过去。她只得挣撑着身子在树荫处乱踏着,直到路口才雇得一辆黄包车,继后在车上她忽然想起:"为什么我不可以向姑母借债呢?"但一种负气的自尊气概鼓励了她,车子是一直便拖回在一条小弄里了。

夜色来了。梦珂从那小板床上起来,轻轻一跳便站在桌子旁边,温温柔柔的去梳理鬓边的短发,从镜中望见自己的柔软的指尖,便又互相拿来在胸前抚摩着,玩弄着。这时她是已被一种希望牵引着,她忘了日间所感得的不快。于是她又向镜里投去一个妩媚的眼光,并一种佚情的微笑,然后开始独自表演了。这表演是并没有设好一种故事或背景的,只是她一人坐在桌子前向着有八寸高的一面镜子做着许多不同的表情。最初她似乎是在装着一个歌女或舞女,所以她尽向着那镜里的人装腔作态,扬眉飘目的。有时又像是一种爵夫人的尊严,华贵……但这爵夫人,这舞女的命运都是极其不幸,所以最后在那一对张大着凝视着前方的眼里,饱饱的含满一眶泪水。真的,并且哭了,然而她却非常得意的笑着拿手绢去擦干她的眼泪:"这真出乎意料了。我自己都不知道我竟哭得出来!"

第二天下午,她又高高兴兴去到圆月剧社,并且她已想好了应当用怎样的态度去见经理,并那些导演,那些演员们。

但刚刚走进门时,第一迎着她的,又是那扁脸,那嘲笑的滑稽的笑,开始便无意的触了她一下。

"呵,倷又来哉。张先生在楼上,从这门转过去,楼梯口有阿二,伊会引倷去……"

于是她踅过身去便走,故意又把这笑脸忘掉。当她走进办公室时,真的,她居然很能够安闲的,高贵的,走过去握那少年导演的手,又用那神采飞扬的眼光去照顾一下全室的人。有个瘦子便走拢来,眼睛从那一副大眼镜上面来打量她,一边便向张寿琛探询是否昨晚所说的那人。张寿琛便来介绍,这也是一位导演,并且还是上海有名的文人。可惜她却没听清名字,大约是姓程或姓甄吧。她虽说很不喜欢那眼镜上面的看人法,但她不能不也很大方的谦恭的去接见。正在这当儿,张寿琛太出人意表,而她又确确实实的听见他正打着上海腔向那瘦子说:"阿是?年纪弗大,面孔生来也勿错,倷看阿好?"

那瘦子又向她望了一眼,连忙点着头:"满好,满好……"

这真把她骇痴了。她不知道这是不是应该的,当着她面前来评论她的容貌,像商议生意一样,但她不曾喊出声来,或任性的申斥几句,只好隐隐忍着那气愤,于是这羞惭竟把她弄得麻木了起来,她不知应如何说话和动作了。

几个吃香烟的妖妖娆娆的妇人走来攀她说话时,她竟不会用她活泼的本能去应付,为怕人纠缠反退到室外的走廊上去。

张寿琛拿来一张合同要她签字,她还没看明里面的意思,糊里糊涂的就签上了。后来还是一位姓朱的穿短汗褂的先生,把他编的《圆月月刊》送过八九本来,还夹上一张名片,她才觉得轻松了许多,道了一声谢,便拿着这几本书,退到一边去独自的假装在翻书。但不久又走来一个形似流氓的洋服少年,靠在她对面的沙发上看她。这时她真狼狈得不堪了,不知自己已变成了一个什么东西,一举一动都觉得不好,眼也不敢抬起去望人,她想:"回去吧,我回去吧!"她是这样想回去,不过她却留住了。张寿琛又走来把她引到间壁的一间房子去,很不客气的递给她四张十元的纸币。她说她无须乎这个,但这便是薪水,如她不拿时,便应该挨至十五号在那柜台边用条子向那扁脸兑取了。于是她还得向人道谢。她并且问是否她已可以回去了。自然的,她的行止已是不能由自己了。张寿琛说到晚上的拍影,她可以来看看,并且那位甄(?)先生还想请她今晚拍一个里面不很重要的人物试一试,还说他已决定为她编一个剧本。因了她那瘦削,她那善蹙的眉峰,还得请她做个悲剧的主人公呢,一切的情节他都已想好了。但今晚她却不能拒绝那甄先生的请求,先做一个不重要的角色。

这天,无论在会客室,办公室,餐厅,拍影场,化装室……凡是她所饱领的,便是那男女演员或导演间的粗鄙的俏皮话,或是当那大腿上被扭后发出的细小的叫声,以及种种互相传递的眼光,谁也都是那样自如的,嬉笑的,快乐的谈着,玩着。只有她,只有她惊诧,怀疑,像自己也变成妓女似的在这儿任那些毫不尊重的眼光去观览了。

她竭力振刷自己,但为了避免受窘,便故意的想起不关紧要的事。当她想到晚上她便当拍影了,她实在希望有一个人来告诉她所演的剧情,以及她所配演的角色,所演的地方……于是她走进去问张寿琛,这位张先生想了一想,才弯腰到桌下,从乱报纸堆里翻出一张《申报》来给她,那上面是登载着一篇名叫《真假朋友》的影片的本事。她看了,算是她已模模糊糊的知道了一点。

吃过饭不久,张寿琛便把她引入化装室。那里面已坐了七八个对着镜子在搽油的男女。她便坐在第三张凳上,一个受了导演吩咐的少年男子便走过来请她洗脸,替她涂上那粉红色的油,又盖上一层厚厚的粉。她看别人时都是那样鲜红的嘴唇,紫黑色的眼皮,所以她也想到她自己的面孔。她走到大镜子面前时,她看见她被人打扮出来的那样儿,简直没有什么不同于那些在四马路的野鸡。但她却不知为什么还隐忍着受那位甄先生的引导,去扮一个角色。当她随着他走入拍影场时,水银灯都燃上好久了,所布的景是在一个月影下的花园中,她应当同一个女演员,像朋友一般的从黑处扭扭捏捏的跑进灯光辉煌地点,在一张椅上挨挤的坐着,十分高兴的讲着故事,于是,当另一男演员走拢来时,她便应当带着一种知趣的神色悄悄的避开,这便完了。甄先生是临时把这三个演员教着,并且做样子,最后就朝她说:"勿要怕,侬试试看好了。"于是她和那女演员便站在没有亮光处,预备向前;甄先生就坐在一张藤椅上,大声的向她们喊了一声"跑"!然而,在这一瞬间,出人意外的,发生了一种响动,原来这个可怜的新演员骇得晕倒了。

当她清醒来，知道她刚才所做的事，她非常伤心，但她又强忍着，只把泪水盈溢的眼光去看她的周围。

张寿琛便走拢来低声慰问她：

"受惊吗？"

"不。"她回答："不要紧，这是我旧病……"

甄先生便问她可不可重新来演。

本来，仅仅因了伤心，就已够她去拒绝这逼迫的要求了，可是她却应诺，她也不明白为什么她竟然这样的去委屈她自己，也等于卖身以至于卖灵魂似的。

甄先生于是又开始喊"跑"，拍影机也开始映摄。

她忍着，一直忍到走出这圆月剧社的大门。在车上，才放声——但又怕人听见的咽咽的极其伤心的痛哭起来。

以后，依样是隐忍的，继续着到这种纯肉感的社会里面去，自然，那奇怪的情景，见惯了，慢慢的可以不怕，可以从容，但究竟是使她的隐忍力更加强烈，更加伟大，至于能使她忍受到非常的无礼的侮辱了。

现在，大约在某一类的报纸和杂志上，应当有不少的自命为上海的文豪，戏剧家，导演家，批评家，以及为这些人呐喊的可怜的喽罗们，大家用"天香国色"和"闭月羞花"的词藻去捧这个始终是隐忍着的林琅——被命为空前绝后的初现银幕的女明星，以希望能够从她身上，得到各人所以捧的欲望的满足，或只想在这种欲望中得一点浅薄的快意吧。

（此篇作于1927年秋，原载1927年12月10日《小说月报》第18卷第12号，收入《在黑暗中》，开明书店1928年10月初版）

1912年,丁玲8岁时与母亲、弟弟蒋宗大在湖南常德合影。

莎菲女士的日记

十二月二十四

今天又刮风！天还没亮，就被风刮醒了。伙计又跑进来生火炉。我知道，这是怎样都不能再睡得着了的。我也知道，不起来，便会头昏，睡在被窝里是太爱想到一些奇奇怪怪的事上去。医生说顶好能多睡，多吃，莫看书，莫想事，偏这就不能，夜晚总得到两三点才能睡着，天不亮又醒了。像这样刮风天，真不能不令人想到许多使人焦躁的事。并且一刮风，就不能出去玩，关在屋子里没有书看，还能做些什么？一个人能呆呆的坐着，等时间的过去吗？我是每天都在等着，挨着，只想这冬天快点过去；天气一暖和，我咳嗽总可好些，那时候，要回南便回南，要进学校便进学校，但这冬天可太长了。

太阳照到纸窗上时，我是在煨第三次的牛奶。昨天煨了四次。次数虽煨得多,却不定是要吃,这只不过是一个人在刮风天为免除烦恼的养气法子。这固然可以混去一小点时间,但有时却又不能不令人更加生气,所以上星期整整的有七天没玩它,不过在没想出别的法子时,是又不能不借重它来像一个老年人耐心着消磨时间。

报来了,便看报,顺着次序看那大号字标题的国内新闻,然后又看国外要闻,本埠琐闻……把教育界,党化教育,经济界,九六公债盘价……全看完,还要再去温习一次昨天前天已看熟了的那些招男女编级新生的广告,那些为分家产起诉的启事,连那些什么六〇六,百零机,美容药水,开明戏,真光电影……都熟习了过后才懒懒的丢开报纸。自然,有时会发现点新的广告,但也除不了是些绸缎铺五年六年纪念的减价,恕讣不周的讣闻之类。

报看完,想不出能找点什么事做,只好一人坐在火炉旁生气。气的事,也是天天气惯了的。天天一听到从窗外走廊上传来的那些住客们喊伙计的声音,便头痛,那声音真是又粗,又大,又嘎,又单调;"伙计,开壶!"或是"脸水,伙计!"这是准也可以想象出来的一种难听的声音。还有,那楼下电话也是不断的有人在那电机旁大声的说话。没有一些声息时,又会感到寂沉沉的可怕,尤其是那四堵粉垩的墙。它们呆呆的把你眼睛挡住,无论你坐在哪方:逃到床上躺着吧,那同样的白垩的天花板,便沉沉的把你压住。真找不出一件事是能令人不生嫌厌的心的;如同那麻脸伙计,那有抹布味的饭菜,那扫不干净的窗格上的沙土,那洗脸台上的镜子———这是一面可以把你的脸拖到一尺多长的镜子,不过只要你肯稍微一偏你的头,那你的脸又会扁的使你自己也害怕……这都是可以令人生气了又生气。也许这只我一人如是。但我却宁肯能找到些新的不快活，不满足；只是新的，无论好坏，似乎都隔得我太远了。

吃过午饭，苇弟便来了，我一听到他那特有的急遽的皮鞋声已从走廊的那端传来时，我的心似乎便从一种窒息中透出一口气来的感到舒适。但我却不会表示，所以当苇弟进来时，我只能默默的望着他；他反以为我又在烦恼，握紧我一双手，"姊姊，姊姊，"那样不断的叫着。我，我自然笑了！我笑的什么呢，我知道！在那两颗只望到我眼睛下面的跳动的眸子中，我准懂得那收藏在眼睑下面，不愿给人知道的是些什么东西！这是有多么久了，你，苇弟，你在爱我！但他捉住过我吗？自然，我是不能负一点责，一个女人是应当这样。其实，我算够忠厚了；我不相信会有第二个女人这样不捉弄他的，并且我还在确确实实的可怜他，竟有时忍不住想去指点他："苇弟，你不可以换个方法吗？这样是只能反使我不高兴的……"对的，假使苇弟能够再聪明一点，我是可以比较喜欢他些，但他却只能如此忠实的去表现他的真挚！

苇弟看见我笑了，便很满足。跳过床头去脱大氅，还脱下他那顶大皮帽来。假使他这时再掉过头来望我一下，我想他一定可以从我的眼睛里得些不快活去。为什么他不可以再多的懂得我些呢？

我总愿意有那么一个人能了解得我清清楚楚的，如若不懂得我，我要那些爱，那些体贴做什么？偏偏我的父亲，我的姊姊，我的朋友都能如此盲目的爱惜我，我真不知他们所爱惜我的是些什么；爱我的骄纵，爱我的脾气，爱我的肺病吗？有时我为这些生气，伤心，但他们却都更容让我，更爱我，说一些错到更能使我想打他们的一些安慰话。我真愿意在这种时候会有人懂得我，便骂我，我也可以快乐而骄傲了。

没有人来理我，看我，我是会想念人家，或恼恨人家，但有人来后，我不觉得又会给人一些难堪，这也是无法的事。近来为要磨炼自己，常常话到口边便咽住，怕又在无意中竟刺着了别人的隐处，虽说是开玩笑。因为如此，所以这是可以想象出来的，我是拿一种什么样的心情在陪苇弟坐。但苇弟若站起身来喊走时，我是又会因怕寂寞而感到怅惘，而恨起他来。这个，苇弟是早就知道了的，所以他一直到晚上十点钟才回去。不过我却不骗人，并不骗自己，我清白，苇弟不走，不特于他没有益处，反只能让我更觉得他太容易支使，或竟更可怜他的太不会爱的技巧了。

十二月二十八

今天我请毓芳同云霖看电影。毓芳却邀了剑如来。我气得只想哭，但我却纵声的笑了。剑如，她是够多么可以损害我自尊之心的；我因为她的容貌，举止，无一不像我幼时所最投洽的一个朋友，所以我竟不觉的时常在追随她，她又特意给了我许多敢于亲近她的勇气，但后来，我却遭受了一种不可忍耐的待遇，无论什么时候想起，我都会痛恨我那过去的，已不可追悔的无赖行为，在一个星期中我曾足足的给了她八封长信，而未曾给人理睬过。毓芳真不知想的哪一股劲，明知我已不愿再提起从前的事，却故意要邀着她来，像有心要挑逗我的愤恨一样，我真气了。

我的笑，毓芳和云霖是不会留意这有什么变异，但剑如，她是能感觉得；可是她会装，装糊涂，同我毫无芥蒂的说话。我预备骂她几句，不过话只到口边便想到我为自己定下的戒条。并且做得太认真，怕越令人得意。所以我又忍下心去同她们玩。

到真光时，还很早，在门口又遇着一群同乡的小姐们，我真厌恶那些惯做的笑靥，我不去理她们，并且我无缘无故的生气到那许多去看电影的人。我乘毓芳同她们说到热闹中，我丢下我所请的客，悄悄回来了。

除了我自己，是没有人会原谅我的。谁也在批评我，谁也不知道我在人前所忍受的一些人们给我的感触。别人说我怪僻，他们哪里知道我却时常在讨人好，讨人欢喜，不过人们太不肯鼓励我去说那太违我心的话，常常给我机会，让我反省到我自己的行为，让我离人们却更远了。

夜深时，全公寓都静静的，我躺在床上好久了。我清清白白的想透了一些事，我还能伤心什么呢？

十二月二十九

一早毓芳就来电话。毓芳是好人，她不会扯谎，大约剑如是真病。毓芳说，起病是为我，要我去，剑如将向我解释。毓芳错了，剑如也错了，莎菲不是欢喜听人解释的人。根本我就否认宇宙间要解释。朋友们好，便好；合不来时，给别人点苦头吃，也是正大光明的事。我还以为我够大量，太没报复人了。剑如既为我病，我倒快活，我不会拒绝听别人为我而病的消息。并且剑如病，还可以减少点我从前自怨自艾的烦恼。

我真不知应怎样才能分析出我自己来。有时为一朵被风吹散了的白云，会感到一种渺茫的，不可捉摸的难过，但看到一个二十多岁的男子（苇弟其实还大我四岁）把眼泪一颗一颗掉到我手背时，却像野人一样的在得意的笑。苇弟是从东城买了许多信纸信封来我这里玩，为了他很快乐，在笑，我便故意去捉弄，看到他哭了，我却快意起来，并且说："请珍重点你的眼泪吧，不要以为姊姊是像别的女人一样脆弱得受不起一颗眼泪……""还要哭，请你转家去哭，我看见眼泪就讨厌……"自然，他不走，不分辩，不负气，只蜷在椅角边老老实实无声的去流那不知从哪里得来的那么多的眼泪。我，自然，得意够了，是又会惭愧起来，于是用着姊姊的态度去喊他洗脸，抚摩他的头发。他镶着泪珠又笑了。

在一个老实人面前，我是已尽自己的残酷天性去折磨了他，但当他走后，我真又想能抓回他来，只请求他一句："我知道自己的罪过，请不要再爱这样一个不配承受那真挚的爱的女人了吧！"

一月一号

我不知道那些热闹的人们是怎样的过年法，我是只在牛奶中加了一个鸡子，鸡子还是昨天苇弟拿来的，一共是二十个，昨天煨了七个茶卤蛋，剩下的十三个，大约总够我两星期来吃它。若吃午饭时，苇弟会来，则一定有两个罐头的希望。我真希望他来。因为想到苇弟来，所以我便上单牌楼去买了四合糖，两包点心，一篓橘子和苹果，是预备他来时给他吃的。我是准断定在今天只有他才能来。

但午饭吃过了，苇弟却没来。

我一共写了五封信,都是用前几天苇弟买来的好纸好笔。但我想能接得几个美丽的画片,却不能。连几个最爱弄这个玩艺儿的姊姊们都把我这应得的一份儿忘了。不得画片,不希罕,单单只忘了我,却是可气的事。不过为了自己从不会给人拜过一次年,算了,这也是应该的。

晚饭还是我一人独吃,我烦恼透了。

夜晚毓芳云霖却来了,还引来一个高个儿少年,我只想他们才真算幸福;毓芳有云霖爱她,她满意,他也满意。幸福不是在有爱人,是在两人都无更大的欲望。商商量量平平和和的过日子。自然,也有人将不屑于这平庸。但那只是另外那人的,却与我的毓芳无关。

毓芳是好人,因为她有云霖,所以她"愿天下有情人皆成眷属"。她去年曾替玛丽作过一次恋爱婚姻介绍者。她又希望我能同苇弟好。因此她一来便问苇弟。但她却和云霖及那高个儿把我给苇弟买的东西吃完了。

那高个儿可真漂亮,这是我第一次感觉到男人的美上面,从来我是没有留心到。只以为一个男人的本行是在会说话,会看眼色,会小心就够了。今天我看了这高个儿,才懂得男人是另铸有一种高贵的模型,我看出那衬在他面前的云霖显得多么委琐,多么呆拙……我真要可怜云霖,假使他知道了他在这个人前所衬出的不幸时,他将怎样伤心他那些所有的粗丑的眼神,举止。我更不知,当毓芳拿着这一高一矮的男人相比时,是会起一种什么情感!

他,这生人,我将怎样去形容他的美呢?固然,他的颀长的身躯,白嫩的面庞,薄薄的小嘴唇,柔软的头发,都足以闪耀人的眼睛,但他却还另外有一种说不出,捉不到的丰仪来煽动你的心。如同,当我请问他的名字时,他是会用那种我想不到的不急遽的态度递过那只擎有名片的手来。我抬起头去,呀,我看见那两个鲜红的,嫩腻的,深深凹进的嘴角了。我能告诉人吗,我是用一种小儿要糖果的心情在望着那惹人的两个小东西。但我知道在这个社会里面是不会准许任我去取得我所要的来满足我的冲动,我的欲望,无论这是于人并不损害的事,所以我只得忍耐着,低下头去,默默的去念那名片上的字:

"凌吉士,新加坡……"

凌吉士,他是能那样毫无拘束的在我这儿谈话,像是在一个很熟的朋友处,难道我能说他这是有意来捉弄一个胆小的人?我是为要强迫的去拒绝引诱,从不敢把眼光抬平去一望那可爱慕的火炉的一角。并且害得两只从不知羞惭的破烂拖鞋,也逼着我不准走到桌前的灯光处。我并且生气我自己:怎么我只会那样拘束,不调皮的在应对?平日看不起别人的交际法,今天才知道自己是还只能显得又呆,又傻气。唉,他一定以为我是一个乡下才出来的姑娘了!

云霖同毓芳两人看见我木木的,以为我不欢喜这生人,常常去打断他的说话,不久带着他走了。这个我也能感激他们的好意吗?我望着那一高两矮的影子在楼下院子中消失时,我真不愿再回到这留得有那人的靴印,那人的声音,和那人吃剩的饼屑的屋子。

一月三号

这两夜通宵通宵的咳嗽。对于药,简直就不会有信仰,药与病不是已毫无关系吗?我明明已厌烦了那苦水,但却又按时去吃它,假使连药也不吃,我更能拿什么来希望我的病呢?神要人忍耐着生活，便安排许多痛苦在死的前面，使人不敢走拢死去。我呢，我是更为了我这短促的不久的生，所以我越求生的利害；不是我怕死，是我总觉得我还没享有我生的一切。我要，我要使我快乐。无论在白天，在夜晚，我都是在梦想可以使我没有什么遗憾在我死的时候的一些事情。我想我能睡在一间极精致的卧房的睡榻上，有我的姊姊们跪在榻前的熊皮毡子上为我祈祷，父亲悄悄的朝着窗外叹息，我读着许多封从那些爱我的人儿们寄来的长信，朋友们都纪念我流着忠实的眼泪……我迫切的需要这人间的感情，想占有许多不可能的东西。但人们给我的是什么呢？整整又两天，又一人幽囚在公寓里，没有一个人来，也没有一封信来，我躺在床上咳嗽，坐在火炉旁咳嗽，走到桌子前也咳嗽，还想念这些可恨的人们……其实是还收到一封信的，不过这除了更加我一些不快外，也只不过是加我不快。这是在一年前曾骚扰过我的一个安徽粗壮男人所寄来，我没有看完就扯了。我真肉麻那满纸的"爱呀爱的"！我厌恨我不喜欢的人们的苋献……

我，我能说得出我真实的需要是些什么呢？

一月四号

事情不知错到什么地方去了。我为什么会想到搬家，并且在糊里糊涂中欺骗了云霖，好像扯谎也是本能一样，所以在今天能毫不费力的便使用了。假使云霖知道了莎菲也会哄骗他，他不知应如何伤心；莎菲是他们那样爱惜的一个小妹妹。自然我不是安心的，并且我现在在后悔。但我能决定吗，搬呢，还是不搬？

我是不能不向我自己说："你是在想念那高个儿的影子

呢！"是的，这几天几夜我是无时不神往到那些足以诱惑我的。为什么他不在这几天中单独来会我呢？他应当知道他是不该让我如此的去思慕他。他应当来看我，说他也想念我才对。假使他来，我是不会拒绝去听他所说的一些爱慕我的话，我还将令他知道我所要的是些什么。但他却不来。我估定这像传奇中的事是难实现了。难道我去找他吗？一个女人这样放肆，是不会得好结果的。何况还要别人能尊敬我呢。我想不出好法子来，只好先去到云霖处试一试，所以吃过午饭，我便冒风向东城去。

云霖是京都大学的学生，他的住房便租在一家间于京都大学一院和二院之间青年胡同里。我到他那里时，幸好他没出去，毓芳也没来。云霖当然很诧异我在大风天出来，我说是到德国医院看病，顺便来这里。他也就毫不疑惑，又来问我的病状，我却把话头故意引到那天晚上。不费一点气力，我便已打探得那人儿是住在第四寄宿舍，位置是在京都大学二院隔壁的。不久，我于是又叹起气来，我用了许多言辞把在西城公寓里的生活，描摹得怎样的寂寞，暗淡。我又扯谎，说我惟一只想能贴近毓芳（我已知道毓芳已预备搬来云霖处）。我要求云霖同我往近处找房。云霖当然高兴这差事，不会迟疑的。

在找房的时候，凑巧竟碰着了凌吉士。他也陪着我们。我真高兴，高兴使我胆大了，我狠狠的望了他几次，他没有觉得，他问我的病，我说全好了，他不信似的在笑。

我看上一间又低，又小，又霉的东房，这是在云霖的隔壁一家叫大元的公寓里。他和云霖都说太湿，我却执意要在第二天便搬来，理由是那边太使我厌倦，而我急切的又要依着毓芳。云霖无法，也就答应了。还说好第二天一早他和毓芳过来替我帮忙。

我能告诉人，我单单选上这房子的用意吗？它是位置在第四寄宿舍和云霖住所之间。

他不曾向我告别，所以我又转到云霖处，我尽所有的大胆在谈笑。我把他什么细小处都审视遍了。我觉得都有我嘴唇放上去的需要。他不会也想到我是在打量他，盘算他吗？后来我特意说我想请他替我补英文，云霖笑，他听后却受窘了，不好意思的在含含糊糊的回答，于是我向心里说，这还不是一个坏蛋呢，那样高大的一个男人却还会红脸？因此我的狂热更炎炽了。但我不愿让人懂得我，看得我太容易，所以我就驱遣我自己，很早的就回来了。

现在仔细一想，我惟恐我的任性，将把我送到更坏的地方去，暂时且住在这有洋炉的房里吧，难到我能说得上我是爱上了那南洋人吗？我还一丝一毫都不知道他呢。什么那嘴唇，那眉梢，那眼角，那指尖……多无意识，这并不是一个人所应需的，我着魔了，会想到那上面。我决计不搬，一心一意来养病。

我决定了。我懊悔，我懊悔我白天所做的一些不是，一个正经女人所做不出来的。

一月六号

都奇怪我，听说我搬了家，南城的金英，西城的江周，都来到我这低湿的小屋里。我笑着，有时在床上打滚，她们都说我越小孩气了，我更大笑起来，我只想告诉她们我想的是什么。下午苇弟也来了。苇弟最不快活我搬家，因为我未曾同他商量，并且离他更远了。他见着云霖时，竟不理他。云霖摸不着他为什么生气，望着他。他却更板起脸孔。我好笑，我向自己说："可怜，冤枉他了，一个好人！"

毓芳不再向我说剑如。她决定两三天便搬来云霖处,因为她觉得我既这样想傍着她住,她不能让我一人寂寂寞寞的住在这里。她和云霖待我更比以前亲热。

一月十号

这几天我都见着凌吉士,但我从没同他多说过几句话,我是决不先提到补英文事。我看见他一天要两次的往云霖处跑,我发笑,我准断定他以前一定不会同云霖如此亲密的。我没有一次邀请他来我那儿去玩,虽说他问了几次搬了家如何,我都装出不懂的样儿笑一下便算回答。我是把所有的心计都放在这上面用,好像同着什么东西搏斗一样。我要着那样东西,我还不愿去取得,我务必想方设计的让他自己送来。是的,我了解我自己,不过是一个女性十足的女人,女人是只把心思放到她要征服的男人们身上。我要占有他,我要他无条件的献上他的心,跪着求我赐给他的吻呢。我简直癫了,反反复复的只想着我所要施行的手段的步骤,我简直癫了!

毓芳云霖看不出我的兴奋来,只说我病快好了。我也正不愿他们知道,说我病好,我就假装着高兴。

一月十二

毓芳已搬来,云霖却又搬走了。宇宙间竟会生出这样一对人来,为怕生小孩,便不肯住在一起,我猜想他们是连自己也不敢断定:当两人抱在一床时是不会另外又干出些别的事来,所以只好预先防范,不给那肉体接触的机会。至于那单独在一房时的拥抱和亲嘴,是不会发生危险,所以悄悄来表演几次,便不在禁止之列。我忍不住嘲笑他们了,这禁欲主义者!为什么会不需要拥抱那爱人的裸露的身体?为什么要压制住这爱的表现?为什么在两人还没睡在一个被窝里以前,会想到那些不相干足以担心的事?我不相信恋爱是如此的理智,如此的科学!

他俩不生气我的嘲笑,他俩还骄傲着他们的纯洁,而笑我小孩气呢。我体会得出他们的心情,但我不能解释宇宙间所发生的许许多多奇怪的事。

这夜我在云霖处(现在要说毓芳处了)坐到夜晚十点钟才回来,说了许多关于鬼怪的故事。

鬼怪这东西,我是在一点点大的时候就听惯了,坐在姨妈怀里听姨爹讲《聊斋》是常事,并且一到夜里就爱听。至于怕,又是另外一件不愿告人的。因为一说怕,准就听不成,姨爹便会踱过对面书房去,小孩就不准下床了。到进了学校,又从先生口里得知点科学常识,为了信服我们那位周麻子二先生,所以连书本也信服,从此鬼怪便不屑于害怕了。近来人是更在长高长大,说起来,总是否认有鬼怪的,但鸡粟却不肯因为不信便不出来,寒毛一个个也会竖起的。不过每次同人一说到鬼怪时,别人是不知道我正在想拗开些说到别的闲话上去,为的怕夜里一个人睡在被窝里时想到死去了的姨爹姨妈就伤心。

回来时,我看到那黑魆魆的小胡同,真有点胆悸。我想,假使在哪个角落里露出一个大黄脸,或伸来一只毛手,又是在这样像冻住了的冷巷里,我不会以为是意外。但看到身边的这高大的汉子(凌吉士)做镖手,大约总可靠,所以当毓芳问我时,我只答应"不怕,不怕"。

云霖也同我们出来,他回他的新房子去,他向南,我们向北,所以只走了三四步,便听不清那橡皮的鞋底在泥板上发出的声音。

他伸来一只手,拢住了我的腰:

"莎菲,你一定怕哟!"

我想挣,但挣不掉。

我的头停在他的胁前,我想,如若在亮处,看起来,我会像个什么东西,被挟在比我高一个头还多的人的腕中。

我把身一蹲,便窜出来了,他也松了手陪我站在大门边打门。

小胡同里黑极了,但他的眼睛望到何处,我却能很清楚的看见。心微微有点跳,等着开门。

"莎菲,你怕哟!"

门闩已在响,是伙计在问谁。我朝他说:

"再——"

他猛的却握住我的手,我也无力再说下去。

伙计看到我身后的大人,露着诧异。

到单独只剩两人在一房时,我的大胆,已经是变得毫无用处了。想故意说几句客套话,也不会,只说:"请坐吧!"自己便去洗脸。

鬼怪的事,已不知忘掉到什么地方去了。

"莎菲!你还高兴读英文吗?"他忽然问。

这是他来找我,提头到英文,自然他未必欢喜白白牺牲时间去替人补课,这意思,在一个二十岁的女人面前,怎能瞒过,我笑了(这是只在心里笑)。我说:

"蠢得很,怕读不好,丢人。"

他不说话,把我桌上摆的照片拿来玩弄着,这照片是我姊姊的一个刚满一岁的女儿的。

我洗完脸,坐在桌子那头。

他望望我,便又去望那小女孩,然后又望我。是的,这小女孩长的真像我。于是我问他:

"好玩吗?你说像我不像?"

"她,谁呀!"显然,这声音就表示着非常之认真。

"你说可爱不可爱?"

他只追问着是谁。

忽的,我明白了他意思,我又想扯谎了。

"我的,"于是我把像片抢过来吻着。

他信了。我竟愚弄了他,我得意我的不诚实。

这得意,似乎便能减少他的妩媚,他的英爽。要是不,为什么当他显出那天真的诧愕时,我会忽略了他那眼睛,我会忘掉了他那嘴唇?否则,这得意一定将冷淡下我的热情来。

然而当他走后,我却懊悔了。那不是明明安放着许多机会吗?我只要在他按住我手的当儿,另做出一种眼色,让他懂得他是不会遭拒绝,那他一定可以还做出一些比较大胆的事。这种两性间的大胆,我想只要不厌烦那人,是也会像把肉体来融化了的感到快乐,是无疑。但我为什么要给人一些严厉,一些端庄呢?唉,我搬到这破房子里来,到底为的是什么呢?

一月十五

近来我是不算寂寞了,白天便在隔壁玩,晚上又有一个新鲜的朋友陪我谈话。但我的病却越深了。我真不能不令我灰心,我要什么呢,什么也于我无益。难道我有所眷恋吗?一切又是多么的可笑,但死却不期然的会让我一想到便伤心。每次看见那克利大夫的脸色,我便想:是的,我懂得,你尽管说吧,是不是我已没希望了?但我却拿笑代替了我的哭。谁能知道我在夜深流出的眼泪的分量!

几夜,凌吉士都接着来,他告人说是在替我补英文,云霖问我,我只好不答应。晚上我拿一本"Poor People"放在他面前,他真个便教起来。我只好又把书丢开,我说:"以后你不要再向人说在替我补英文吧,我病,谁也不会相信这事的。"他赶忙便说:"莎菲,我不可以等你病好些就教你吗?莎菲,只要你喜欢。"

这新朋友似乎是来得如此够人爱,但我却不知怎的,反而懒于注意到这些事。我每夜看到他丝毫得不着高兴的出去,心里总觉得有点歉疚,我只好在他穿大氅的当儿向他说:"原谅我吧,我是有病!"他会错了我的意思,以为我同他客气。"病有什么要紧呢,我是不怕传染的。"后来我仔细一想,也许这话是另含得有别的意思,我真不敢断定人的所作所为是像可以想像出来的那样单纯。

一月十六

今天接到蕴姊从上海来的信,更把我引到百无可望的境地。我哪里还能找得几句话去安慰她呢?她信里说:"我的生命,我的爱,都于我无益了……"那她是更不必需要我的安慰,我为她而流的眼泪了。唉!但从她信中,我可以揣想得出她婚后的生活,虽说她未肯明明的表白出来。神为什么要去捉弄这些在爱中的人儿？蕴姊是最神经质，最热情的人，自然她是更受不住那渐渐的冷淡，那已遮饰不住的虚情……我想要蕴姊来北京，不过这是做得到的吗？这还是疑问。

苇弟来的时候，我把蕴姊的信给他看：他真难过，因为那使我蕴姊感到生之无趣的人，不幸便是苇弟的哥哥。于是我又向他说了我许多新得的"人生哲学"的意义；他又尽他惟一的本能在哭。我只是很冷静的去看他怎样使眼睛变红，怎样拿手去擦干，并且我在他那些举动中，加上许多残酷的解释。我未曾想到在人世中，他是一个例外的老实人，不久，我一个人悄悄的跑出去了。

为要躲避一切的熟人，深夜我才独自从冷寂寂的公园里转来，我不知怎样的度过那些时间，我只想："多无意义啊！倒不如早死了干净……"

一月十七

我想：也许我是发狂了！假使是真发狂，我倒愿意。我想，能够得到那地步，我总可以不会再感到这人生的麻烦了吧……

足足有半年为病而禁绝了的酒，今天又开始痛饮了。明明看到那吐出来的是比酒还红的血。但我心却像有什么别的东西主宰一样，似乎这酒便可在今晚致死我一样，我是不愿再去细想那些纠纠葛葛的事……

一月十八

现在我还睡在这床上，但不久就将与这屋分别了，也许是永别，我断得定我还有那样能再亲我这枕头，这棉被……的幸福吗？毓芳，云霖，苇弟，金夏都保守着一种沉默围绕着我坐着，焦急的等着天明了好送我进医院去。我是在他们忧愁的低语中醒来的，我不愿说话，我细想昨天上午的事，我闻到屋子中所遗留下来的酒气和腥气，才觉得心是正在剧烈的痛，于是眼泪便汹涌了。因了他们的沉默，因了他们脸上所显现出来的凄惨和暗淡，我似乎感到这便是我死的预兆。假设我便如此长睡不醒了呢，是不是他们也将是如此的沉默的围绕着我僵硬的尸体？他们看见我醒了，便都走拢来问我。这时我真感到了那可怕的死别！我握着他们，仔细望着他们每个的脸，似乎要将这记忆永远保存着。他们便都把眼泪滴到我手上，好像觉得我就要长远的离开他们而走向死之国一样。尤其是苇弟，哭得现出丑的脸。唉，我想：朋友呵，请给我一点快乐吧……于是我反而笑了。我请他们替我清理一下东西，他们便在床铺底下拖出那口大藤箱来，在箱子里有几捆花手绢的小包，我说："这我要的，随着我进协和吧。"他们便递给我，我又给他们看，原来都满满是信札，我又向他们笑："这，你们的也在内！"他们才似乎也快乐些了。苇弟又忙着从抽屉里递给我一本照片，是要我也带去的样子，我更笑了。这里面有七八张是苇弟的单像，我又特容许了苇弟接吻在我手上，并握着我的手在他脸上摩擦，于是这屋子才不至于像真的有个僵尸停着的一样，天光这时也慢慢显出了鱼肚白。他们又忙乱了，慌着在各处找洋车。于是我病院的生活便开始了。

三月四号

接蕴姊死电是二十天以前的事，而我的病却又一天有希望一天了。所以在一号又由送我进院的几人把我送转公寓来,房子已打扫得干干净净。又因为怕我冷,特生了一个小小的洋炉,我真不知应怎样才能表示我的感谢,尤其是苇弟和毓芳。金和周又在我这儿住了两夜才走,都充当我的看护,我是每日都躺着,简直舒服得不像住公寓,同在家里也差不了什么了!毓芳还决定再陪我住几天,等天气暖和点便替我上西山去找房子,我便好专去养病,我也真想能离开北京,可恨阳历三月了,还如是之冷!毓芳硬要住在这儿,我也不好十分拒绝,所以前两天为金和周搭的一个小铺又不能撤了。

近来在病院却把我自己的心又医转了,这实实在在却是这些朋友们的温情把它又重暖了起来,又觉得这宇宙还充满着爱呢。尤其是凌吉士,当他走到医院去看我时,我便觉得很骄傲,我想他那种丰仪才够去看一个在病院女友的病,并且我也懂得,那些看护妇都在羡慕着我呢。有一天,那个很漂亮的密司杨问我:

"那高个儿,是你的什么人呢?"

"朋友!"我是忽略了她问的无礼。

"同乡吗?"

"不,他是南洋的华侨。"

"那么是同学?"

"也不是。"

于是她狡猾的笑了,"就仅是朋友吗?"

自然,我可以不必脸红,并且还可以警诫她几句,但我却惭愧了。她看到我闭着眼装要睡的狼狈样儿,便很得意的笑着走去。后来我一直都恼着她。并且为了躲避麻烦,有人问起苇弟时，我便扯谎说是我的哥哥。有一个同周很好的小伙子，我便说是同乡，或是亲戚的乱扯。

当毓芳上课去后，我一个人留在房里时，我就去翻在一月多中所收到的信，我又很快活，很满足，还有许多人在纪念我呢。我是需要别人纪念的，总觉得能多得点好意就好。父亲是更不必说，又寄了一张像来，只有白头发似乎又多了几根。姊姊们都好，可惜就为小孩们忙得很，不能多替我写信。

信还没有看完，凌吉士又来了。我想站起来，但他却把我按住。他握着我的手时，我快活得真想哭了。我说：

"你想没想到我又会回转这屋子呢？"

他只瞅着那侧面的小铺，表示一种不高兴的样子，于是我告诉他从前的那两位客已走了，这是特为毓芳预备的。

他听了便向我说他今晚不愿再来，怕毓芳会厌烦他。于是我的心里更充满乐意了，便说：

"难道你就不怕我厌烦吗？"

他坐在床头更长篇的述说他这一个多月中的生活，还怎样和云霖冲突，闹意见，因为他赞成我早些出院，而云霖执着说不能出来。毓芳也附着云霖，他懂得他认识我的时间太少，说话自然不会起影响，所以以后他都不管这事了，并且在院中一和云霖碰见，自己便先回来了。

我懂得他的意思，但我却装着说：

"你还说云霖，不是云霖我还不会出院呢，住在里面真舒服多了。"

于是我又看见他默默的把头掉到一边去，不答应我的话。

他算着毓芳快来时，便走了，还悄悄告诉我说等明天再来。

果然,不久毓芳便回来了。毓芳不会问,我也不告她,并且她为我的病,不愿同我多说话,怕我费神,我更乐得藉此可以多去想些另外的小闲事。

三月六号

当毓芳上课去后,把我一人撂在房里时,我便会想起这所谓男女间的怪事;其实,在这上面,不是我爱自夸,我所受的训练,至少也有我几个朋友们的相加或相乘,但近来我却非常之不能了解。当独自同着那高个儿时,我的心便会跳起来,又是羞惭,又是害怕,而他呢,他只是那样随便的坐着,类乎天真的讲他过去的历史,有时是握着我的手;但这也不过是非常之自然,然而我的手便不会很安静的被握在那大手中,慢慢的会发烧。并且一当他站起身预备走时,不由的我心便慌张了,好像我将跌入那可怕的不安中,于是我盯着他看,真说不清那眼光是求怜,还是怨恨;但他却忽略了我这眼光,偶尔懂得了,也只说:"毓芳要来了哟!"我应当怎样说呢?他是在怕毓芳!自然,我也会不愿有人知道我暗地一个所想的一些不近情理的事,不过近来我又感到我有别人了解我感情的必要;几次我向毓芳含糊的说起我的心境,她还是只那样忠实的替我盖被子,留心我的药,我真不能不有点烦闷了。

三月八号

毓芳已搬回去,苇弟却又想代替那看护的差事。我知道,如若苇弟来，一定比毓芳还好，夜晚若想茶吃时，总不至于因听到那浓睡中的鼾声而不愿搅扰人而把头缩进被窝点算了；但我自然拒绝他这好意，他又固执着，我只好说："你在这里，我有许多不方便，并且病呢，也好了。"他还要证明间壁的屋子是空着，他可以住间壁，我正在无法时，凌吉士却来了，我以为他们还不认识，而凌吉士已握着苇弟的手，说是在医院已见过两次。苇弟只冷冷的不理他，我笑着向凌吉士说："这是我的弟弟，小孩子，不懂交际，你常来同他玩吧。"苇弟真的变成了小孩子，丧着脸站起身就走了。我因为有人在面前，便感得不快，也只好掩藏住，并且觉得有点对凌吉士不住，但他却毫没介意，反问我："不是他姓白吗？怎会变成你的弟弟？"于是我笑了："那么你是只准姓凌的人叫你做哥哥弟弟的！"于是他也笑了。

近来青年人在一处时，便老喜欢研究到这一个"爱"字，虽说有时我也似乎懂得点，不过终究还是不很说得清。至于男女间的一些小动作，似乎我又太看得明白了。也许便是因为我懂得了这些小动作，而于"爱"才反迷糊，才没有勇气鼓吹恋爱，才不敢相信自己还是一个纯粹的够人爱的小女子，并且才会怀疑到世人所谓的"爱"，以及我所接受的"爱"……

在我刚稍微有点懂事的时候，便给爱我的人把我苦够了，给许多无事的人以诬蔑我，凌辱我的机会，以致我顶亲密的小伴侣们也疏远了。后来又为了爱的胁迫，使我害怕得离开了我的学校。以后，人虽说一天天大了，但总常常感到那些无味的纠缠，因此有时不特怀疑到所谓"爱"，竟会不屑于这种亲密。苇弟他说他爱我，为什么他只会常常给我一些难过呢？譬如今晚，他又来了，来了便哭，并且似乎带了很浓的兴味来哭一样，无论我说：

"你怎么了,说呀!""我求你,说话呀,苇弟!……"他都不理会。这是从未有的事,我尽我的脑力也猜想不出他所骤遭的这灾祸。我应当把不幸朝哪一方去揣测呢?后来,大约他是哭够了,于是才大声说:"我不喜欢他!""这又是谁欺侮了你呢,这样大嚷大闹的?""我不喜欢那高个子!那同你好的!"哦,我这才知道原来还是怄我的气。我不觉得会笑了。这种无味的嫉妒,这种自私的占有,便是所谓爱吗?我发笑,而这笑,自然不会安慰到那有野心的男人的。并且因了我不屑的态度,更激起他那不可抑制的怒气。我看着他那放亮的眼光,我以为他要噬人了,我想:"来吧!"但他却又低下头去哭了,还揩着眼泪,跟跄的又走出去。

这种表示,也许是称为狂热的,真率的爱的表现吧,但苇弟却毫不加思索的来使用在我面前,自然是只会失败;并不是我愿意别人虚伪点,做作点在爱上,我只觉得想靠这种小孩般举动来打动我的心,是全无用。或者这因为我的心是生来便如此硬;那我之种种不惬于人意而得来烦恼和伤心,也是应该的。

苇弟一走,自自然然我把我自己的心意去揣摩,去仔细回忆到那一种温柔的,大方的,坦白而又多情的态度上去,光这态度已够人欣赏得像吃醉一般的感到那融融的蜜意,于是我拿了一张画片,写了几个字,命伙计即刻送到第四寄宿舍去。

三月九号

我看见安安闲闲坐在我房里的凌吉士,不禁又可怜到苇弟,我祝祷世人不要像我一样,忽略了蔑视了那可贵的真诚而把自己陷到那不可拔的渺茫的悲境里;我更愿有那么一个真诚纯洁的女郎去饱领苇弟的爱,并填实苇弟所感得的空虚啊!

三月十三

好几天又不提笔,不知还是因为我心情不好,或是找不出所谓的情绪。我只知道,从昨天来我是更只想哭了。别人看到我哭,便以为我在想家,想到病,看见我笑呢,又以为我快乐了,还欣庆着这健康的光芒……但所谓朋友皆如是,我能告谁以我的不屑流泪,而又无力笑出的痴呆心境?并且因我看清了自己在人间的种种不愿舍弃的热望以及每次追求而得来的懊丧,所以连自己也不愿再同情这未能悟彻所引起的伤心。更哪能捉住一管笔去详细写出自怨和自恨呢!

是的,我好像又在发牢骚了。但这只是隐忍着在心头而反复向自己说,似乎还无碍。因为我并未曾有过那种胆量,给人看我的蹙紧眉头,和听我的叹气,虽说人们早已无条件的赠送过我以"狷傲""怪僻"等等好字眼。其实,我并不是要发牢骚,我只想哭,想有那么一个人来让我倒在他怀里哭,并告诉他:"我又糟蹋我自己了!"不过谁能了解我,抱我,抚慰我呢?是以我只能在笑声中咽住"我又糟蹋我自己了"的哭声。

我到底又为了什么呢,这真好难说!自然我是未曾有过一刻私自承认我是爱恋上那高个儿了的,但他之在我的心心念念中怎地又蕴蓄着一种分析不清的意义。虽说他那颀长的身躯,嫩玫瑰般的脸庞,柔软的嘴唇,惹人的眼角,是可以诱惑许多爱美的女子,并以他那娇贵的态度倾倒那些还有情爱的。但我岂肯为了这些无意识的引诱而迷恋到一个十足的南洋人!真的,在他最近的谈话中，我懂得了他的可怜的思想；他需要的是什么？是金钱，是在客厅中能应酬他买卖中朋友们的年轻太太，是几个穿得很标致的白胖儿子。他的爱情是什么？是拿金钱在妓院中，去挥霍而得来的一时肉感的享受，和坐在软软的沙发上，拥着香喷喷的肉体，嘴抽着烟卷，同朋友们任意谈笑，还把左腿叠压在右膝上；不高兴时，便拉倒，回到家里老婆那里去。热心于演讲辩论会，网球比赛，留学哈佛，做外交官，公使大臣，或继承父亲的职业，做橡树生意，成资本家……这便是他的志趣！他除了不满于他父亲未曾给他过多的钱以外，便什么都是可使他在一夜不会做梦的睡觉；如有，便也只是嫌北京好看的女人太少，让他有时也会厌腻起游戏园，戏场，电影院，公园来……唉，我能说什么呢？当我明白了那使我爱慕的一个高贵的美型里，是安置着如此的一个卑劣灵魂，并且无缘无故还接受过他的许多亲密。这亲密，自然是还值不了在他从妓院中挥霍里剩余下的一半多！想起那落在我发际的吻来，真又使我悔恨到想哭了！我岂不是把我献给他任他来玩弄我来比拟到卖笑的姊妹中去！然而这又都只能把责备来加上我自己使我更难受的，因为假设只要我自己肯，肯把严厉的拒绝放到我眸子中去，我敢相信，他不会那样大胆，并且我也敢相信，他之所以不会那样大胆，是由于他还未曾有过那恋爱的火焰燃炽……唉！我应该怎样来诅咒我自己了！

三月十四

这是爱吗，也许要爱才具有如此的魔力，不是，为什么一个人的思想会变幻得如此不可测！当我睡去的时候，我看不起美人,但刚从梦里醒来,一揉开睡眼,便又思念那市侩了。我想:他今天会来吗?什么时候呢,早晨,过午,晚上?于是我跳下床来,急忙忙的洗脸,铺床,还把昨夜丢在地下的一本大书捡起,不住的在边缘处摩挲着,这是凌吉士昨夜遗忘在这儿的一本《威尔逊演讲录》。

三月十四晚上

我是有如此一个美的梦想,这梦想是凌吉士所给我的。然而同时又为他而破灭。所以我因了他才能满饮着青春的醇酒,在爱情的微笑中度过了清晨;但因了他,我认识了"人生"这玩艺,而灰心而又想到死;至于痛恨到自己甘于堕落,所招来的,简直只是最轻的刑罚!真的,有时我为愿保存我所爱的,我竟想到"我有没有力去杀死一个人呢?"

我想遍了,我觉得为了保存我的美梦,为了免除使我生活的力一天天减少,顶好是即刻上西山好,但毓芳告诉我,说她所托找房子的那位住在西山的朋友还没有回信来,我又怎好再去询问或催促呢?不过我决心了,我决心让那高小子来尝一尝我的不柔顺,不近情理的倨傲和侮弄。

三月十七

那天晚上苇弟赌着气回去,今天又小小心心的自己来和解,我不觉笑了。并感到他的可爱。如若一个女人只要能找得一个忠实的男伴,做一身的归宿,我想谁也没有我苇弟可靠。我笑问:

"苇弟,还恨姊姊不呢?"于是他羞惭的说:"不敢。姊姊,你了解我吧!我是除了希冀你不会摈弃我以外不敢有别的念头的。一切只要你好,你快乐就够了!"这还不真挚吗?这还不动人吗?比起那白脸庞红嘴唇的如何?但是后来我说:"苇弟,你好,你将来一定是一切都会很满你意的。"他却露出凄然的一笑。"永世也不会——但愿如你所说……"这又是什么呢?又是给我难受一下!我恨不得跪在他面前求他只赐我以弟弟或朋友的爱吧!单单为了我的自私,我愿我少些纠葛,多快乐点。苇弟爱我,并会说那样好听的话,但他忽略了:第一他应当真的减少他的热望,第二他也应该藏起他的爱来。我为了这一个老实的男人,所感到无能的抱歉,真也够受了。

三月十八

我又托夏在替我往西山找房了。

三月十九

凌吉士居然已几日不来我这里了。自然,我不会打扮,不会应酬,不会治事理家事,我有肺病,无钱,他来我这里做什么!我本无须乎要他来,但他真的不来了却又更令我伤心,更证实他以前的轻薄。难道他也是如苇弟一样老实,当他看到我写给他的字条:"我有病,请不要再来扰我。"就信为是真话,竟不可违背,而果真不来吗?这又使我只想再见他一面,到底审看一下这高大的怪物是怎样的在觑看我。

三月二十

今天我在云霖处跑了三次,都未曾遇见我想见的人,似乎云霖也有点疑惑,所以他问我这几天见着凌吉士没有。我只好又怅怅的跑回来。我实在焦烦得很,我敢自己欺自己说我这几日没有思念到他吗?

晚上七点钟的时候,毓芳和云霖来邀我到京都大学第三院去听英语辩论会,并且乙组的组长便是凌吉士。我一听到这消息,心就立刻砰砰的跳起来。我只得拿病来推辞了这善意的邀请。我这无用的弱者。我没有胆量去承受那激动,我还是希望我能不见着他。不过在他俩走时,我却又请他俩致意到凌吉士,说我问候他。唉,这又是多无意识啊!

三月二十一

在我刚吃过鸡子牛奶,一种熟习的叩门声便响着,在纸格上还印上一个颀长的黑影。我只想跳过去开门,但不知为一种什么情感所支使,我咽着气,低下头去了。

"莎菲,起来没有?"这声音是如此柔嫩,令我一听到会想哭。

为了知道我已坐在椅子上吗?为了知道我无能发气和拒绝吗?他轻轻的托开门便走进来了。我不敢仰起我滋润的眼皮来。

"病好些没有,刚起来吗?"

我答不出一句话。

"你真在生我的气啊。莎菲,你厌烦我,我只好走了。莎菲!"

他走,于我自然很合适,但我又猛然抬起头拿眼光止住了他开门的手。

谁说他不是一个坏蛋呢,他懂得了。他敢于把我的双手握得紧紧的。他说:

"莎菲,你捉弄我了。每天我走你门前过,都不敢进来,不是云霖告诉我说你不会生我气,那我今天还不敢来。你,莎菲,你厌烦我不呢?"

谁都可以体会得出来,假使他这时敢于拥抱住我,狂乱的吻我,我一定会倒在他手腕上哭了出来:"我爱你呵!我爱你呵!"但他却如此的冷淡,冷淡得使我又恨他了。然而我心里又在想:"来呀,抱我,我要接吻在你脸上咧!"自然,他依旧还握着我的手,把眼光紧盯在我脸上,然而我搜遍了,在他的各种表示中,我得不着我所等待于他的赐与。为什么他仅仅只懂得我的无用,我的可轻侮,而不够了解他之在我心中所占的是一种怎样的地位!我恨不得用脚尖踢出他去,不过我又为了另一种情绪所支配,我向他摇了头,表示是不厌烦他的来到。

于是我又很柔顺的接受了他许多浅薄的情意,听他又说着那些使他津津有回味的卑劣享乐,以及"赚钱和花钱"的人生意义,并承他暗示我许多做女人的本分。这些又使我看不起他,暗骂他,嘲笑他,我拿我的拳头,隐隐痛击我的心,但当他扬扬的走出我房时,我受逼得又想哭了。因为我压制住我那狂热的欲念,我未曾请求他多留一会儿。

唉,他走了!

三月二十一夜

在去年这时候,我过的是一种什么生活!为了有蕴姊千依百顺的疼我,我便装病躺在床上不肯起来。为了想受蕴姊抚摩我,便因那着急无以安慰我而流泪的滋味,我伏在桌上想到一些小不满意的事而哼哼唧唧的哭。便有时因在整日静寂的沉思里得了点哀戚,但这种淡淡的凄凉,却更令我舍不得去扰乱这情调,似乎在这里面我也可以味出一缕甜意一样的。至于在夜深了的法国公园,听躺在草地上的蕴姊唱《牡丹亭》,那又是更不愿想到的事了。假使她不会被神捉弄般的去爱上那苍白脸色的男人,她一定不会死去的这样快,我当然不会一人漂流到北京,无亲无爱的在病中挣扎,虽说有几个朋友,他们也很体惜我,但在我所感应得出的我和他们的关系能和蕴姊的爱在一个天平上相称吗?想起蕴姊,我是真应当像从前在蕴姊面前撒娇一样的纵声大哭,不过这一年来,因为多懂得了一些事,虽说时时想哭却又咽住了,怕让人知道了厌烦。近来呢,我更是不知为了什么只能焦急。而想得点空闲去思虑一下我所做的,我所想的,关于我的身体,我的名誉,我的前途的好处和歹处的时间也没有,整天把紊乱的脑筋只放到一个我不愿想到的去处,因为便是我想逃避的,所以越把我弄成焦烦苦恼得不堪言说!但是我除了说"死了也活该!"是不能再希冀什么了。我能求得一些同情和慰藉吗?然而我又似乎在向人乞怜了。

晚饭一吃过,毓芳便和云霖来我这儿坐,到九点我还不肯放他俩走。我知道,毓芳碍住面子只好又坐下来,云霖藉口要预备明天的课,执意一人走回去了。于是我隐隐的向毓芳吐露我近来所感得的窘状,我只想她能懂得这事,并且能硬自做主来把我的生活改变一下,做我自己所不能胜任的。但她完全把话听到反面去了,她忠实的告诫我:"莎菲,我觉得你太不老实,自然你不是有意,你可太不留心你的眼波了。你要知道,凌吉士他们比不得在上海同我们玩耍的那群孩子,他们很少机会同女人接近,受不起一点好意的,你不要令他将来感到失望和痛苦。我知道,你哪里会爱到他呢?"这错误是不是又该归到我,假设我不想求助于她而向她饶舌,是不是她不会说出这更令我生气,更令我伤心的话来?我噎着气又笑了:"芳姊,不要把我说得太坏了吓!"

毓芳愿意留下住一夜时,我又赶着她走了。

像那些才女们,因为得了一点点不很受用,便能"我是多愁善感呀","悲哀呀我的心……""……"做出许多新旧的诗。我呢,没出息的,白白被这些诗境困着,连想以哭代替诗句来表现一下我的情感的搏斗都不能。光在这上面,为了不如人,也应摆开一切去努力做人才对,便还退一千步说,为了自己的热闹,为了得一群浅薄眼光之赞颂,我总也不该拿不起笔或枪来。真的便把自己陷到比死还难忍的苦境里,单单为了那男人的柔发,红唇……

我又梦想到欧洲中古的骑士风度,这拿来比拟是不会有错,如其是有人看到凌吉士过的。他又能把那东方特长的温柔保留着。神把什么好的,都慨然赐给他了,但神为什么不再给他一点聪明呢?他还不懂得真的爱情呢,他确是不懂得,虽说他已有了妻(今夜毓芳告我的),虽说他,曾在新加坡乘着脚踏车追赶坐洋车的女人,因而恋爱过一小段时间,虽说他曾在韩家潭住过夜。但他真得到一个女人的爱过吗?他爱过一个女人吗?我敢说不曾!

一种奇怪的思想又在我脑中燃烧了。我决定来教教这大学生。这宇宙并不是像他所懂的那样简单的啊!

三月二十二

在心的忙乱中,我勉强竟写了这些日记了。早先是因为蕴姊写信来要,再三再四的,我只好开始来写。现在是蕴姊又死了好久,我还舍不得不继续下去,心想便为了蕴姊在世时所谆谆向我说的一些话而便永远写下去做纪念蕴姊也好。所以无论我那样不愿提笔,也只得胡乱画下一页半页的字来。本来是睡了的,但望到挂在壁上蕴姊的像,忍不住又爬起,为免掉想念蕴姊的难受而提笔了。自然,这日记,我总是觉得除了蕴姊我不愿给任何人看。第一是因为这是特为了蕴姊要知道我的生活而记下的一些琐琐碎碎的事,二来我也怕别人给一些理智的面孔给我看,好更刺透我的心;似乎我自己也会因了别人所尊崇的道德而真的也感到像犯下罪一样的难受。所以这黑皮的小本子我是许久以来都安放在枕头底下的垫被的下层。今天不幸我却违背我的初意了,然而也是不得已,虽说似乎是出于毫未思考。原因是苇弟近来非常误解我,以致常常使得他自己不安,而又常常波及我,我相信在我平日的一举一动中,我都很能表示出我的态度来。为什么他懂不了我的意思呢?难道我能直捷的说明,和阻止他的爱吗?我常常想,假设这不是苇弟而是另外一人,我将会知道应怎样处置是最合法的。偏偏又是如此能令我忍不下心去的一个好人!我无法了,我只好把我的日记给他看。让他知道他之在我的心里是怎样的无希望,并知道我是如何凉薄的反反复复的不足爱的女人。假使苇弟知道我，我自然是会将他当做我惟一可诉心肺的朋友，我会热诚的拥着他同他接吻。我将替他愿望那世界上最可爱，最美的女人……日记，苇弟是看过一遍，又一遍了，虽说他曾经哭过，但态度非常镇静，是出我意料之外的。我说：

"懂得了姊姊吗？"

他点头。

"相信姊姊吗？"

"关于哪方面的？"

于是我懂得那点头的意义。谁能懂得我呢，便能懂得了这只能表现我万分之一的日记，也只能令我看到这有限的而伤心哟！何况，希求人了解，而以想方设计用文字来反复说明的日记给人看，已够是多么可伤心的事！并且，后来苇弟还怕我以为他未曾懂得我，于是不住的说：

"你爱他！你爱他！我不配你！"

我真想一赌气扯了这日记。我能说我没有糟蹋这日记吗？我只好向苇弟说："我要睡了，明天再来吧。"

在人里面，真不必求什么！这不是顶可怕的吗？假设蕴姊在，看见我这日记，我知道，她是会抱着我哭："莎菲，我的莎菲！我为什么不再变得伟大点，让我的莎菲不至于这样苦啊……"但蕴姊已死了，我拿着这日记应怎样的来痛哭才对！

三月二十三

凌吉士向我说："莎菲！你真是一个奇怪的女子。"我了解这并不是懂得了我的什么而说出的一句赞叹。他所以为奇怪的，无非是看见我的破烂了的手套，搜不出香水的抽屉，无缘无故扯碎了的新棉袍，保存着一些旧的小玩具，……还有什么？听见些不常的笑声，至于别的，他便无能去体会了，我也从未向他说过一句我自己的话。譬如他说"我以后要努力赚钱呀"，我便笑；他说到邀起几个朋友在公园追着女学生时，"莎菲那真有趣"，我也笑。自然，他所说的奇怪，只是一种在他生活习惯上不常见的奇怪。并且我也很伤心，我无能使他了解我而敬重我。我是什么也不希求了，除了往西山去。我想到我过去的一切妄想，我好笑！

三月二十四

一当他单独在我面前时，我觑着那脸庞，聆着那音乐般的声音，我心便在忍受那感情的鞭打！为什么不扑过去吻住他的嘴唇，他的眉梢，他的……无论什么地方？真的，有时话都到口边了："我的王！准许我亲一下吧！"但又受理智，不，我就从没有过理智，是受另一种自尊的情感所裁制而又咽住了。唉！无论他的思想是怎样坏，而他使我如此癫狂的动情，是曾有过而无疑，那我为什么不承认我是爱上了他咧？并且，我敢断定，假使他能把我紧紧的拥抱着，让我吻遍他全身，然后他把我丢下海去，丢下火去，我都会快乐的闭着眼等待那可以永久保藏我那爱情的死的来到。唉！我竟爱他了，我要他给我一个好好的死就够了……

三月二十四夜深

我决心了。我为拯救我自己被一种色的诱惑而堕落,我明早便会到夏那儿去,以免看见了凌吉士又痛苦,这痛苦已缠缚我如是之久了!

三月二十六

为了一种纠缠而去,但又遭逢着另一种纠缠,使我不得不又急速的转来了。在我去夏那儿的第二天,梦如便去了。虽说她是看另一人去的,但使我很感到不快活。夜晚,她大发其对感情的一种新近所获得的议论,隐隐的含着讥刺向我,我默然。为不愿让她更得意,我睁着眼,睡在夏的床上等到了天明,我才又忍着气转来……

毓芳告诉我,说西山房子已找好了,并且又另外替我邀了一个女伴,也是养病的,而这女伴同毓芳又算是一个很好的朋友。听到这消息,应该是很欢喜吧,但我刚刚在眉头舒展了一点喜色,而一种默然的凄凉便罩上了。虽说我从小便离开家,在外面混,但都有我的亲戚朋友随着我,这次上西山,固然说起来离城只是几十里,但在我,一个活了二十岁的人,开始一人跑到陌生的地方去,还是第一次。假使我竟无声无息的死在那山上,谁是第一个发现我死尸的?我能担保我不会死在那里吗?也许别人会笑我担忧到这些小事,而我却真的哭过,当我问毓芳舍不舍得我时,而毓芳却笑,笑我问小孩话,说是这一点点路有什么舍不得,直到毓芳准许了我每礼拜上山一次,我才不好意思的揩干眼泪。

下午我到苇弟那儿去了,苇弟也说他一礼拜上山一次,填毓芳不去的空日。

回来已夜了,我一人寂寂寞寞的在收拾东西,想到我要离开北京的这些朋友们,我又哭了。但一想到朋友们都未曾向我流泪,我又擦去我脸上的泪痕。我又将一人寂寂寞寞的离开这古城了。

在寂寞里,我又想到凌吉士了,其实,话不是这样说,凌吉士简直不能说"想起""又想起",完全是整天都在系念到他,只能说:"又来讲我的凌吉士吧。"这几天我故意造成的离别,在我是不可计的损失,我本想放松了他,而我把他捏得更紧了。我既不能把他从心里压根儿拔去,我为什么要躲避着不见他的面呢?这真使我懊恼,我不能便如此同他离别,这样寂寂寞寞的走上西山……

三月二十七

一早毓芳便上西山去了,去替我布置房子,说好明天我便去。我为她这番盛情,我应怎样去找得那些没有的字来表示我的感谢?我本想再呆一天在城里,便也不好说出了。

我正焦急的时候,凌吉士才来,我握紧他双手,他说:

"莎菲!几天没见你了!"

我很愿意在这时我能哭得出来,抱着他哭,但眼泪只能噙在眼里,我只好又笑了。他听见明天我要上山时,他显出的那惊诧和一种嗟叹,又很安慰到我,于是我真的笑了。他见到我笑,便把我的手反捏得紧紧的,紧得使我生痛。他怨恨似的说:

"你笑！你笑！"

这痛，是我从未有过的舒适，好像心里也正锥下去一个什么东西，我很想倒下他的手腕去，而这时苇弟却来了。

苇弟知道我恨他来，而他偏不走。我向着凌吉士使眼色，我说："这点钟有课吧？"于是我送凌吉士出来。他问我明早什么时候走，我告他；我问他还来不来呢，他说回头便来；于是我望着他快乐了，我忘了他是怎样可鄙的人格，和美的相貌了，这时他在我的眼里，是一个传奇中的情人。哈，莎菲有一个情人了！……

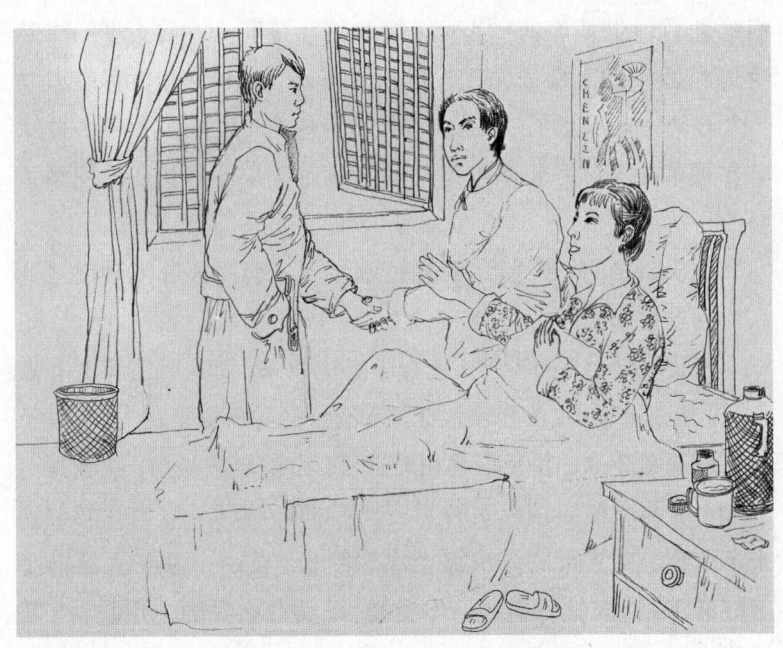

"苇弟知道我恨他来，而他偏不走。"

三月二十七晚

自从我赶走苇弟到这时已是整整五个钟头了。在这五点钟里,我应怎样才想得出一个恰合的名字来称呼它?像热锅上的蚂蚁在这小房子里不安的坐下,又站起,又跑到门缝边瞧,但是——他一定不来了,他一定不来了,于是我又想哭,哭我走得这样凄凉,北京城就没有一个人陪我一哭吗?是的,我是应该离开这冷酷的北京的,为什么我要舍不得这板床,这油腻的书桌,这三条腿的椅子……是的,明早我就要走了,北京的朋友们不会再腻烦莎菲的病。为了朋友们轻快的舒适,莎菲便为朋友们死在西山也是该的!但都能如此的让莎菲一人看不着一点热情孤孤寂寂的上山去,想来莎菲便不死,也不会有损害或激动于人心吧……不想了!不想!有什么可想的?假使莎菲不如此贪心在攫取感情,那莎菲不是便很可满足于那些眉目间的同情了吗?……

关于朋友,我不说了。我知道永世也不会使莎菲感到满足这人间的友谊的!

但我能满足些什么呢?凌吉士答应我来,而这时已晚上九点了。纵是他来了,我便会很快乐吗?他会给我所需要的吗?……

想起他不来,我又该痛恨自己了!在很早的从前,我懂得对付那一种男人便应用那一种态度,而到现在反蠢了。当我问他还来不来时,我怎能显露出那希求的眼光,在一个漂亮人面前是不应老实,让人瞧不起……但我爱他,为什么我要使用技巧?我不能直接向他表明我的爱吗?并且我觉得只要于人无损,便吻人一百下,为什么便不可以被准许呢?

他既答应来，而又失信，显见得是在戏弄我。朋友，留点好意在莎菲走时，总不至于像是一种损失吧。

今夜我简直狂了。语言，文字是怎样在这时显得无用！我心像被许多小老鼠啃着一样，又像一盆火在心里燃烧。我想把什么东西都摔破，又想冒着夜气在外面乱跑去，我无法制止我狂热的感情的激荡，我便躺在这热情的针毡上，反过去也刺着，翻过来也刺着，似乎我又是在油锅里听到那油沸的响声，感到浑身的灼热……为什么我不跑出去呢？我等着一种渺茫的无意义的希望到来！哈……想到红唇，我又癫了！假使这希望是可能的话——我独自又忍不住笑，我再三再四反复问我自己："爱他吗？"我更笑了。莎菲不会傻到如此地步去爱上南洋人。难道因了我不承认我的爱，便不可以被人准许做一点儿于人也无损的事？

假使今夜他竟不来，我怎能甘心便恝然上西山去……

唉！九点半了！

九点四十分！

三月二十八晨三时

莎菲生活在世上，所要人们的了解她体会她的心太热太恳切了，所以长远的沉溺在失望的苦恼中，但除了自己，谁能够知道她所流出的眼泪的分量？

在这本日记里，与其说是莎菲生活的一段记录，不如直接算为莎菲眼泪的每一个点滴，是在莎菲心上，才觉得更切实。然而这本日记现在是要收束了，因为莎菲已无需乎此——用眼泪来泄愤和安慰，这原因是对于一切都觉得无意识，流泪更是这无意识的极深的表白。可是在这最后一页的日记上，莎菲应该用快乐的心情来庆祝，她是从最大的那失望中，蓦然得到了满足，这满足似乎要使人快乐得到死才对。但是我，我只从那满足中感到胜利，从这胜利中得到凄凉，而更深的认识我自己的可怜处，可笑处，因此把我这几月来所萦萦于梦想的一点"美"反缥缈了，——这个美便是那高个儿的丰仪！

我应该怎样来解释呢？一个完全癫狂于男人仪表上的女人的心理！自然我不会爱他，这不会爱，很容易说明，就是在他丰仪的里面是躲着一个何等卑丑的灵魂！可是我又倾慕他，思念他，甚至于没有他，我就失掉一切生活意义的保障了；并且我常常想，假使有那么一日，我和他的嘴唇合拢来，密密的，那我的身体就从这心的狂笑中瓦解去，也愿意。其实，单单能获得骑士一般的那人儿的温柔的一抚摩，随便他的手尖触到我身上的任何部分，因此就牺牲一切，我也肯。

我应当发癫，因为这些幻想中的异迹，梦似的，终于毫无困难的都给我得到了。但是从这中间，我所感到的是我所想象的那些会醉我灵魂的幸福吗？不啊！

当他——凌吉士——在晚间十点钟来到时候，开始向我喋嚅的表白，说他是如何的在想我⋯⋯还使我心动过好几次；但不久我看到他那被情欲燃烧的眼睛，我就害怕了。于是从他那卑劣的思想中所发出的更丑的誓语，又振起我的自尊心来！假使他把这串浅薄肉麻的情话去对别个女人说，一定是很动听的，可以得一个所谓的爱的心吧。但他却向我，就由这些话语的力，把我推得隔他更远了。唉，可怜的男子！神既然赋与你这样的一副美形,却又暗暗的捉弄你,把那样一个毫不相称的灵魂放到你人生的顶上!你以为我所希望的是"家庭"吗?我所欢喜的是"金钱"吗?我所骄傲的是"地位"吗?"你,在我面前,是显得多么可怜的一个男子啊!"我真要为他不幸而痛哭,然而他依样把眼光镇住我脸上,是被情欲之火燃烧得如何的怕人!倘若他只限于肉感的满足,那么他倒可以用他的色来摧残我的心;但他却哭声的向我说:"莎菲,你信我,我是不会负你的!"啊,可怜的人,他还不知道在他面前的这女人,是用如何的轻蔑去可怜他的使用这些做作,这些话!我竟忍不住而笑出声来。说他也知道爱,会爱我,这只是近于开玩笑!那情欲之火的巢穴——那两只灼闪的眼睛,不正在宣布他除了可鄙的浅薄的需要,别的一切都不知道吗?

"喂,聪明一点,走开吧,韩家潭那个地方才是你寻乐的场所!"我既然认清他,我就应该这样说,教这个人类中最劣种的人儿滚出去。然而,虽说我暗暗的在嘲笑他,但当他大胆的贸然伸开手臂来拥我时,我竟又忘记了一切,我临时失掉了我所有的一些自尊和骄傲,我是完全被那仅有的一副好丰仪迷住了,在我心中,我只想,"紧些!多抱我一会儿吧,明早我便走了。"假使我那时还有一点自制力,我该会想到他的美形以外的那东西,而把他像一块石头般,丢到房外去。

唉!我能用什么言语或心情来痛悔?他,凌吉士,这样一个可鄙的人,吻了我!我静静默默的承受着!但那时,在一个温润的软热的东西放到我脸上,我心中得到的是些什么呢?我不能像别的女人一样会晕倒在她那爱人的臂膀里!我是张大着眼睛望他,我想:"我胜利了!我胜利了!"因为他所以使我迷恋的那东西,在吻我时,我已知道是如何的滋味——我同时鄙夷我自己了!于是我忽然伤心起来,我把他用力推开,我哭了。

他也许忽略了我的眼泪,以为他的嘴唇是给我如何的温软,如何的嫩腻,是把我的心融醉到发迷的状态里吧,所以他又挨我坐着,继续的说了许多所谓爱情表白的肉麻话。

"何必把你那令人惋惜处暴露得无余呢?"我真这样的又可怜起他来。

我说:"不要乱想吧,说不定明天我便死去了!"

他听着,谁知道他对于这话是得到怎样的感触?他又吻我,但我躲开了,于是那嘴唇便落到我手上……

我决心了,因为这时我有的是充足的清晰的脑力,我要他走,他带点抱怨颜色,缠着我。我想"为什么你也是这样傻劲呢?"他于是直挨到夜十二点半钟才走。

他走后,我想起适间的事情。我就用所有的力量,来痛击我的心!为什么呢,给一个如此我看不起的男人接吻?既不爱他,还嘲笑他,又让他来拥抱?真的,单凭了一种骑士般的风度,就能使我堕落到如此地步吗?

总之,我是给我自己糟蹋了,凡一个人的仇敌就是自己,我的天,这有什么法子去报复而偿还一切的损失?

好在在这宇宙间,我的生命只是我自己的玩品,我已浪费得尽够了,那么因这一番经历而使我更陷到极深的悲境里去,似乎也不成一个重大的事件。

但是我不愿留在北京,西山更不愿去了,我决计搭车南下,在无人认识的地方,浪费我生命的余剩;因此我的心从伤痛中又

·梦珂·

兴奋起来,我狂笑的怜惜自己:

"悄悄的活下来,悄悄的死去,啊!我可怜你,莎菲!"

(此篇作于1927年冬至1928年春,原载1928年2月10日《小说月报》第19卷第2号,收入《在黑暗中》,开明书店1928年10月初版)

丁玲的父亲蒋保黔,摄于1904年留学日本时。

1949年9月,中国人民政治协商会议第一届全体会议部分女代表合影。中排右起第一为丁玲。

韦 护

第一章

一

韦护穿一件蓝布工人服,从一个仅能容身的小门里昂然的踏了出来,那原来缺乏血色的脸上,这时却仍保留着淡淡的一层兴奋后的绯红,实在是因为争辩得太多了,又因为天气太闷,所以呼吸急促得很。他很快的朝那胡同的出口处奔去,而且在心中也犹自蕴蓄着一种不平。他觉得现在的一般学者,不知为什么只有直觉,并无理解;又缺乏意志,却偏来固执。一回映起适才的激辩,他不禁懊悔他的回国了。在北京的如是,在上海的如是,而这里也仍然如是。你纵有清晰的头脑,进行的步骤,其奈能指挥者如此其少,而欠训练者又如此其多,他微喟着举起那粗布的袖口,拭额上的汗点。

"喂,韦先生!哪儿去?请慢点啊!"

他侧过身来,那高个子、穿着白袍的柯君,便站在他身旁了。他皱一皱眉,便说:

"对不起,我要用饭去了。"

"呀,正好,一同去吧。"

柯君的殷勤,并不能引起他的兴致,但他不愿再回绝了,只好请他到远一点的唱经楼那里去。因为在那里有一家吃面包的地方。

时间将暮了,一阵阵归林的乌鸦,漫天飞旋;远寺的钟声也不断的颤响着。两人在暗下来的路上向东行去。韦护看着偶尔闪起的灯火,不觉有点惆怅的样子,在少人行的马路上,连步履也很懒然的拖着了。

另外那人,默默的随着,时时看那路旁的矮瓦屋,及在屋前张望着的穷人。那些人都裸着半身,赤红的背,粗的短发,带着与那强悍身躯极不调和的闲暇,悠然的挥着大扇,或抽着烟杆。他又去望天,满天阴沉沉的,无一颗星。他自语般说:

"我想快要下雨了,星都被吹走了呢。"

刚说完就觉得错了,因为确是没有一点风。想去改正那吹字,但身旁那人并不理会,所以只在心上加一个改正。并没再说出来。他觉得他的韦先生仿佛很着恼似的,便又搭讪的向他问及许多闲事。

这个也不住的随口答着,且问:

"你怎么像个安徽人?"

"可不是,我就在安徽生长的。"

"我早先看你身材和气色,还以为是个北方人呢。"他实在不能被什么引起趣味,而且很觉得这谈话之无聊,但人情和工作,都磨炼得他很不愿使人感到不快活,他简直是一个很能迁就的世故者呢。

于是柯君便讲起许多故乡中的事,话又几次为对面冲来的行人打断了,因为这已是一条很热闹的,有着店铺的大街了,他不惮烦的继续着讲,而韦护却很抱歉,他实在听得太少了。

在一家有着玻璃窗的门边,韦护便让柯君在前,走进了这家在这街上很放着异彩的西餐馆子。零零落落有五六张小方桌,桌上铺了灰色的白台布;在另一张大白木桌上,摆满了玻璃杯。他们在最后的一张桌上坐下了,同时还有两个学生模样的人在吃刨冰,诧异的、又缺乏敬意的给了穿短褂的韦护一个白眼。韦护也同时感到这衣服之不适宜于此地了。他轻声说:

"忘了到对门那家天津馆去了。那火烧很不错呢。柯君,我很失悔到这地方来,我没有换衣呢。"

"不要紧,夏天,谁注意你。"

菜一样一样的依次上来,口味真奇特,那炸鱼,像面酱;那牛排,好难嚼呀;韦护不禁笑了。他想起那些连面包屑都感到是美味的人们来,他眼前所晃起的,全是那些裹着大围巾的异国女人,和穿起大皮靴的瘦弱小孩,而且他那时,不也正是每天只能得一磅面包和十支烟卷,虽说他每星期都能领到很够用的薪水,而且家中也不时寄钱去。于是他将那面包皮一口吞到嘴里去,且赞美着:"好味呀!"

柯君被他惹得打起哈哈来了。

于是他与柯君拉杂的谈着过去的事。

他的语言是超过那许多的事实,而柯君的全心神比他那一双木然望住的眸子还专诚。末后他停了话,望着那脸笑了,他笑他怎么他的五官就生好了是专为听人说话的。柯君还要问那里现在怎样了。他告诉他已好多了,如果他现在要去,可不必为那一切忧虑。

吃完了晚餐,韦护把脚伸起,跷到邻座的一张凳上去,头仰着,腰向后去大大的嘘着气。他实在觉得穿短衣真舒服。但他却厌烦的说:

"这南京真无味!"

柯君也响应了他。其实他在柯君的苍白和阴郁的脸上所感到的无味,只有比从南京得来的多。

柯君还想找点话来说,却一时想不起,看到站起身预备走的韦护,便又拉着他坐下,说是再吃杯冰激淋。

韦护无可无不可的留住了,因为他认为转去也一样的枯燥无味。

在冰激淋快吃完的当儿,柯君俯着头看那剩在杯中的,已变为流质的东西,忽然叫了起来:

"走,不要迟延了。我们去吧!"

韦护冷然望着他,略带点可笑的神气。

他急忙站起,去穿他那件白袍,又催着不动的人:

"去,我都忘了!你说南京无味,来吧,看看,南京也有有味的地方,也有可谈的人!"

韦护却摇头,问他,他只是像疯了一般的说:

"唉,告诉你呵!你要答应去,我才说。唉,告诉你呵!哈,我有几个女朋友,都是些不凡的人呵!她们懂音乐!懂文学,爱自由！她们还是诗！……"

韦护听到这最后一句，忍不住大笑了。他认识他一星期了，他从不想到他会说出这么一句与他思想和灵魂极不相称的话，一定是从什么地方抄袭了来的。

柯君不理会他，且放重了声音，说完他自己的话：

"而且……她们都是新型的女性！"

女性，这于韦护无关。他不需要。他看得太多了。一个月来，在北京所见就四五十人，在上海又是二十多，就在这南京，不就正有着几个天真的女孩，在很亲近他吗？这些据说也是新的女性。他真受够了那所得来的不痛快，宁使他害病都成。何况他亲近的也很多了。那中国另一时代的才女的温柔，那法兰西女人的多情，那坦直的，勇敢的俄国的妇女，什么他没有见过？现在呢，过去了。他无须这个，他目前的全部热情只能将他的时日为他的信仰和目的去消费。他站起身，去握他朋友的手：

"好，去你的吧！我祝福你，可是失陪了，对不起，我要休息了呢。"

柯君露出一副欲哭的脸，握着他的手不放，非要他同去一遭不行，一分钟也好，他全为要证实他并没有诳语，他恳求他。

韦护最后抓着他朋友的腕，向外推着说：

"好，走吧，孩子！陪你去。"

二

路是一条弯弯曲曲的小街，魆黑的，没有灯，很怕人。韦护挽着他的朋友，在高高低低不平的路上跑。他极力去辨认那两旁的瓦檐，及屋旁的小隙地，他想到一些很奇怪、很浪漫

的事上去。他又望他的朋友,看不清,只是气喘嘘嘘的,带着他朝前奔。韦护不禁从他朋友身上感到有趣起来,就微笑着去碰那膀子:

"说,到底是些谁们?而且你……你尽管告我,我好明白,我还能帮你忙。"

"瞎说!我是无希望无目的的人,你不必问。见了她们就知道。若是你不愿意,你对我使眼色,我站起身就走。"

韦护一听那声音,其中就含有笑。看见他不肯说明白,也就不追问。只逗搭着说一些别的话,柯君始终少言语,一直到了一家门首。

门又低又小,而且从那暗灰色天空中相衬出的墙瓦,也是波似的,总疑心什么时候在风雨中便会坍倒下来一样。柯君轻轻的敲门。韦护朝四下一望,见邻近只有很稀少的几栋矮踏踏的黑屋,歪歪斜斜的睡着,安静得像没有住人似的。他想,这那里像个城市。他便看定从黑门上所映出的一条长的柯君的影子。

一个清脆的女性的声音响起:

"谁呀!"

韦护退一步站着。

"是我。"柯君柔和的答着。

"我!'我'又是谁呢?"声音是近了拢来,就在门背后,而且隐隐又听到好几个吃吃的女孩们的笑声。并且又传来一句另一个像水在岩石上流过的声音:"不说清,是不开门的。"

柯君大声答:"是我,柯君呢。"

门背后的女人大笑起来了,大声朝里说:

"唉,是柯君呢。开不开门?"

韦护为这不敬的声音，打起战来了。并且气恼着，正要拖他的朋友走，而门却在几个女孩子喊声中呀的大开了，从房子里的薄弱灯光中，辨认得出一个颇大的院子，在有着树丛的大院中，有几个人影。韦护随着柯君朝里走，开门的姑娘站在门后面等他们走了进去，才来关门。

两人走到院子中心去。柯君极亲昵的喊着一个可爱的名字"丽嘉"。韦护便也张眼四望，更注意那所谓"丽嘉"其人者。

"丽嘉不在家。如若不愿走，就这里坐吧。"一个稍微有点胖的姑娘站起身，腾出她坐的那张小长条板凳来。

他们两人便坐到那条不稳的凳上去。

"柯君！说话呀，若是忘记了预备来说的，那我就替你说一句：'丽嘉不在家也不打紧，我是不走的，就坐在这里了。'"韦护去望说话的人。小小的一团，蜷在石阶上，大约那身体的伶俐，总与其言语的伶俐一样。而且韦护觉得这里的人就没有一个不是说话尖利和擅长那轻蔑的笑。他没有感到愉快，又没有说话机会，只好充个极不重要的角色，旁观下去，且看个明白。所以他没有感到不安的静坐在那儿。柯君反一点也不像适才的高兴样子了，在这里有一种空气压迫他，他没有力量表现自己，他无聊的向睡在旁边藤椅上的人说：

"谁，睡在这里？睡着了，怕着凉呢。"

一双雪白的脚，裸露着不同姿式的伸在椅子外面去了。韦护不觉在心上将这美的线条作了一次素描，他愿意这女人没有睡着。果然，一个小的、不耐烦的声音说了，她谢了柯君的关心，却又拒绝了他的关心。

柯君不自禁的叫了起来："呵，是你，丽嘉！怎么不作声，装

·梦珂·

"一件宽大的绸衣,遮隐了那身体,蓬松的短发,正散在脸面上。"

睡着?人不好吗?快告我!丽嘉!"

韦护的精神也提起来了,陡然清爽,他看了他朋友,便又去望躺着的人。

"不,请你莫闹,丽嘉好烦恼呢。"这不耐烦的声音,仍是从椅上发出。

"为什么呢?为什么?"

柯君便动了一下,像要伸手去扳那人一样,忽的丽嘉便跳着坐了起来,一边摇摆着乱发,一边大声笑着说:

"珊珊你们看,仪贞,你们说,不好笑吗,还问我呢。告诉你,柯君,丽嘉烦恼,就是因为你来了呢!若不信,请问她们,是不是丽嘉刚才还同她们笑着,谈得很起劲……"

丽嘉还待说下去时,那坐在石阶上的小人便吼起她果断的声音:

"岂有此理,丽嘉,我不准你说下去了!安静的躺下去吧,你不知道我们的柯君是经不起这样的玩笑吗?"她又对惶遽的柯君说:"不要理她,她常常要这样寻开心的,她不欢迎你,我们大家不会像她一样,这位是谁呢,是同乡?是朋友?"

丽嘉抢着补充说:"是同志!"

院中的人又大笑了。

柯君慢慢朝着众人说出他的名字:"韦护先生!"

韦护听到有人嘎了一声。丽嘉也说道:

"请韦护先生到房中坐坐。让我们大家都来在灯光下瞻仰瞻仰《我的日记》的作者吧。"

于是韦护便被拥到那有着灯光的房里去了。丽嘉在前面,她先将煤油灯捻大,又在桌子边拉出一张椅子来,说声"请坐。"韦护便不由得坐下来了,柯君也由人给了他一张椅子,大家都坐好了。韦护便来细看这里所有的人,他已经了解柯君在这里所处的,是一个怎样可怜的地位。而自己现在又将变成一个被嘲弄的目标。这几个年轻姑娘,都不缺少锋利的眼神和锋利的话语的。他不愿失败,他愿使她们惊诧,她们应当知道韦护并不属于柯君一流人,可以任她们随意捉弄的。他开始来望丽嘉。

丽嘉有一头乌黑的头发,黑得发亮,蓬乱得很高,发又长,直披到肩上了,使一个白的颈项,显得越白。这一件大的白绸衣,领口斜着,可以在肩头上,见到一个小小的圆涡。她坐在桌子对面,紧紧的瞅着韦护,两个圆圆的大眼,大张着,发着光,显得逼人似的。

韦护便将眼光落在她眼睛上,动也不动。

望了半天,丽嘉忍不住了:"不必这样看我,我叫丽嘉,一个没有上学的学生！而你呢，看你这身，你的手，你的脸皮，与你的胸脯不相称的衣服，你这痴钝的眼光，及你这可爱的朋友，便知道你是一个社会主义者。虽说我很失望你便是韦护，但我相信你比你的朋友却要高明得多。欢迎你来看望我们，请说一点话。"她把眼皮闭了下来，装出等待别人说话的神气。

韦护知道他第一步给人的印象并不怎样坏。而且他素来就不愿在女人面前让别人在他身上得了不满去，于是他变了一个声音说话，眼睛仍然望着丽嘉：

"有些人的嘴是生来为打趣别人才说话，我固然在某种情形下，也得用嘴来帮忙，然而到了你们这里，却只须用眼睛来看了。"

于是他巡回望过去，连丽嘉有五个，都在十七、八、九上下，是些身体发育得很好的姑娘，没有过分瘦小的或痴肥的。血动着，在皮肤里；眼睛动着，望在他身上。他知道柯君要来这里的缘故了。他去望他，柯君垂着头靠在椅子上，不做声。他觉得他可怜，他也明白他纵愿帮他忙，也无用。

"韦护先生！请不必浪费你的文章，留着到必要的时候使用吧。这里只有粗野，很听不惯这些精致的语言。你既然欢喜穿着这身可爱的粗布衣服，则请说一点穿粗布衣人说的话，我敢担保这只有更受欢迎的。"这是小一点的人说的。她穿一件绿条纹花绸坎肩，坐在门槛上，将两臂高举着，托住那后仰的头，有一个圆圆的额和尖的下巴。

韦护对这些勇敢的言语和举动，发生了兴趣。他很奇异这个小小世界是怎样的环境，会将这些年轻姑娘养成这样性情和倨傲，于是他振作精神，先泛泛的将她们恭维了一阵，然后他又找着了她们的嗜好；他同她们谈讲到音乐上面来，因为他看见正有一张小提琴的匣子歪睡在墙根边。她们的眼睛都张开来了。丽嘉头靠到窗户上在叹息。珊珊（那穿绿绸坎肩的）也走了拢来站在桌前面，娇嫩的脸上，放着光，韦护对于外国的乐器虽不会奏，但他却听过裴多芬、柴可夫斯基、施特劳斯，他说得真动听，比他在会场所激热争辩的言辞有力得多了。他从音乐又谈到戏剧，末后又转到文学上了。她们都喜欢俄国的作品，这更适宜于他，她们也不吝惜的发表着意见，于是便更热闹了。他知道怎样不单偏重于冷静的批评。他又列举些她们还没有读过的名作，用他的善于描摹的言语，于是故事便更有声有色了。他又不忘了说一些名人轶事，有趣的，或是恋爱的。这都是人们所最爱听的。所以渐渐她们都忘了一切，她们不再去敌视他，在每个眼光中，他懂得他很得了些尊敬和亲近。他也不觉得她们是完全只知道嘲弄别人及无意的瞎闹，而且在每个脑中，也不是全然无理解。她们只是太崇拜了自由，又厌恶男性的自私和浅薄，所以她们处处就带了轻视，因此韦护在这些地方，总常常留心，不愿太偏袒自己在创作上、文学上的主张。她们讲的是自由，是美，是精神，是伟大。她们都觉得投机得了不得。最后她们讲到恋爱了。俄国的妇女，使她们崇拜，然而她们却痛叱中国今日之所谓新兴的、有智识的妇女。韦护反对了这话，说俄国的妇女也有她们的缺点，她们都有健壮的身体，和长谈的精神，她们不管一切，门也不敲便到你房里来了。将大的两股塞进软椅去，抽起烟来。她们自己以为可以发笑的话又特别多，不管你听不听，总是大声说下去。他说他就最找不出精神来同她们做无味的消遣。这话使她们都笑了。丽嘉还说她就只欢喜这些能使男人讨厌的女人。韦护又恭维了一阵中国妇女之有希望，每句话都是向着她们身上投来,所以这话更有了效用。

一直到三点了,煤油灯里的油渐渐的干了,灯光慢慢小了下来,韦护才想起该是告别的时候,一看柯君早已不知道在什么时候熟睡去,打着大声的鼾。而她们中也有两个人的眼睛很疲倦的红着了。韦护向她们道歉说他不该坐得如此久,扰了她们这一夜。她们不答他,只望着睡熟了的柯君笑了起来,韦护心里也发笑,便去喊柯君。

柯君醒时,犹含糊着说梦话。

他们走了。她们没有挽留,也不叮咛他再来。只是欣然的从后门送他出来。因为她们说走后门,越过池塘和菜园,隔他宿处便不远了。这时,月亮已出来了;清凉的风,微微的拂着;喧闹的虫声,正四野鸣起;夜是如此静,如此清幽,他再望她们一次,觉得她们都浮着青春和美。他还见了丽嘉是倚在树干上,目送着他。风将她的大衫鼓得飞舞起来。

三

这里留下了五个年轻的姑娘,她们的意思是一致的,她们都不反对她们讨论文学的行为,她们都承认韦护使人满意,她们都目送着他走远去。她们转来时,都忘了言语,互相不说一句话,默默的,前后走了回来。在她们脑中,只萦回着适才的有味的长谈,而且抹不去一个瘦的、白的、穿一件短蓝布衣服的影子,那南方人的北京腔,又柔和、又跃动,那抽烟的可爱神情,在说话中,常常将头微仰起,吹出那淡白的烟气。她们又回到房子里了。灯已经熄尽。蜡烛的光摇摇的,椅子狼藉着。桌上散着纸屑和烟头。有一种淡淡的凄凉,氤氲着在,而且填到一些微微有着空虚的脑

中去。好久,好久,那较年幼的春芝便说:

"睡了吧,时候不早了。"接着她打了个呵欠。

"唉,我找不出一点瞌睡来呢,我相信是因为太说多了的缘故。"丽嘉接着说。

"韦护真会说话!"这是那稍胖的薇英说的,于是室中静默了。

但瞌睡终逼了来。春芝等都回房去睡了。只剩了丽嘉和珊珊两人,在她们之中,她两人更投洽。虽说是两种个性支配了两人。然而珊珊却极羡慕丽嘉的豪迈和纵性,而丽嘉也极仰爱珊珊的聪慧和腻情。两人同一样的爱艺术,爱自由是如何的热烈,两人在最近两年中,学了音乐和图画。在起先,为了过分热心和大胆,总是丽嘉显得更有天才,然而到最后,却也是丽嘉先厌倦,终竟是两人都又将嗜好转了方向。到现在珊珊是偷偷的在做诗,为的她较多了烦愁。而丽嘉却愿将热血洒遍了人间,为的她要替人间争得了她渴慕的自由,她常常同一些所谓中国的文人来往。但她同珊珊谈到雪莱,拜伦,哥德,那些热情的诗人,是一样的倾心和神往。她常常觉得在她的血管中,也是常常有着那些诗人的浓厚的苦闷存在着。珊珊也不是不同她一样感到,但她对于一切都要忧郁一点。在生活上占有的勇气,她没有她朋友勇敢,然而在谈话上,她却常常要比她朋友来得尖利,所以从外形看来,丽嘉似乎可爱些。惟有在丽嘉心中,则分析得清清白白,她承认,无论在智识方面,性情方面,处世方面,她朋友都比她好得多,而且她承认,很少有人能比得过她朋友。因此俩人是更相契重的生活下来了。

丽嘉一见房里只有两人,不觉的便又将她们适才所谈的问题继续了下来。但是珊珊不答她。于是丽嘉又说柯君可怜,她很替他在路上担忧,真断不定在路上他不会再打瞌睡,看他在那小椅上也能安安稳稳睡着,便足证明他在路上也有睡着的可能。珊珊始终真的怜惜这类人,她责备她朋友太不厚道。于是丽嘉便又辩明她的无须乎慈善的理由,而最后,她问道:

"你说韦护如何?"

珊珊想不出应怎样答应。这是第一次,她不愿将韦护太夸奖了,在丽嘉面前。她只说:"这人很聪明。"

"是的,我还没有遇见一个能如他这样的人。珊珊,你说呢?"

"是的,他不像柯君,不像冬仁,他懂得艺术,而且他懂得人生。你能从什么地方看出他只是一个简单的革命家?"

丽嘉没有话说了。她走到床前去,整理床上堆积的衣衫,最后她仿佛自语似的:"我也有些不喜欢他。我们的意见不一致。"

珊珊不愿辩驳这句话,她也就默默的睡去了。

第二天,简直是成了无聊的日子。天气热,因为热,不能出去玩,又不能睡觉。几人吃了饭没事做,珊珊拿一本小说翻去覆来的看,她们也各自躺着看书,或挑袖子上的花。丽嘉早已习惯得很会玩,女红的事,她生来便不屑于做,而书本除了特别有文学意味的她也无耐心看,她常常将书翻了几页,便烦恼的丢下了。她躺在抹干净了的、有着花漆布的地上,横伸着,直睡着,不高兴的东滚过去,又西滚过来,衣衫皱了,长发更乱蓬着。直到两点钟的时候,才来了一个并不受欢迎的客,那就是冬仁。冬仁和柯君都在一年前认识了她们,她们从不打趣他,而且较亲近,这是因为冬仁从不知道什么叫诗,他只将她们视为天真的小孩,像自己家中小妹妹们似的。他走到她们这里,鲁莽的说道:

"今天邀你们游后湖,准定去啊!"

丽嘉懒理会他,将脸翻过去,向着墙根,冷笑了一声。薇英说天气热得很。

冬仁便解释,说是在晚上。

珊珊问还有没有旁人,她最怕人多。

于是冬仁不作声了,因为他知道总难免至少有七八个人。但是他说,她们大约都认识的。

"我很想去玩,只是不愿同你们那起人一块玩。我们若去,我们自己会去的,不要别人邀。"丽嘉翻过身来说。

珊珊要他数是些什么人。于是他说认识的,大约是浮生,光复,柯君,不认识的有两个姓李,是北大来的,还有一个是刚从俄国回来的。

所谓从俄国回来的这不认识的人,在每个心上,都是很熟识了的,所以大家都不作声。丽嘉又无言的将身翻过去了,大脚边的肉,露出了一大块,有着细细的红点隐现着,莹洁得真像羊脂真像玉了。

冬仁走的时候,约妥月上时来邀她们,请她们早点吃晚饭,打扮停当。

四

这天是他们会议的最后一天,所有的争辩均有了结束。韦护的困恼,也像一条捆缚的绳一样,在不觉中轻轻的滑走了。他疲倦的躺在一张板床上,眼望着屋顶,想着他今夜要回上海去预备教课的事。

教课于他,实不是心愿的工作,而这次S大学给予他的责任,又实在繁重。他曾同陈实同志商量,陈实也劝勉他,督促他,既然这学校的闯入,是议决了的,若是以头脑清醒、办事有序的韦护还想推避这艰难,则诸事似应束手,而以前的计划,也只是理想而已。韦护虽是一切都应允了,心中总还保留着一丝犹豫,所以一当散会的当儿,仲清递过来一笑,且说:

"喂,韦护,几时上任呵?"他便又想着这事了。这是他个人的事情,他几次预备同陈实商量,但又觉得可笑便又暗住了。真真实实的,他并不是不愿教课,也并不是怕主任的责任太大,他实在有点不愿同什么事都和他做对的仲清在一间房子里办公,他想他如果去,则一切事的进行,必是很棘手的,且在争辩上的用力,必不下于教务上的用力。他想起他将来的种种困难,在床上不觉呆住了。但是他又自信,希望总有一天能说服仲清,许多人都见着的,他实在比仲清强。而一切事将如意的很容易迎刃而解的做去,他为什么要避着仲清呢?他正应该走上前去。仲清是能干的,很有手腕,只是太狂妄了,处处都带着那鄙夷的笑。他应该同他握手,合作,而且纠正他。他肯定的便立起来去清检提包。

提包里面很空,一些纸扎之外便只有一件白夏布大褂了。另外还有一些修指甲的,刮脸的,裁书页的小刀,梳发的小梳,小镜子,胰子盒,乱散着。虽然都又脏又旧了,但仍然认得出是非常精致的东西。他像毫不爱惜这些小宝贝们似的,将它们掼在一边,将床上的一床线毯卷拢来塞进去了。线毯里面露出精装的书籍的一角,是赤红的书面,印有金花的,这是他最爱的一本诗集。他将皮包关好,便拿出表来看。这时那高李走进来了,他和矮李都是北大的学生,这次作为代表来南京的。他对于韦护非

常爱慕,看着将毯子也捡了,坐在提包边的韦护便说:

"呵!走得这样急吗?我希望明天我们一块走,因为矮李觉得很有经上海之必要呢。"

韦护说他想搭下午五点钟的车,因为想同仲清谈谈,交换点意见。听说仲清就搭这次车回沪的。

矮李也进来了,也留他等一天。并提到游玄武湖的事。

他终不感到有趣味,后来矮李像自语般说:

"唉,听说柯君还请冬仁去邀了好几个密司,柯君的爱人也在其中呢……"

一跳的丽嘉的影儿便奔上来了。那两个妩媚的、又微微逼人的眼像正瞅着他,且带点命令的样子,挽留他再做一次晤会。于是他迟疑了一会,便决意留下了,但是他一想到那"爱人"两字的刺耳,又映起柯君的那愚蠢的狼狈样子,他不禁很腻烦的要笑出来,他不觉的说:

"矮李,你相信柯君有能力得一个好看的爱人吗?"

"实在不能相信,但他吹得可厉害呢;且有冬仁做证人,他们在南边久,说不定有许多艳事!"

听到这么了一句,韦护真也觉得很奇怪,柯君怎么一下会和那几个姑娘认识的,过细想起来,实在不是能拉在一块儿的人,但又相识如此之久了。她们那样骄傲,而柯君又如此伧俗。他将昨晚的情形再想过,觉得今晚她们不会来,所以他仍然想走,但好久又决不定。

两李不断的又同着他谈到今天晚上游湖的事,他心中却慢慢的有点不受用起来。他觉得他们很可鄙,柯君则更甚。他很希望她们会骂冬仁而不来。他又想他自己去阻止她们前来,总之，柯君实在有点很可笑的地方。而这次的邀请，实在只是游乐而已。

他正在踌躇的当儿，冬仁跳着进来了，矮李也跳起来欢迎，大声问：

"喂，怎么样，今夜的事？"

"幸不辱命！幸不辱命！她们都去。自然先是不答应罗，问这样，嫌那样，但后来终归答应了。嘿，一群小孩子，都怪可爱的。哼，丽……柯君的爱人还有唉……"

矮李便又抢着问成功了没有。冬仁则打起大哈哈说不晓得。高李也在问其余的人漂亮不漂亮。冬仁就拍着胸膛打赌。韦护一声也不响的夹着皮包朝外走，像生着很大的气。冬仁赶出来一把抓住了，说晚上光复还有话和他说。韦护很忍耐的望了他们半天，便笑着进来，也表示他愿迟到搭夜车走，他觉得他心里也有一点点说不清的东西。

五

这是第二次了，韦护又来到这小房子里。他夹在许多人中间，涌了进来，只听见一群女孩们的笑声。他退在最后，站在门边，不敢十分望她们。冬仁在为她们介绍两李，两李局促的将眼盯住她们在说客气话。冬仁又为她们来找这新从外国回来的朋友，她们便都向他微笑起来。他勉强望了她们一下，便笑着又掠开了。只听见珊珊大声向冬仁说：

"哈，我们早就认识了，用不着你来介绍。"

丽嘉什么人也没有理，只牵着浮生的手，同浮生对望着大笑，她责备浮生都不来看她，她又责备浮生太太怎么不同来南京,她又说她挂念他们的小宝宝,而且她鼓起嘴学着小宝宝同人接吻的样子。于是他们又大笑了。浮生不断地拍着她的手,只觉得她天真活泼有趣,而且美丽可爱。唉,那白嫩、丰润的小手,不就正被他那强健有力的手捻着吗?但是浮生有一种好处,他是诚实正直的人,他不愿他有负他太太的地方,因为他们还保持在恋爱中,所以他从不敢有什么不道德的幻想。他只是用一种客气,毫无关系的审美态度来望着丽嘉的闪动的黑眼和娇艳的红唇。

韦护已注意到他们,他无所感的,只觉得不很痛快,一切都无意义,都很无聊。他愿早点回上海去,因为那里有的是工作,工作可以使他兴奋,可以使他在劳苦中得到一丝安慰。他无聊的像当着消遣的去暗暗窥察这所有人的神色。忽然,他听见丽嘉的响亮的声音:

"喂,怎么样,你们这新同志?"

他本能的向他们望去。丽嘉正做出一副玩笑的脸觑着他。浮生则笑着,望着他,却向丽嘉说:

"哦,你说韦护吗?我来替你们介绍?"

韦护心里很着恼,他不等浮生说完便走过去了。丽嘉却忽的笑起来,像正热烈的欢迎着将她的手伸给他:

"我还以为你走了呢!"

韦护说出她眼里的另一句话,心不免轻轻跳了一下。便用力的握着她的手。

几个男人都嚷着要动身了,因为天已黑了下来,月亮也上来了。

果然,月亮虽还没有全圆,但却明亮极了,这是他们到了两边全是旷野的马路上更容易感出的。他们都能将挨得最近的人的脸,朦朦胧胧看得极清白。而远处的树丛,耸到天际线上的山的波峰,哈,周周围围,都显得像幅画似的了。一切的市声都远离了,只有下关那边的电灯,微微染红了一抹云彩。多么寂静呵,只有他们的杂碎的履声,冲破了这庞大的沉寂。

女士们都落在后面了,她们都悠然的互相将手臂搭在肩头,排排的缓着步伐,眉飞扬的眼望着四方,或是低低的、轻声轻气的哼着歌曲,自然的美景将她们的胸襟洗涤得不染一点尘浊,每个人都不缺少那细柔的情绪来领略这周遭。

只有丽嘉一人离开了她们,她挽着浮生走到最前面去了。只看见她的裙子,时时飘起。

这走在当中的几个人,既不能插足留滞在后面的集团中去,又追不到前面的两人,都有点不高兴,而且都不免有点嫉妒起来。矮李喟着说:

"喂,怎么样,柯君?"

柯君装出一个糊涂样子,唯唯否否的答:"呵,什么意思,什么意思,我不懂。"

"恐怕要警戒一下浮生了,他又忘了他同他太太曾有过的几次争执。丽嘉真糊涂呢。"这是冬仁的出于衷心的话。

韦护呢,他都听到和见到了,但他不说,他觉得他很了解这些人。而且他微微有点高兴。无论怎样,他仍保留了一个较好的地位,在这群姑娘们心上。尤其是对于丽嘉,他很相信,纵使丽嘉和浮生排排走着,那不过是兄弟姊妹,而她所给他自己的一闪眼光,却是包涵得有许多话和感情的,他望着她隐隐摆动的腰肢,他自己仿佛觉得有一点点无言的忧伤。他只是装做精神很好的,热心的同光复在讨论光复的一件事。

"我懂得,这一种名士的遗毒,你自己不会觉得的。你只觉得被冤屈了。而他们又总以为你是太难了解了,他们说你是个人主义,而他们又都以自己的简单而骄傲。真是不值什么,本来中国人是极浪漫的,病态的神经质的人,古老的民族呵!你,我懂得的,你是一个重感情的人,你相信自己的时候,总是很多,你不甘于平凡。而你的那几位同事又真是不足道得很。我知道的,你自然很痛苦呵。我会替你尽力的。我也曾像你一样怪僻过呢,不过这都早就过去了,我们不说它。你也得学会忍耐,牺牲意见。你们湖南人做事各方面都好,就只常常太偏激了一点。这也是毛病。你觉得我的话怎样?"

光复紧紧的握着他的手,一边走,一边说:

"你真知道我,我们永远做好朋友吧。唉,告诉你吧,你说的不错,名士的遗毒,我从前本是……不说了,我们以后再谈。"他自己忽然停住了话题,是因为已走到丰润门了的缘故。

穿黑衣服的警士眼炯炯的望着这一群男女,而且警告说到了九点半是必得关城门的。

大众分乘了几只小船,迤逦的、鱼贯的、向生满苇叶的曲港行去。有的地方芦苇太高了将月光遮去,船只在深黑的水潭中无声的滑走,或是嚓的一下,船底触着斜伸出的短的断茎,或是风过去,苇叶的尖全颤颤的,细语着,薄的衣衫全鼓荡起,发覆在额上,呵,这清凉畅快的夏夜!

韦护有好几年不曾领略这江南的风味了。它像酒一样,慢慢将你酥醉去,然而你不会感到这酒的辛烈。它诱惑了你,却不压迫你,正像一个东方式的柔媚的美女,只在轻颦轻笑,一顾盼间便使人无力了,这里没有什么紧张、心动的情绪。韦护想起他往年在中学时代的事来,他是多么一个可以十足骄傲的年轻的人呵！到现在，唉，他的才情呢，逸兴呢，一切都已疏远了，而且那些友人呢，那些"郑板桥"，"王渔洋"……大约到现在仍然在做着一些潇洒的或是感慨的新诗吧。他们一定还是那样多愁落魄的生活着。然而他，那时最惊人的他，却变了，变得太厉害，会使人不相信。他一想起过去的生活，想起他被二十世纪的怒潮所冲激的变形，他真感到有点伟大得可惊叹！

好多人都像想到什么去了，全寂然无声。不久，又经了几个转折，船绕过湖心亭，走到一个桥下，月亮摇摇荡荡飘在荡漾的湖水上。像披了一层薄纱的紫金山更显得俏丽了。忽然在后面的船上，悠然的响起："啊，良宵呵！"的歌声，是三位女士的合唱。他们不能将歌词细细辨明，然而那声调的柔和，和微微带点感伤的凄切，他们都感动得拍起手来，一致赞好，要求她们再唱，浮生也向坐在对面的丽嘉说：

"怎么样，好不好，你也来唱个吧。"

丽嘉将头扭了一下，哼了一声，接着便笑道：

"欢迎我唱吗？"

同船的矮李忙将两手合拢来轻轻拍了两下，连说欢迎之至。

丽嘉望也不望他一眼就昂起头噘着唇，高高的叫了一声。

这一下大家都哗然笑了。浮生也学着叫起来。

船到宽广的湖面了，都慢慢荡着，彼此距离得很近，大家很方便的谈起话来。

可是时间已过去很多了，他们怕拖延得太久，只好从菱荷丛中赶快的划回码头去，大家可以一伸手便攀住那正在满开的花，嗅着这花的清香。

进城时，警士很不高兴的申叱着，他已等待快一刻钟了。

挨了骂的人，反因此增加了笑谈的趣味，比在湖上，在回来的路上更嘈杂了，到最后，丽嘉忽然说：

"这里面有个人真沉默得使我疑心呢。"

好几个人都惊了一跳，连珊珊都以为她朋友是开她的玩笑。柯君是更愁惨的沉默了。其实丽嘉真无心会说到他身上。唉，这可怜的人！

六

十一点钟的时候，韦护已独自踯躅在冷漠的车站。只有稀稀朗朗几个候车的人，和几个打着呵欠的搬运夫。稍远的地方，陈列着不少睡熟了的人体，随着微风，送来那粗重的浓鼾。韦护心里异常不安。他像正恼着什么人一样，可是又找不到可以发泄的对象。他厌烦的望着一切，又觉得都不是可以将眼光放落在那里的。灯光黄黄的，照出那建筑的拙笨和污秽。他又抬头去望天，天空灰灰的，一点云彩也没有，月亮已升到中天了，只冷漠无情的注视着大地。几个星儿，在不关心的眨着眼。这景象真使人愁惨。韦护勉强压住自己的无来由的烦躁，开始去想这次他回上海后应着手先办的事。第一得找个住处，陈实那里是决不能久留的；学校也不能住，人太杂，做事不方便，这房子事就太难了。他又有一些习惯，是很难邀得同事了解的。他比他们更浪漫，他的历史可作证，他从前因为贫苦，有过两天没吃饭。等将最后的衣当了钱时，却将来买醉了。他为了爱情也曾……即使最近在北京，也因为工作忙迫，有三个星期都忘记换衬衫了，然而他却不愿住在那终夜都可以听见邻家打牌的房子，而且准能碰到隔板壁就住有一对夫妇。但是住什么地方呢？太麻烦了。他又去想别的事,想到学校,想到仲清,想到这次会面,这次会面上,不是仲清也显然和他作对吗?他不免更焦躁起来,在那空落的月台上,不知来来去去走了许多回。他暴躁的诅咒这迟到的火车,而且在心上竟骂了一句不文雅的话。

但是忽然,又静下去了。他仿佛看见了一个人影,这影子很模糊,却使他喜悦。这影子里显出一双活泼有力的大眼,像丽嘉。他心里想:"如我现在又转到她们那里去,她们将怎样呢?"立刻他有答案了。他断定她们一定都很惊诧的张着惺忪的眼,笑着,感到有趣的笑着来欢迎他,她们真都可爱呢。他真下决心了,他举步朝站里走去,微笑着想到他去惊扰她们的情景,准可以骇她们一跳,她们一定会快乐着来怨他的。可是,飕的一下,响起一个责备的声音:

"韦护!你怎么了?难道你还闹这些无意识的玩意儿吗?有几多事等着你去做,你却像小孩般在找着女孩子玩!"

他骇得停步了。而且依稀有点鄙薄自己起来。正在这时,从浦口开来的车便轰起来了,车头尖锐地叫着,凶猛的直冲过来。候车的人都惊慌的忙乱了,搬运夫乱窜着。而他呢?变得很可笑,他仿佛又有点恨这车来得太快了。

直到车又快开了,他才断然的像气愤样的跳上车去,他凝视着城的那方,微微带点怅惘。这一夜他未曾合眼;及到上海时,他却已想好了两首诗,这是已经荒弃到快两年的玩意儿了。

七

第二天,矮李还预备与柯君再来邀请游山,但不凑巧得很,天却变了,大团的黑云,直盖了拢来,到下午,大点的雨,便滂沱

起来了,矮李很懊恼的望着天色,自叹的说:

"唉,看情形,今天只得要动身了呢。"他又转过头来,望柯君,"但是,你怎么样,为了你,我想我们有留住几天的必要。唉,我看你,完全失败了呢。"

"本来就没有什么了不得的交情呵!"柯君心中的希望并不绝,他以为丽嘉不过是一个天真的小孩,虽然有时喜怒无常,但却并不是有心的。

"我说,她对浮生太俨然了呢,而且太倨傲,她对我们连正眼也不看;在湖上,她还嘲笑了韦护。唉,我说,她到底凭什么瞧不起我们,瞧不起韦护?"高李简直有点气愤起来了。

"女人么,不就是这样,她若不装出一点自大的样子,她不是就找不到一点自己美好的满足来做安慰么?不过柯君却真有眼力,她实在是出类拔萃的呢,但她单喜欢浮生那呆子,我却感到不平。"

两李的意见,总是与他们的尊躯一样,相差得太远。高李听他说什么出类拔萃的话,他皱着眉,到后来,像想起了什么一样高声的问柯君:

"那个微微有点胖的,白白脸的是姓什么呢?"

"呵,是薇英,姓什么可不知道,她们都废了姓的。她性子比较好些,你对她怎样呢?"

"谈不到,谈不到……"他们都大笑了。

于是谈话的题材便推广了,但大半总不超过女人的范围。

至于那几位被谈论到的女士呢,也在雨声中讲到夜来游湖的事。不是月亮多皎洁的么,谁知天气一下就变了,这场雨已扫尽了夏日的炎威。风从身上吹过,简直有很深的秋意似的。她们

不禁感到时间跑得太快了,而对于这秋季的来临,不知怎样才好。她们讨论着行止。在这些时候,丽嘉总是不愿表示意见的,她说:

"我真住腻了这地方,我们都太闲了,闲得使人真闷,我赞成我们全找事做去。"

春芝第一个反对,理由是她没有技能,她要念书去,她真需要念书呢。

接着薇英赞成,赞成春芝的意见。她来南京时,本是预备学体育的,却为丽嘉和珊珊反对,说她不适宜,强迫她一同呆下来学音乐,学绘画,看小说的玩过去了,她的成绩都不好,只在思想上、个性上受了很大的同化,她从前是一个拘谨守旧的人。而她之所以预备学体育,也是不能不走这条生活的捷径,她完全是为了两年毕业后可以不难找到一个位置,她的经济实在不宽裕。正因为她受了她们的影响,她很爱自由,又爱艺术,但她觉得若不能将自己的经济地位弄得宽裕些,那一切只全是美梦。她到底没有全变得像她们,她比她们能多虑到这一层。她说她想到北京进女师大去,那里学费低,录取并不严格,她去学音乐,听说那里的教授很有名,她或者可以有点成就。

珊珊同情她,说:

"本来,我们同着一块生活,自然很好,但究竟不是长事,我们都太年轻了。所以我们的懒惰总是胜过我们别的方面,它将害得我们一无成就。你去北京,我觉得很好,再受一番学校的训练,未始不更有益处些。我呢,我也很想能进一个学校,那里人多,凡事都显得有生气。但又因为人多,我受不了那压迫,我始终只愿和几个好友过着理想的生活,像现在一样。所以我虽说希望你们都努力去,但在我心上,我终究是很难过这分离的,若想再聚,恐怕就不易了。"

大家随着都有点黯然了,好像还是不分开的好。

丽嘉则坚持自己的主张,她给一个在南洋做校长的朋友写了一封信,请他找五个教员的位置,她希望大家都到那新的境界去。她说了五打以上的梦想,说得像真有其事一样来鼓惑她的朋友们。真是大家都动心了,只愁找不出那么些位置怎么好。

一个礼拜过去了,回信还没有来。自然回信不会这样快!邮政还没有用到飞机呢。薇英不耐等了,若是再迟延,事又不成功,则学校也不能进,她不能再一玩又半年,所以无论丽嘉怎样说得天花乱坠都枉然了,她决定这天去北京。她们送她渡过浦口上了车才回来。她们在要好的女友前,都不会吝惜那恋别的泪,她们都坦率的热烈的拥抱了好几次,直到车开了,薇英还从窗户口伸出一个嘟着嘴的脸,天真的哽咽着,话说不分明:"南洋有……有信来,你们告……告我。我再来看……看你们。"

几天后,春芝和那顶小的一位也考了学校,丽嘉只是焦躁的望着回信。她向珊珊说:"你呢,你怎么样?她们都走了。我,我是要走的,我要离开中国,这国度里的一切都使我生恨。我想到法国去,但是没有钱。克强从巴黎来信,说一年只要四百块钱。四百块,数目并不多,我相信纵使家里毫不帮助我,我也可以弄得。什么工作我不可以做?衣装店职员也好,咖啡馆的侍女也好。只是路费,而且,你说,我们能不能够穿起香港布短衣在巴黎城里跑。现在呢,只好到南洋去,南洋总比中国好,因为那里的一切我们都生疏得很呢。等到一觉得不好了,我们再走远一点,再走远一点……慢慢的就可以走到巴黎了。或者到意大利去,到德国去……我相信总不会饿死的,而且总是快乐的……我们还可以见到许多……"

她不说下去了,她想到同一些热情的文学家做朋友,那真是幸福的事。

珊珊却跳起来了:"嘉!你真好。我相信你。我们一同走。我们同做流浪天涯的人吧!"

信是终于到了,但信上说:

"近来此地人浮于事,谋事极为困难(朋友中已不乏人,你认识之本德君,亦于昨日抵广州矣),故我等均无法,终日惟有相对闷坐而已。且五人位置,亦甚为难,因教员之聘请,均须取得校董同意,而校董又全为糊涂之资本家,猪而已……"

丽嘉把几张信纸扯成粉碎,她不屑再给这朋友写信了。

然而她们不得不想法,不久,便决定了,因为丽嘉的一个女友在上海来信要她去看一看,这女友正在一个无理由的失恋中。丽嘉觉得有安慰她的责任,而珊珊也愿同去,她是听了浮生太太的怂恿,想到S大学去听一点课,据说这学校是很理想很自由的。

第二章

一

到上海是八月末的时候,气候还不很凉,太阳正要下山的时候,丽嘉和珊珊两人所乘的那趟车,已轰然的停止在北火车站了,一切都格外喧哗。她们从那沉闷的车箱跳出时,直像闯入了另外一个世界。她们想到去年离开这儿的时候了。她们站在船头上,骄傲的摇着手巾,向那些高大的建筑物,那些龌龊的脸,以及一切遗留在记忆里的权势、狡猾、卑鄙告别,她们愿意不要再来了。谁知时间还不到一年,又觉得无路可走一样,又来到这里了。她们带点好奇心,接受了这不堪的嘈嚷,在人堆中挤着向前去,并四处搜求她们要见的人影。忽的,从她们背后响起一声尖锐的叫声:"呵!珊!"一个白净的女人便跳到珊珊的胸前了。珊珊也握起她的手,端详着那圆的脸,说:"怎么雯姐,你更漂亮年轻了呀!"接着浮生也笑着走拢来。他问她们的行李怎样了,于是她们将一张行李单交给他,而她们便欢笑着走进待车室了。丽嘉第一句便问小宝宝怎样了,乖不乖,因为头次浮生在南京曾告诉她,说小宝宝很像她,尤其那对黑眼最像,时时放出金色的光来。雯便显出母亲的笑,说是睡着了,等一下回家便可以看见,她不必说出那小天使的可爱来,她想准可以使她们惊诧而疼爱的。珊珊又去打趣她的旧友。雯颇有点放赖的神情蹲在她身旁了。她正经的说:"珊!你不知道,我想你来,比浮生离开我时想他还厉害,总觉得朋友更使人难忘呢。"于是她们都不言的笑起来了。

这夜她们便住在浮生的家里,在他们堆满什物的后楼里,抹去了积尘,费了许多力气,才腾出一张摆了不知多少破乱书籍的床。她们谈到三更天才睡,这在浮生真是少有的事,所以一倒下头便发出沉重的鼾声了。

浮生近来很劳苦,在S大学担任几点钟社会学,这在他不能不算很吃力。他不是苟且的人,所以他备课编讲义的时间是两三倍超过上讲堂的时间,薪水又实在不够用。他参考的书籍又一天一天的觉得太少了,这是不能减省的。而太太也是一天一天觉得所需的多，尤其是关于小孩子的东西，两人常常要为这些事体闹架。譬如太太站在百货公司的帽子部尽瞧，男的却硬拖着她回来了，太太嚷了几个月的要为小宝宝买张摇床，而浮生得了钱，信也不给一个，便换了几本书回来了。太太当时虽不好说什么，然而如此情形一压积多，便总得找机会发泄出来的。所以哪怕是很相爱，但为了这些小事不免要常常反目的。想起往日的日子，却安宁温柔得使人羡慕不止。浮生在编讲义之外，还要翻译点文章，请人到各书铺去卖，想得点钱使太太欢喜，又常常要到他们小组织里去开会，又常要列席S大学的教务会议，因为韦护很看重他。而且学生们又有一起没一起的来找他谈，他总是振起精神陪他们坐，为他们解释问题。他虽说不感困倦，然而一歇下来，便颓然躺着了。他忘了他的第一功课，他将陪太太玩的时间减少得可怕。尤其使太太不满的是他对于小宝宝的冷淡，纵有时看着玩，也显然看得出在勉强敷衍。所以不怕浮生怎样自信，他是爱她的，她是他永久的爱人，然而在雯这方面有时总会感到像有所遗憾，这情形使刚来的两人，一下便看清了。第二天，珊珊劝了他们一些话，请浮生替她办进学校的事，又在学校附近去找房子。房子一下便找好了，是一间小小的亭子间。浮生他们也要搬，便在她们的间壁找好了房子。进学校的手续很简单，只要缴清费用便可随时上课了。

这些麻烦事，连同帮忙浮生搬家，足足忙了三天。

二

一切事情都很妥当了，丽嘉心里却更茫然。这本来都不是为她预备的，她不需要这些。这天，她送珊珊去上课，到大门时，她向珊珊说：

"小姐，都很好了。你就这样生活吧。我呢，我要离开这里几天。你知道的，我要去看看毓芳了。他们纠葛的事，还不知怎样了呢？"

珊珊给了她愤怨的一眼："你总喜欢使人不快活，为什么不听我的话，两人上课不更好吗？"

她仿佛没有听见一样，笑了一笑，便快步的走了。

她转了几个弯，搭上一辆电车，又转搭了一次车才到了辣斐德路的极西端的一个弄堂口。经过许多热闹的街市，店铺都张着大减价、九折七折的旗子，有的打着洋鼓，有的开着留声机，有的跳叫着，处处都进出着体面的男女。她仿佛很有精神的去观赏一切。直到走进了弄堂里，被一股强烈的便溺的腥臭冲进了鼻管才将那些热闹的影像抹去，她皱着眉心，掩着鼻子，去找门牌的号数。找到最后的一家，门大敞着，三个男人在围着圆桌吃稀饭。她特意去敲响门环：

"喂，我是找赵毓芳的，她是不是住在这里？"

"谁呀？"楼窗上伸出一个头来了，听声音便可以知道那正是毓芳。两个人同时都"呵"了一声，楼板上便只听见咚咚的足音了。

"呵，我正盼着你呢，怎么才来？我们上楼去吧。"毓芳看见她时直嚷。

她也抓着她跳起来："我真高兴！我真快乐！你还是同从前一样，一点也没有变呵！"

她们穿过客堂，走上楼时，那三个年轻伙子望着她们笑，有一个还说："毓芳小鬼你真快乐呀！"

两人都紧紧的望着,不知说什么好。还是毓芳先想起来,问她的行李。她告诉她已同珊珊租好房子了。

"你不是说珊珊要上学吗?"

"是的,她已在大学上课了。"

"那你呢?"

丽嘉望了她半天,不知怎样说才好。她觉得她自己很烦恼,又觉得这烦恼不必向人说,因为别人不一定能了解,而且说了也毫无用处。因此她倒呆了半天。毓芳接着说下去:

"那么也上学罗!只是你们在周仲清那一起人门下学什么呢?社会学,他们懂吗?他们一古脑儿看了几本书?文学,你们去打听一下吧,什么人都在那里做起教授来了,问他们自己可配?除了翻译一点小说,写几句长短新诗,发点名士潦倒牢骚,可有一点思想在哪里?他们太看轻了你们这般大学生呢!我不会去向他们请教,学问是向人学得来的吗?全靠自己呢。"

丽嘉笑了,她早把眼光将全室搜罗遍:只见这房间,一点也不整齐,四处都散着一些报纸,纸屑,桌上脏极了,厚厚的一层灰。几个不干净的茶杯孤零零的站在那儿。床上堆积了许多折皱的被袄、衣服之类的东西。她觉得她的朋友的怠惰的素性,仍然保留得很多。她锐利的望她一眼,将自己的锐利的言语制住了。她遇着别人意见太偏时,她便反承认那被反对者的一部分理由。因为不愿在久别后刚相见的好友前起冲突,她只好笑着说,还用手去拍她朋友的肩膊:

"哈,倒看不出,你有这么多意见。不过,你放心!我不是能耐烦的人。我受不了那上课的罪。横竖我不想学什么,我只想找事做。倒是你呢,你和保霖的关系现在怎样了?我很挂心呢。特意跑来看你的,却将话说到些无意义的事上去了。你详详细细的告诉我吧!"

于是在毓芳口中,便赤裸裸画出一个简单的、浅薄的、过分自私的男子的影子。听着听着,只觉得这历史,这经过,太不精采了,而且很丑恶,同丽嘉原来的想象全不对,她希望她朋友至少也应有点儿悲哀的调子,或是正又挟着报复的心,谁知事情只是这样:原来两人并不怎样相投,时时吵嘴,这次又为了一点小事,都不相让,终于咆哮动武,于是一个气冲冲的走了,一个也随他,到现在恐怕两人都已记不清到底为的什么事才闹起头,因为那原因太小了。丽嘉只觉得太糊涂,太可笑了,原来本想来安慰朋友的,现在只觉得正适宜于打趣了。可是毓芳又从抽屉里翻出一张照片给她看,说是纪念品,是在保霖走后第三天照的,前几天刚送来,她说她从此要过清静生活,好好做点事。照片拍得异常丰艳。丽嘉不禁望着像片娇媚的说:

"这太美了,只应再来个恋爱,为什么要说尼姑们说的话?看这像,就并不是餍足恋爱的像呢,真的,那楼下面的几位是谁呢?"接着她做了一个会意的笑。

毓芳把嘴一噘,像想起了什么似的,问道:

"醉仙那里你去过没有?他有几次同我谈过你呢,在那里可以见着许多人。大半都是同志——对了,你一定不高兴这名称吧,不过好些人都视你为顶好的同志呢。去,我们就去吧,我想你认识一半人呢。"

"是的,我们早先不熟,只知道他资格很老,但我不高兴他那不庄严的样儿,所以不去亲近他,还是今年在孙九先生那里见到的。我从不佩服人,只是对孙九先生的那种热忱,却不得不钦佩。他无论对人,对事业,对学问,都极其忠实的那样做。我在他面前只觉得惭愧。我希望我能为他感化过来。只是他又走了,我仍然是无头绪,一天天沉于梦想和说不出的不痛快。好,既然醉仙在这里,我和你去,我也很想见见上海的这一些人。"

她们手携着手便出去了。

三

丽嘉在毓芳处玩了两天,便又很腻烦的走了回来。房子已清检得更清爽美好了,添了两盆桂花,花正盛开,一股甜的香气占满一室,使人油然起一种幽静愉快之感。但是珊珊却不在房子里,只在那铺有织花布的桌上,堆了几本珊珊新买来的书,大都是一些文艺书籍,在每本书角上,都由她写上一些小小的字:"与嘉共读之!"丽嘉很高兴,她像小孩一样的又去审视书架上安置的一些小东西,审视墙上的画片,仔细看那精美的床,她不觉很惆怅起来。她希望能立刻看见珊珊才好,好像有好久不见她了。但她不愿到学校去找她,她一步一步踱往间壁浮生家去,想找他们小宝宝玩,好等珊珊回来。

当她走进浮生家的后门时,她便看见韦护正坐在客堂里,脸向着她。她正要喊,韦护也倏的一下迎着她来:

"呵!丽嘉,是你!我总以为你不回来了呢!"他伸着双手望着她这样欢呼。

她也不知所以的便跳过去,将双手投给他:"啊!是韦护吗?没有想到会遇见。啊,真好久不见了,近来怎样?"

浮生也走到门口,握她手,她不理他,只望着韦护笑。

珊珊也在这里,却很苍白,丽嘉跑来拥着她说:"珊,你真好，我已到过家了，见不着你才来的。"

珊珊淡淡的一笑。

丽嘉并没有注意，转过脸去，拿眼在瞅韦护的新洋装了。简直是一种专为油画用的那沉重的深暗的灰黄的颜色，显然是精选的呢料，裁制得那么贴身，使人一想起那往日蓝色的粗布衣，就觉得好笑，仿佛背项都为这有直褶的衣显得昂然了。丽嘉又看他脚，穿的是黑漆的皮鞋，反射出蓝色的光，整齐得适与那衣裳相配合。发是薄薄的一片，涂了一点油，微微带点棕黄，软软的、松松的铺在脑盖上。在上了胶的白领上，托出一个素净的面孔，带着一点高兴，又带着一点烦恼，常常露出好像是我知道了的微笑，真是一副具有稍近中年的不凡男子的气质，自自然然会令人生出一种爱好的心，不杂一点狎弄的。丽嘉端详了他半天，她那惯于嘲讽的嘴，已失去了效用，只能将眼睛睁大，然而却不是惊愕的神情。这时一室都静默着了，各人都听到自己的心的跳动，而且那跳动的心是正在说什么话。

然而这静默却又同时喊醒了各个人，都仿佛骇着了似的笑起来。韦护便躺到软椅上去，露出一种温柔的倦态。珊珊低着头，凝视自己手指上的细细的指纹，眼睛仿佛有点潮湿了。丽嘉却反过脸，大声的同雯说笑，又抓着浮生的手，这是她适才冷淡了的。她仿佛与从前一样，闪着轻蔑的眼光。她又跑上后楼去，将一个有着巨大的眼，和柔细头发的小孩捧了下来，一个可爱的欲笑的面孔，于是都围拢来，将这做了谈话的标帜，父亲感叹着，母亲又抱怨了起来。真的小孩的东西太少了，连一个粗藤制的有橡皮轮的车也没有，莫说那有精致的把手和垂有重价的小纱帘的车子，这使小宝宝到公园去也不能，小宝宝是正适宜于要晒点太阳,因为她的皮肤太嫩了,而且邻近的这些有着林荫的安静的马路上,就常常有好多小儿车推过的,不过浮生曾好多次愿抱着小宝宝去公园散步,然而这做太太和做母亲的雯却始终害羞将自己这可怜的家庭给别人瞧,她宁肯在家里陪着她生来便穷的小女儿玩。

丽嘉觉得这话题不能再继续下去了,否则又会引起风波来。不知为什么,一个女人一做了母亲,便将一切都缩小了,且总是那样小气,填不满那物质的奢望。她觑着那快要生气的浮生大笑起来,她将两个手指按着自己的嘴唇,向浮生命令道:

"禁止发言,不准发挥你的理论,谁都懂得的,说了也无用,因为不适用呢。你不说,我们也了解你,而且同情,但是你假使定要争执起来呢,我个人便完全站在雯的方面,开始攻击你了。"

浮生竖起了眉,预备同这调停人开始争辩,但他看见了那眼光,仿佛陡的聪明了许多,他便默然了。

丽嘉制止了他说话后,便继续说:

"总之,车是得买一个的呵,我和珊珊可以借给你三十块钱,你再支二十元薪水便够了。下星期我们大家都要推着小宝宝去公园玩呢。哼,你做爸爸,简直不会享福!雯,事情就这样定了。他不买,我们大家不依就是。"

这话说得珊珊韦护都笑了,浮生也只能笑,吐着不清的言语:"好,好,依你们就是,好,好……"他那癫头癫脑的样子,惹得别人笑个不止,更逗起小宝宝来喊叫着。

韦护再三再四观察她,有时觉得很接近,有时简直是太难捉摸了。他一看到她那目中无人的傲慢样子,他便只想抓下她什么来,问她为什么要这样使人心里难受?但是他一想到她那些凶猛的,其实又是同样柔媚的眼光,他又恨不得将她高高地举起来,而且自己还向她做一些愚蠢的动作。

他看她那么不费力的管领着浮生,像一个驯狮者对那抚弄惯了的狮儿一样。因为他知道浮生是那样一个无邪心的好人,不知人情的憨直的人,却那么并不有所希冀的服从了她。而那做太太的,也不能从她那里找出痕隙,所以他更赞赏她。但是当他看见她将脸伏在小宝宝怀中,那么不知节制的疯狂的笑,他忽然像是耐不住一样的嘲讽般的笑了一下。

丽嘉俨然很着恼,抬起头来,发散满一脸,她粗声的问:

"你笑什么?笑我吗?"

韦护不能立即收回那笑容,不知怎样答复才好,只得连声:"没有呀,我是想起了别的。"

"哼,你想起了别的。好,韦先生,你从什么地方学来的礼貌?当面侮人!我们还没见识过呢。"她不等别人回话,也不再看那向她投来抱歉的眼光。她飒的立起来,拖着珊珊的手就向外冲去,而且命令珊珊道:"走呀,不要在这里了。"

珊珊跟跟跄跄的不知抵抗的就被她抓着走了,真显得那腰肢的瘦弱。

在走出门口时,她没有回头,但却大声说:"雯,明天再来看你们。"

雯,没有答应她,只向着韦护安慰似的说:

"完全是小孩,癫子一样,同生人老喜欢拌嘴,一熟就好了。若同她一样小孩气,真怄也怄不完,恨也恨不完。"

韦护也只有一笑置之,视为小孩气而已。但是总有点不痛快,想跑去追她回来,又不好意思,又觉得无意义。他佯装很坦然一样,同浮生讲到他们团体中最近发生的一桩小事。好久以后,他才告辞出来,因为他不愿意让浮生他们能在他身上得到一点可疑的地方。

四

韦护住的地方,离学校很远。他一星期总有五天要这样往返的跑着。他为这住处的事真考虑得太多了。他知道,关于这一层他始终都很难邀得一大部分、几乎是全体人的谅解,就是无论怎样,他不能生活得太脏了。即使在北京他也生活得较好。所以他必须找一家干净的房子,和一个兼做厨子的听差。但是不知所以然的,他常常为一些生活得很刻苦的同志们弄得心里很难受,将金钱光在住房子和吃饭上就花费那么多,仿佛是很惭愧的。他的这并不多的欲望,且是正当的习惯(他自己横竖这样肯定),与他一种良心的负咎,也可以说是一种虚荣(因为他同时也希望把生活糟蹋得更苦些)相战好久。结局是另一种问题得胜了。就是他必须要有一间较清静的房间,为写文章用。他每月所负的责任不轻,他不能弃置这事不努力。因为能写的人,在他看来,简直是太少了。所以他找到了那个房子又好,房东又好,房东的听差也好的一家了。正因为房东同他有点戚谊关系,虽说他出的钱比较贵了一点,然而向人尽可以说是住在亲戚家里。他又买了一些并不是贱价的家具,和好多装饰品。俨然房子很好,使人疑心这是为一个讲究的太太收拾出来的。韦护住在这里,真的很相安。开始几天太忙了,人很累,一倒下那宽大的、有钢垫的床,便享福一样的睡熟了。等过几天,学校的事走上了轨道,而与陈宝等组织一个文学研究社大体已有了头绪。他除了上午到一个办事处翻译一些稿件,下午到学校上两个钟头的课,其余的时间,都可以由他自由支配。他像一架机器,一回到家,坐在软椅上,抽两枝烟之后,便伏在案上,不知天昏地黑的要到人实在太疲倦了才停笔,然后钻进那听差为他理好的薄被中去,再抽一支烟,就睡着了。他仿佛顶满意这伏在案上用笔的工作似的,可是过不了几天之后他将休息的时间,不觉得延长了。而且在笔尖稍一停顿的时候,思想便从笔尖飞跑了开去,不知乱想了一些什么,才又自己觉得好笑,才又将心神收敛了拢来,继续的写下去。但不久,却又忘其所以的,仿佛很有兴致,在另一张空白的稿纸上写出一首两首小诗来。虽说常常责难自己的这些行为,然而也很珍贵的将这些诗稿安放在另一个抽屉里去,真是一些不忍弃置的小东西呵!一到了晚上十一点钟的时候,这在从前实在只能算是太早了,他就仿佛文章已写够了一样,早早的爬上床去,蜷在被窝里,靠在大的软枕上,在小小的红的灯光底下,他翻了一些大的精装本,又去翻一些小的,更适宜于躺着看的书。他一天天的感出这些文学巨著内容的伟大。他对于艺术的感情,渐渐的浓厚了,竟至有时候很厌烦一些头脑简单、语言无味的人。他只想跑回家,成天与这些不朽的书籍接近。他在这里可以了解一切,比什么都快乐。若不是为另一种不可知的责任在时时命令他,他简直会使人怀疑他的怠惰和无才来,他真是勉强在写那文章。

　　这天别了浮生回来后,他更不安的坐在房里,同时对于自己起着反感。为免除这懊恼,他整个晚上都消遣在小说中。他简直恨起来为什么这时不会有点意外的工作来消磨他的时间,好让他不为别的可笑的事件苦着。

但在睡了一觉之后,他又变得好好的,与从前一样有精神,有兴致的走到那办事的地方去。没有一个人看得出他在夜晚失过眠。而且大家忙碌着,脸上放着光辉,他也就异常有劲了,他需要有许多在拼命努力的人来鼓励他、帮助他。

五

下了课后,他在教务处坐了一个钟头。仲清不在,只有两三个糊涂的人在那里,都异常敬仰的在同他敷衍,因为他们不知应说什么话才好。他毫无趣味的同他们讲学校的事,又讲报纸上的事。然而总无结果,总无真的意见。他们对一切都很朦胧呢。他看表,还只四点钟,回去是太早了,但又无事可做。他再望这些同事们,觉得还不如同那门房老头儿说话有趣味。他无法了,只好站起身,做出一副要走的神情,其中一人便赶忙为他找帽子,另一人便模仿着感叹的声音说:

"唉,韦先生,你简直太忙了呢。"

韦护不禁显出苦笑来,但是却极亲热的与他们周旋了一会才急急的离了学校。既到了马路上却又彷徨起来,不知往哪儿走才好。最后还是不觉得向浮生家走去,最近浮生夫妇之于他,仿佛有很亲近的意味了。

一到门边,便听着有那响亮的笑声,他不觉心一动,脚就踌躇了,想退回去。不过他为了一种自负的情绪,他不愿怕什么,所以还是带着一副好的气氛走进去了。他将他的大的满的皮包向桌上一掼,转脸向丽嘉笑道:

"还生气吗,小姐?韦护今天特来赔罪。"

他伸过右手去,仿佛也很倨傲的样子,但眼睛却故意的狠狠的瞅了她一下。

丽嘉将右手放到他手中,柔声的说:

"不懂你的话。我并没生谁的气。只怕你一赌气,不理我们了呢。"她并没有躲避他的眼光。

他又去拉珊珊的手,珊珊却无力举起手来,她说不出有许多抑郁,她一点也不像从前锋芒了。

雯用手指刮着脸去羞丽嘉,露出一副疑问的笑脸,意思是说:"没有生过气吗?"浮生也笑着,一半解释,一半安慰的道:"完全小孩子,哈哈……"

丽嘉简直不在乎,她坐到韦护坐的那张大沙发上,很亲昵的同他说到生活的一些小事,她当面诽议浮生他们的生活太单调,太不艺术,她说到他们的种种无生气,她又仰慕的问到他在北京的情形,那些女同志一定都非常自由,非常快乐,她真羡慕她们。韦护也说她们好,因为她们有事做,她们有信仰,她们走上了一种固定的生活轨道,总之她们是不会有许多烦恼的,而且生来便不如南方的女人多感慨似的。

珊珊听来觉得有许多刺耳的地方,而且觉得她朋友的牢骚说得太过分了一些,她忍不住说道:"这只是因为太闲了的缘故,一个人成天不做事,仅用脑子乱想,自然就有许多不如意的事了。中国女人,完全因为是没事给她做呀!"

韦护心里想:"我却实在忙呢,然而也不安定得可怕呢。"

正为了有人说他生活方法不够好的浮生,心里有点不痛快,他反对他们,拿起他的书本在桌上拍得很响的说:"什么'生活'?这只是一些诗人们的话,而且是有钱的人才能讨论的问题。我呢,是一切都不知道,也不过问。只知道就这样忙迫的过去,一直到死。人是不会想到什么烦愁的。"

"哼,然而在工作中也会为了一点小到可笑的事同雯同爱人吵起架来,还要别人劝和呢。"

"那并非这个意思。你不知道……"浮生无力的辩白着。

"总之,一切都太平凡了。我厌弃这一些不动人的故事。"丽嘉不耐烦的叫着。

韦护解释道:"本来是平凡。人并不是超然的东西。但是,得有动力。譬如我们就是架机器吧,我们有信仰,而且为着一个固定目的不断的摇去,可是我们还缺少一点燃料呵!人是平凡得很,正因为此,却不能不常常需要一点这助动的热力呀。浮生,你是成天忙着的,我也成天忙着,但是你能给我一个确实而满意的回答吗?我们一切生活的主宰到底是什么?"

浮生骇得把眼睛张得很大,不知说什么好。他只想喊:"你有神经病,你简直有神经病!"

"对了,韦护!我相信你,你懂得只有比我们更多的。我们总是缺少一点什么东西。若将我们生活的经历打开来,真不能使读的人会有什么激动。无味愁烦和苦痛,哪里是生活的病呢?韦护!我们到底要怎样才能弄得使我们好玩点和充实点?"

韦护用一种极同情的眼光望着她。珊珊只是不安的巡回望着他们两人,时时嘘着气。及至韦护征求她的意见时,她竟无所措手足的呐呐着。

韦护已经了解,他已从丽嘉那里取到了一种精神上和思想上的信用。他很兴奋,他又本不缺少那好的谈锋的,于是他将这情形维持到更好的局面。在这里浮生夫妇没有插嘴的余地,而珊珊也像身体不好,缺少说话的趣味。韦护观察到她的后颈边,有一颗极圆的黑痣。而当她笑的时候，又现出两个笑涡来，一大，一小，一个在颊上，一个在微微凹进的嘴角边。那两片活动的红唇，真也有点迷人呢。于是他倒常常静着，只听她说话。

直到浮生的晚饭摆上桌子了，大家才知道时候已不早，是应该告别了。

韦护执意要回家去吃自己的饭，所以他先走了。

不过在丽嘉和珊珊也寂寞的走回间壁后不久，他却又沉闷的走了转来，他握住浮生的手说：

"请你原谅我，我发挥了一些那样可笑的论调。但是我很明了，我不是那样怠惰的人，想你也相信。只是我近来真仿佛有点神精变态，你看，我从前那么忙，每天还能写五六千字，到现在却只能写两千字了。然而我会振作的！我现在将这些话告诉你，因为我把你，也只有你是我在国内最好的朋友。"

浮生并不了解这到底是什么意义，只是更紧的握着他，显得又感激，又替他难过，反做出一副乞怜的样子说：

"唉，我晓得，你一定有什么地方不舒服吧，我看，你休息几天，学校方面，我可以替你做。"

"那倒不必。好，你们吃饭吧，我回去了，晚上还得写文章，因为《青年周刊》无论如何明日得付排。好，不必介意我，浮生若得空，下期翻点稿子给我，要切用，又不要太长了。若能写就更好。好，我走了，明日见。"于是他快快的向门外跑去。

浮生还想拉他吃了饭再走时，也来不及了，只凝望那消去的后影，觉得那影又为工作劳苦得瘦了好些，想起他那样不辞劳苦，而又诚恳的从不叹气皱眉的干着，犹不免一部分同事的非难，真为他难过。相形起来，反觉得自己平日的固执和暴躁，竟能邀得别人的谅解,真是幸遇的事。因此他更同情他了。"韦先生"这外国名儿,是大部分同事单应用在这位懂得外国礼节的韦护身上的,然而意义却全因用的人而变得不同。

六

韦护离了浮生的家,一人冷清清的落在马路上,说不出的对于自己的嫌厌。他在心里重重的打自己的耳光,这悔恨又并不像向浮生所说的那些话的意义,是完全懊悔,怎么又会向浮生,那老实人说一些那么疯疯癫癫的话。本来别人并没有觉出你有什么病,若是一解释,反使人生疑了。若是浮生知道了,或是雯,女人总容易了解,说是我,韦护怎么了怎么了,一嘲笑开去,唉,那真糟!他又悔,为什么竟忘了一切,同那么一个小姑娘,多幼稚的人谈讲得那么有劲?真太愚蠢了。他越懊恼,他就越兴奋,又越对这兴奋起着反感。他心里说:"韦护!忘掉这一切吧,让魔鬼拿去,你去想一点别的更重要的事!"

他竟忘记坐车了,走了好久才到家。

那表亲,一个洋行里的办事员,近来因为事情颇得意,已吃得有点发胖了,走到阶边来迎他:"呵,来得正好,你今天迟了好些时呢。我也因为有点事刚回来。好,喊他们开饭吧。"

他颓唐的倒在客厅的沙发上,呻吟的说:

"人有点不好过,不想吃饭。"

房东很殷勤的周旋他,亲自倒了一杯白兰地,说吃了会好点。房东太太也来了,一个虽说颜色稍黑,然而却很健实,又很懂一般太太们的风情的女人。他只好顺从了他们。吃饭的时候,房东仿佛打趣般的正经向他说,他实在应当找一个如意的太太了。房东太太也毛遂自荐的说是愿意帮他忙。然而他只好笑了。说住在这有好主妇的家里,便非常满足,竟忘记太太的事了。若是承情帮忙,也应当找一个像这贤惠主妇一模一样的他才要。男的好像受了奉承,就更乐了,女的则横眉一笑。于是这从未使他稍稍留意的女人,也好像使他心动了。他勉强欢笑着敷衍了一会,才离了那对夫妇,回到自己的房子里来。

  照例他抽了几支烟,但将稿纸摊开好久之后,还不能写一个字。他努力镇压住自己的感情。他疑心完全是因为他走了太多的路的缘故,他想早点睡只是又找不到瞌睡了,而且连书也懒于看。他从那秘密的抽屉中,取出那些珍贵的诗稿来,翻来覆去又看了一遍,觉得有些确实写得很好,有许多都是在前两年所不能体会出的情绪。不过他不愿将这些他得意的成绩拿去发表,因为只能给一伙没有修养的人作嘲讽的谈资的。他重将这些东西收藏后,便再也找不到别的可以混去时日的事情了。无论在心中他是怎样的在喊着:"明天要发稿呢!难道你存心延期吗?"但他仍然不能执笔。时钟还只到九点半的时候,他就张眼望着天花板躺在床上了。天花板上被那红色的小纱灯反映出许多画着大圆形的黑影,像一个大的、散漫的花朵,他从那些破碎的花瓣中,最先看见了一些他的不明显的意识。多么可笑的意识呵,他闭下眼皮来,愿意这影像消灭去,这会使他不由的要生出惭愧之心来的。但是一些另外的,便在他合拢的眼前跳跃起来了。那逝去了的,曾经陶醉过他的甜蜜。唉!怎么这些本已成为毫不可恋的一些影子,也变得很能诱惑人的在扰乱他,而且使他痛苦。他又厌烦的把眼张开,而那丽嘉,一点没有错,太像那姑娘了,简直就是那副神气望着他,像问他要什么东西一样。他心里想:

"唉，这到底是什么意思？难道……"接着他便否认了，决不会的。那姑娘决不会把他放在心上的。若果他是一个个人主义者，自由主义者，或是一个音乐家，一个诗人，他都有希望将自己塞满那处女的心中去。然而，多不幸呵。他再也办不到能回到那种思想，那种兴趣里去。他已经献身给他自己的不可磨灭的信念了。而这又决不能博得她的尊敬的。他想起那最初见她时的一切了。她是那样侮弄了柯君，而且那样不胜其讥刺的问到他，"哼，是同志！"若不是因为他是《我的日记》的作者，而他又幸而还勉强应付了过来，她简直不知早就怎样在显示她的傲慢的技术了。他又重新想过一遍她所说的一切的话，他证实了他是怎样的不能给她以人格上的刺激和满足。但是那眼光，唉，为什么在刚开始时，她就那样仿佛欲吞灭人的望着他。而且今天，更使人疑惑的亲切了起来。他越想，越不解。越不解，就越想，竟至有时忘形起来。他不知所以的在床上滚着，几乎将那小几上放的茶杯和水瓶都碰倒了。

总之，这是事实，丽嘉已一反旧日狂狷的态度，她很坦然的同他谈过她自己的无聊的生涯。讲过一切像是属于大众的希望，她很信仰他，她并不暴躁，而且她并没有将他视为一个她所歧视的人。韦护再三想，他实在没有拒绝她的理由。她实在可以做他的一个好朋友。他有许多思想只能给她知道，那些脑筋简单的人是不配了解的，而且也只有她的那些动人的态度，才能引起他有裸露出衷心的需要。他要将她搂过来给她一个拥抱才好。他最后放胆的想"她真可爱"时，他就用力的向空中那幻影的嘴唇上大大吻了一下。

七

这时丽嘉也正在被一种矛盾的思想所纠缠。她觉得她自己简直是太不懂事了,为什么要向韦护一个初次相识的人,将自己的一切生活上的不满足给他瞧,使他在这裸露的天真的人格上任意观览,将一些不真确的(就是说并没有真真了解)概念了去。他一定看出她实在很柔弱,很贫乏;也许现在正同人说到她,且嘲笑起一切女人来了。她不安的向和衣斜躺在床上的珊珊说:

"珊!你为什么老不同我说点亲热话,是不是有点生我的气?我真值得你恨的。你看我会将韦护当成那样一个朋友看,我实在太不顾虑和太不矜持了。你晓得的,我并不是说人应当虚伪点,只是不应到处向人发牢骚。能了解你的呢,他还给你点同情(然而这也够可耻),否则,只能给人拿去做笑谈了。尤其是我们,一个没有职业的姑娘,真该留心给人的印象是不能太坏的。任人恨也好,恼也好,怕也好,只是不要让人看不起,可怜可欺就好了。珊,你说呢,是不是我今天太老实了?而且到底——唉,你看韦护到底是怎么一个人?"

珊珊也有珊珊的烦恼。她比她朋友稍微大一点,百事都忧郁一点,在人情上,她自然比较的周到。她有一颗玲珑的心,她能使人越同她住得久,越接触得深,越能发现她的聪明和温柔的韵致,然而在表现上,无论她怎样锋芒,也及不到她朋友的这方面的天才。她有一种中国才女的细腻的柔情,和深深的理解。她只说:

"你,相信我吧。我不会对你说假话。你并没有什么不对。

你欢喜哪样就哪样。我只是有点不舒服。我实在无生你的气的理由。"

"为什么你还是这样态度？而且你不答复我的话？我要你说那'韦先生'是怎样一个人！"她跳到珊珊床前去，她将自己的脸去遮住珊珊的视线，她不肯让她再逃避开去。

珊珊坐起身来，握住她的手说："嘉！我不希望我们将别人讨论得太多了。他与我们有什么相干？而且，韦护，我真不能了解他呢。也许他是好的，他是对的，他比一切我们相熟的人的见解都高明，但是我们何必这样无穷尽来说他呢？你说你悔，你不该将他看得太亲近了，然而这样不疲倦的老研究着他，不更觉得是将他的意义更看得不同了吗？我不反对你任何提议，我只不愿他，韦护，来占领我们整个时间。我看你从转来到现在，他的影儿都没离开你脑子的。"说到这里她便笑，用手去抚摸丽嘉，"这真不值得！"

"真的，我仿佛老不能忘记他。这确不值得，确值你来笑。不过他太会说话了，你未必能否认这一层。想想看，在我们初次见面，他就能将我们的顽固的心，用语言融洽了下来。而且在今天，喂，他那种态度和话语，我几乎疑心只有他能了解我了。你几时看到我曾同一个什么初次见面的人谈到这些话，固然是由于我太不检点了，然而，却也因为他有引起我说这话的兴趣和需要啊。现在，这些都已经成为过去了。我将如你所说的'不值得'，我不愿再多想到他。"

珊珊不愿再继续这谈话，故意扰开些，慢慢便说到浮生，珊珊说他是好人；丽嘉承认，且说他很可爱，但是她永不会爱如此的男人，只有能为好母亲的雯才能同他住。她说："你看那傻样儿，有时真使你觉得他可爱，可是，这是不关紧要的。若是这是你爱人，成天当着人这样，给别人笑，你可真受不了。我喜欢他，因为他有许多特别的地方使你不由要发笑。我也将他当一个好朋友，因为他真是诚恳极了。只是，我们真难了解，他只将我们看作一群天真烂漫的小孩子，他永不能知道我们究竟是怎么一个人。"

话说到这里便停顿了。仿佛想起："谁能知道我们究竟是怎么一个人？"

但是话仍然继续下去，她们说到雯，又说到毓芳。她们意见总还能一致，然而态度却不同。珊珊无论如何，对于同性的宽容，较她朋友能大些。

直到夜深了的时候，眼皮提不起，瞌睡来迷了，才终止了争辩。丽嘉糊糊涂涂的脱了衣，爬进床的里边去。不久，便只听到那微细的匀整的呼吸了。

珊珊没有睡着。她愿意认真念点书，可是不知从什么地方努力。这位教授讲一点翻译的小说下课了，那位教授来讲一点流行的白话诗，第三位教授又来命他们去翻一点不易懂的易经和尚书。到底这有什么用？她本来对文学很感到趣味，谁知经先生这么一教，倒反怀疑了。还只听了一个星期的课，便仿佛感到很无聊了。她不能再像往日一样能和丽嘉毫无忧心的游荡。她看见她朋友在那么兴奋的谈了一回话之后能那么香甜的睡去，她真认为是可羡的事。她异常爱惜的将被替她再盖好一点，又闭着眼，数那匀整的呼吸去试着睡，好久，才稍稍睡着去。

不过一会儿天就亮了。弄里响起一些铁轮的车声，赶清早装运垃圾的。珊珊醒了。她很难受的辗转着，头又晕，眼皮又重，她需要睡眠,却又不能睡,她只好张开眼来望天色。天色已由朦朦的,变成透亮了,一定是好天气。房里还有一盏夜来忘记捻熄的电灯,讨厌的黄光照着。珊珊不愿起来关,又合眼躺下了。她不知挨了多久,听到楼下客堂的钟响了七下。她觉得应该振作,应该上课去。于是她起身了,摸摸索索的做着一切事的时候,才把那酣睡的丽嘉扰醒。于是这小房的空气全变样了。她总是感到有浓厚的兴致,给予珊珊许多向前的勇气。她蜷坐在被窝里,用愉快的声音赞美珊珊的柔细的发和那又圆又尖的下巴。她常常好像刚发现一样惊诧的问她:"珊!真怪,怎么你的发会那么软而细,你小时一定没剃过的。真好看,像一个外国人的头。而且,你照一照镜子罗,那小下巴简直和沙乐美的一个样子,那皮亚词侣画的。唉,我真爱它呢。我也得有那么一个就好。哼,明天把这丑的削了去。"等不到别人答应,她又叫起来了:"呀,好香呀,你看这盆桂花都快谢了,却还香呢。唉,珊,我说又快要买菊花了,只是菊花我并不喜欢。"

她就这样常常同珊珊成天讲话。当她睡足了的时候,更高兴。她在珊珊面前毫无忌惮,有时还故意扰得珊珊不能做别的事,她就快活。她又在想法使珊珊缺课了。因为珊珊到学校去后,她太寂寞。但今天珊珊是下了决心的,她柔声的向她说:"我要走了,八点钟有课。你无事,可以多躺一会儿。起来看看书,我就快回来了。以后我们想个法子,不要这样空玩就好。嘉,我们已不小,我们得凭自己的力找一条出路。我对我们将来还有一点意见,等我回来后我们再谈。"于是她一点也不觉得有体贴朋友寂寞的必要,快步出去了。

八

　　剩下丽嘉一个人蜷坐在被窝里,带点失望的惆怅,想到她朋友,仿佛有点恼她一样,但随即谅解了:"为什么要缺了课,在家里陪我玩?既然是诚心老远跑了来,又花了那么多的听讲费。自然,她是对的,我太自私了。"于是她又笑了,斜身靠在枕头上预备再睡,忽的想起珊珊说的"你无事,可以多睡一会儿"来,不免有点惭愧。但是她转念一想,未必去坐在讲堂上听别人念两段书,便算得是什么事,而且到底上了课的人会有什么与自己不同?她不能相信去上课便有什么了不得的意义。她始终找不到兴趣能在课堂中呆坐,她说(在心里说):"与其在那儿受闷,宁可独自躺着乱想。"她便又很安心的躺着了,而且乱想。她想了许多,将毫无关联的事接在一处。事情并不精彩,又不重要,不过她却感到很有趣。从某一种事体联想开去,一秒钟里便有许多不同的影像旋回过了。但是常常不拘在某种事体中,忽的会跳出一个影子,像韦护;她接着去审视那影子时,便又模糊了。她几次都这样叫,几乎叫出声来了:"怎么我老记不清他那样儿,到底那眼睛,那鼻子怎么生法的?"然而她真记得,那眼的光,探求的,那笑容,多么做得毫不懂拘束的呵,并且那态度,她就从没遇到有比他更动人的。自然,他并不是美好得很,高贵得很,或是豪爽得很,他只是那么一种不带酸气的倜傥,微微带点惹人的沉静,就全凭这个来打动人的心。丽嘉又温习一遍他所说的一切。没有错,他将她的意思引伸了,他补充了许多她未说出和未想到的话。他又说他的意见,那全与她一样,只是更具体，更确定，更将她引向他了。她竟会想起："珊珊也决不会能知道我如此之深的。"她再去想别人，便都觉得俗气了。她只愿再见他，即使说一点小到比什么还可笑的事，也可以从他那里得到极满意的解释。她跳起身预备跑到浮生家里去，在那里准可会到韦护的。有一种直觉，使她断定，若是韦护不逃避她，那他一定也要不断的往这里来。她不觉笑了。她笑她自己所料的决没有错，她又笑自己太急了，但是她仍然急急的穿衣服，要早早的到浮生家去，或是别的地方去，这小房子不能使她逗留。正在这时呀的一声，门大开了，露出珊珊的头。珊珊望到她那慌慌张张的样子便问：

"急什么？你要怎样？"

她有点不好意思，仿佛被别人窥破了什么秘密似的，倒身在床上大笑起来，她说"你晓得的，我预备出去玩，这房子太寂寞了，你又不在家，我真无聊透了！"

"既然想玩，我陪你，只是到什么地方去？"

她不便说出浮生家，而且现在浮生家里也无味，既然珊珊回来了，她是可以不出去的，所以她懒懒的答道："我也想不出地方。"

珊珊会意的一笑，坐到床上去："那就不出去，还是我们来谈谈，我缺了两个钟头课，就是为不放心你。"

"呵，你太好了！依我看，你不必去了吧。"

"我的意思是我们两人都去，你，得找事做。我呢，你不去，我也坐不牢，总惦记你太寂寞了，怕你心焦。而且，嘉，我真需要你给我兴趣和勇气，我自己常常都觉得奇怪，百事一有你那样高高兴兴的在旁边，我才更感到那事的意义。若是你一反对,我好像也灰心了一样。自然,这怪我太不能忍耐了。只是,嘉,我不是说你,你不免有点任性,若像你现在这样玩,你将来一定要后悔的。我只希望你能同我一块念书,我好,你又何尝不好。"

丽嘉作了一个难看的怪样子打断了这谈话。她有一种最不愿意的事,便是想到她眼下最须解决的问题。她厌倦了学生生活,无耐心念书,然而又无事给她做,她又不愿闲呆着。她有许多不成理由的理由,没有一个人能了解她,原谅她的。她也想过,但是她所想的都是梦,她知道行不通,所以苦恼得不愿讲到这事了!她一听珊珊说到这里,便忍不住要皱眉,不过一当珊珊看见她怪脸后,她便觉得很对不起她,所以她随即笑着道:

"唉,又来了!你不是已经说过吗?明知无效果,还要来碰钉子,看你这人罗!我,你尽管放心,我不愿负你不能安心念书的责任。好,珊,你既然缺课回来了,我们还是出去玩玩吧!"

但是珊珊却仍旧要将话题继续下去。她说,不错,她曾劝她一同上学校,不过意义完全两样的。以前呢,她完全是自私,她愿她朋友能为她作伴。但现在,她是为着她朋友着想的。她肯定的责问她:"你敢说我们能懂些什么?虽说处处我们都显得很聪明,我们同别人谈讲艺术,谈讲种种问题,以及一切细小的日常生活,而且我们还是多么做得看不起那些谈讲不来的人。但是,到底我们思想的根据在哪里,我们到底懂了那些没有?没有呀!我们没有潜心读过几本书,我们懂的全是皮毛。我们仿佛是在骄傲,然而却一定有许多内行人在讥笑我们了。这些呢,过去了!我们本来是太幼稚了。我也原谅这些,只是现在,嘉!我们都已经有二十岁,而且,看一看这社会,是不是还能准许我们游荡,准许我们糊涂?我们总得找出一条路来。但是,我不敢说,不多读点书,会能找到一条顶正确的路!"

丽嘉始终摆出一副玩笑的样子,不将那些话当正经话听,时时找她朋友闹着玩,又打岔去问一些不关紧要的话。到后来,看到她朋友太认真了,不好不理她,只好点着头,其实她还是希望这些能早点结束的。但是当她听到她朋友发出那么一些责问之辞时,她忍不住很气愤了,她大声抗争着:

"错了!你简直错了!也许这能应用到你自己身上,可是你不该将我和你说在一起。我要告诉你的是:你既然知道这社会已不准你再游荡,那,也就未必还能准你读书!你说,年纪大了,要找条出路,但是你认不清那最正确的,所以你要靠书来帮忙,但是书太多了,路也因为书更多了,你将更认不清你应该选择的那条路,你将永远走不上一条路的。人只是应该向前走,走不通了,再来,那才会有一条真正路,你不是几次都感叹你太不懂得什么了么?你不是觉得你对于一切问题,都只能讲点皮毛么?但是,读书吧!读那些白话诗吧,你就会懂的!哼!不行,我告诉你,这一切都得实实在在去经验。你不懂这个社会,你便读尽天下的书,你仍然只是一个误解!唉!得了,我们不讲这事了,你看你还那般像演讲似的来教训我,我会不会觉得有笑你之必要?吓,珊!我真要笑了!"

她便纵声的打着哈哈。第一次,她将朋友当做了敌人。

另外那个被嘲笑的,自然也把脸变红,她不能忍受这无礼,她坚持着她的意见,她要纠正那错误,她不惮烦再解释且申叱她了。

慢慢的,都忘记了那重要的一点,只在寻求一些精彩的深刻的讽刺,互相抛过来,要打击对方的心。

珊珊说不出的难过,这局面真不是她能臆想的,她纯粹一副好心,她抱着希望的;然而现在呢,她不图在她们的友情中,会产生这可怕的事实来。她真想痛哭了,但是她忍着,她骂她恼恨的那人。

丽嘉更是充满了愤恨。她原本是很快乐的,现在却为她朋友扰乱得不堪了。她觉得她实在应离开这不愉快的地方。她跳步的冲出这小房的门,她走了,然而却故意做了一个极可恶的样子留给她朋友。

九

外面洒满了金色的阳光,天气像初春。丽嘉仿佛一个被放的囚奴,突然闯入了这世界。她用一种奇异的、狂欢的心情来接触一切。她不断的嘘唇,迎着风快快的向前走去,那清凉的微飔,便频频去摸那脸颊,或是很快的抹了一下便跑走了。她举眼去望天,正有许多团的白的耀眼的东西在那蓝色的天海中变幻着。她仿佛自己也轻了好些一样,只想飞腾起去,脚步换得更快了,像要离开地面似的那么跑了几条马路。马路上都异常安静,即使在白天,也没有很多的行人和车马。她想起适才的争执,简直觉得那是太愚蠢和丑陋了。她捡起一片被秋风吹落在地下的枯黄的叶,像是很珍惜的把玩着,随即便又不经意的抛下了,风将那树叶吹到好远去,她又去捡另外的。她想起珊珊来，看见她红着眼睛，额上有两股细的青筋暴露出。她想："唉，我怎么能知道她为什么这样对待我，她许久来都在爱护我的。"但即刻又转念道："自然，只怪我太粗暴了。"她又想起过去的一年，不正是这时候吗，她们刚跑到南京，成天在北极阁、鸡鸣寺这些地方乱跑，那时她们还没有丢弃绘画，她常常将她喜欢的色调去染污那白纸。她曾有许多自己满意的作品。那时珊珊没有别的信仰，信仰便是她。没有别的兴趣，兴趣亦惟她的兴趣是从。而且她以她的聪明，她的豪迈，她的热情，吸引了一些朋友，她们终日都沉于欢乐中。现在呢，散了，都忘了她，干各自的事去了。珊珊也一样，她只信仰读书，而且她鼓惑了那些人，现在还想来强迫她。她怎能不生气！过去的一时的热闹，使她迷乱，她仿佛她应该争回那失去的王座，她不能寂寂寞寞的生活。珊珊的话，也有一部分理由，她说："这社会已不准我们再游荡了。"对，我们得找事做，我们要钻入社会去，我们要认清一条路。她决计了，她不一定要同珊珊在一条路上走的。珊珊喜欢那些书本子，她就去读书，无论结果怎样。她自己愿意干一点事，她就去找事做，不必在家里使珊珊不安。现在珊珊一定被她气哭了。她知道珊珊是比她多感伤的。她无论如何不能在街上瞎跑了。她要转去看看她朋友，向她解释，向她道歉，这真的不值她们来闹得心里难过的。她掉头在朝来的路走回去，才发现已离家好远了。她正预备雇洋车，迎头却有部洋车停下了，车上走下一个满脸都是笑的人：

"啊，怎么在这儿，要到什么地方去？"

原来是韦护从办公处回来，很高兴的神气，给了那车夫两角钱，打发他走了。他随着丽嘉慢慢的走。

"她正预备雇洋车,迎头却有部洋车停下了,车上走下一个满脸都是笑的人。"

丽嘉也忘记雇车了,他们讲了许多不关紧要的话。丽嘉指着一个极脏的小面馆告诉他,从前她曾和两个朋友在这里吃过面,只四个铜子一碗。她还买了一斤花雕喝,面馆里给她们一点熏鱼和白菜,她脸都喝红了。馆子外面围了许多人看她们,她的朋友实在受窘不过,强拉着她走了。她们走出面馆,那些看的人便让开一条路,不笑她们,也不同她们说一句话。她带着叹息的望着韦护说:

"总之,大约只将我们当做疯子来看而已,他们决不将我们看做同他们一样的人。"

韦护听着这些话,极感到兴趣。他幻想几个鲜艳活泼的女性,穿着上海流行的学生装,在一个只有小车夫去吃的馆子里,和那些穿脏的破衣的人厮混着,用大碗斟酒,受一群好奇的眼光凝视着;他再回头去望那面馆,好像有点感情似的笑了起来。他问她好不好再到那地方去吃面,他愿意陪她。她拒绝了,她已经懂得了这意味,再去,便无趣了。他又希望她能和他到别的地方去吃一顿饭。她笑了,那态度又变得与从前一样。韦护恨恨的望了她,她才停住笑,但她立即招来一辆洋车,她向他说:"再——会,"那全个脸都堆满了爱娇,她接着又做出一个嘲笑样子称呼他一声:"韦先生!",不等韦护的答语,便跳上车走了。

韦护心里很不痛快。为什么每当她一说起"韦先生"时,便露出那么一副鄙屑人的态度?她不过是从那些无聊的人的口中捡来这名词,这并没有被嘲笑的理由呀!韦护再举起眼去望她,只见一个蓬得很高很长的发的头庄严的放在一件紫绦色的夹衫上,被车儿渐渐的拉远去了。不知为什么,他又将她原谅了。他笑自己,怎么韦护会被一个年轻女孩逗着。他应该了解她,她实在比别人还敬重他。于是他向着那车轮所向的方向进行，但只走了几步，便又退回了，他决计还是转家吃午饭，等下课后再到浮生家去会她。

果然，珊珊哭过了，眼皮有点红肿，坐在桌边写信，旁边放的馆子里送来的包饭，饭菜都冷了，还没动一动。她已经看见丽嘉悄悄进来了，但不去理她，仍然低着头写信。

丽嘉坐到桌的那方，搭讪的问："给谁写信？"

"给家里。"

"呵，说些什么呢？"

"不说什么，只要点钱做盘缠回去。"

丽嘉认真的问道："珊！真的吗？为什么？你给信我看，我相信你是在骗我。"于是她将脸色转改来，笑着去赔礼，她要求原谅她适才的粗暴，要求她忘掉这回事，她发誓以后决不给她难受了，她强迫她同意，她又放赖似的定要她笑，最后还乱摇着别人的头，连声问："说，到底要不要回家？"

珊珊是常常向她让步的，自然笑了，而且还同她谈讲一切她的计划。回家的话，当然是临时编来怄她的。她又问她去什么地方跑了一趟。

她便告诉她刚才的情形，告诉她遇着韦护，两人同走了一段路，她说："我都想同他去吃饭了，但是一想起你所说的一些话，便马上丢开他，坐车回来了。"

于是两人又和好了，一边说笑，一边将那冷的饭菜放在一口小锅内，在煤油炉上热着，她还取笑珊珊的哭。

吃过饭，她便离了珊珊到醉仙那里去。她梦想那里有许多动人的事做。那里有好些青年，都是同她一样的有许多好的理想，都急切要得到施展生平抱负的机会,都富有热血,商量着来干点轰轰烈烈的事。她不能再闲着了。

十

韦护上完课,便踱到浮生家里来。浮生家里,冷清清的,小孩睡觉了,雯坐在桌边,织一件小毛绳衣。浮生刚回来,躺在椅子上,无声的看着报。

韦护躺到椅上去,望了望房内,只想问:"她们来过么?"但不好意思,只好装做并没扫兴的样子说话。

慢慢的,他们讲到一桩恋爱的事,辗转又讲了一些别的,谈话是更其阑珊了。韦护实在觉得有走的必要,但仍是等着,只是显出了一副无聊的样子。过了一会,他正预备要走时,雯却对他一笑,说道:

"我知道你一定闷得很,我去要丽嘉她们来玩吧。"

韦护阻止她,但她却跑到间壁去了。一会儿,便同珊珊两人走了进来。珊珊的脸色,仍然有点苍白,微微罩着一层愁闷。她望了韦护一眼,便坐到先前雯坐的那张方凳上了。韦护很和善的问:"怎么今天不过来?"

"难道天天一定要过来的吗?我不知道这理由。"光这声音就辣辣的,使浮生都诧异了。韦护却笑着向她解释,他不愿使人太不愉快了,他也没有想到为什么她这样刺人。

浮生问丽嘉到什么地方去了。她便微微狡笑道:"不清楚呢,是被一个什么人约着上馆子吃饭去了的,不知怎么还不回来?"

韦护没有悟过来,以为是真的,正奇怪着:"呀,不是我明明看见她雇车回家吗?"但他也不问。倒是雯反逗着他说:"你说丽嘉怎么样?"

"自然了不起,你们朋友中,就没一个错的。"

她们都知道这是假话。

"就只太爱闹恋爱了。"浮生说,"昨天楼上住的人还问我她是谁呢。他前几天有一次看见她同几个男人在公园里玩。"

"那里面还有一个女人,怎么你们楼上的人就没看见呢?我敢说,丽嘉一次也没同人恋爱过。"珊珊有点气忿的为她朋友分辩。

但是雯却站在浮生方面,她说珊珊太偏护她朋友了。丽嘉被许多人非议过,那是不能只怪别人的。无论是哪个朋友,同丽嘉很好,好到不亚于珊珊的人,也不能不承认她是太过火一点,她同许多男人相处得很亲昵,使别人堕入了情网,好像一个小孩一样,什么都不懂,都不买账。她也从没有同一个女友能相好到稍微长久一点的。

珊珊竭力的辩着,丽嘉从没有同谁有一点恋爱的嫌疑,她完全是一个小孩子,在男人面前,稍微有点任性是有的,那完全是对方的神经过敏,才闹出一些故事。我们的友谊却是许久来都相融洽的。

她说了许多,有好些话使韦护感到不安,仿佛专为他放射出来。他很难过,又很无趣的坐了一会才走。

他还连来了三天,都没见着他要见的人。

第四天他去,又扑了空。这使浮生都对他诧异了。浮生一看到他进房便悄悄向雯说:"唉,我不很懂得,他来我们这里好像办公所了。我料定他会来的呢。只是他简直瘦了!"

"我想他是坠在恋爱中了,你看他近来那眼光,不是痴钝了许多么?"雯婉曼的望着她爱人笑,"每个人当在恋爱中,总要变得愚蠢些,或特别聪明些。我看他是变蠢了。而你当时是聪明些。"

浮生又憨笑起来,他好奇的望着韦护。

"呀,你们在议论我什么呢?"韦护心里很不高兴,这不全是因为知道别人在当面议论他,他还是保持着他原来的态度,微微带点倦,又带点兴奋却毫不轻躁的将他俩审视着。浮生拍着他的肩,安慰他:"决不会说你的,不要难过。"但他心里沉思道:"我是扯谎了!我是扯谎了!"

不过女人总常常不愿埋没了她的聪明,雯便向着他巧笑起来:

"你望我呀,眼睛不要动。我看得出你的心事呢。"

韦护心里退缩了一下,他只想骂她一句:"可恶呀,你!"但他瞬即制住了,他要报复她。他就紧盯着她,说:"好吧!你看我吧!请你一直看到我的灵魂。我心中正爱着一个女人呢。只是她不会爱我,因为……只是我终究要她知道的!"他故意再狠狠去望她一眼,像要撕碎她一样。

她终竟迷惑的将头垂下了。

浮生诚恳的问着:"真的吗?我愿意知道。是谁呢?在你那里办事的那个女同事吗?"雯这时又昂起头来:"我知道!我知道!第一次我就发觉了。"

韦护不知怎样说才好,又加以这几天来的抑郁和对自己的反感,他实在需要一个地方倾泻,他不能隐秘他的这痛苦了。若果有这么一个机会,他能从始至末,连他最微细的思想都表白出来,他便弃置于这诱惑,再从新做人了。只是他一望浮生那憨直的脸,他就灰心。若希望他能了解他的情绪和痛苦,是全无望,而且他觉得雯是那样得意,他便生气了。他只想一脚跳开去,他

踌躇的望着门。这时雯更迫着他,她叫着:

"是那个大眼睛姑娘啊!那常常卖弄着的。唉,不是吗?丽嘉!丽嘉!"她将丽嘉两个字叫得特别响,跳到浮生怀里莫明其妙的大笑起来。

这使韦护抑制不住了。这样久来从早到晚他都尽了镇定之责任,他没有一点想扰过谁,为什么这女人要故意来戏弄他?他听见那刺人的名字时,几乎都要发狂了,他不耐的望着她。

她本是有着过分的白皙的,激动的笑,将那脸皮陡然染得很红,一排齐整的小牙显了出来,完全是一副惟有年轻妇人才有的那丰满的媚态。韦护看见她那么不知顾忌的扭着浮生大笑,还将那身体摇摆着,简直不知要怎么恨她才好。他凶猛的扑过去便抓着她了。他紧紧捻住她手腕用力的说:"唉!你这人!怎么样?我爱的是你呀!你爱我不爱?"

她大发雷霆的嚷着:"你疯子!你癫狗!浮生!你怎么?看!唉!我手腕疼死了!"

浮生骇得像个木头人了。

"看你还凶不凶。"韦护一转身便将她推到软椅上去。他已经清醒了,只好来补救,他向浮生笑着,似乎一点也不介意的说:"逗她玩一玩的,谁知这样经不起。"

她从椅上伸过头来大大的冷笑着。

他便又跳到那边去,这次显然是虚张声势,他装着威吓她,而她却格格的笑了。

浮生还是茫然站着,他不了解这些行为。韦护却极亲昵的抚着他的宽大的臂膀,郑重的说道:

"不好吗,你有这样的爱人?你一切都幸福,使我羡慕。我呢，无论怎么样，都不成了。我是一个不可救药的人呢。请你莫介意适才的事，我完全是游戏。你不会以为太无礼吧！现在我走了。明天再来看，完全是看你。"他匆忙的逃走了。

他又做了这么一桩错事，他一想到心就剧烈的暴躁起来，一切都错了。他应仔细想一想，但他已不能想，他想得太多了，他还得不出一个结论来。总有一部分，他是失去了的，他已不能命令自己了。他抱着深深鄙视自己的悲哀，压制着欲狂的情绪。他快快的走回家来。那房东女人，又来找他谈天。他垂着眼皮，不愿看见那女人。

这夜他喝了好些酒，他完全醉了。他发誓他要拒绝一切诱惑了。

第二天他简直没有一点力气的躺在床上，脸色白得怕人。他望望从窗外射进的阳光，好像很高兴的自语着："一切暴风雨都过去了，我平地无缘无故的独自害了一场寒热症。我韦护仍然是韦护，我不能稍为放松一点，我还得找点事来做，对的，起来吧，不要再怠惰了。"

他到办事处时，连那大胖子执事人都注意了，问他近来身体怎么样。他笑着回复，他只稍稍有点发寒热，但已全好了；他极力粉饰着，做出有一副健康人特具的一种兴致。直到下午实在支持不住了，他向学校告了假，吃了一些药，便睡去了。

但他并没有病下去，勉强挣扎着，倒也慢慢有起色了，他又在忙着做好多事。

连学校也不多停留，莫说是浮生家了，他还是那天出来后就没有去了的。

十一

有一天,他刚从学校出来,走出校门没几十步,听到有人在耳边叫他名字。他回过头来,看见丽嘉一个人靠在树干上。他皱了一下眉,只好站住了。

"到哪儿去?"丽嘉仍旧不动的靠在树干上。

他再皱了一下眉,不去望她,只说:"有点事,再会吧!"他再向前走。

可是丽嘉却随着他走去,他快走,她便跳着跑着;他一慢,她就悄声的咕咕的笑起来了。韦护不懂她意思,以为她特意跑来逗他玩,他忍不住掉头望了她一下。只见她静静的脸上布着一层和善的微笑,没有一点浅薄的倨傲和轻率的嘲讽,只是一派天真而且温柔。韦护几乎又想去触她了,勉强的笑道:

"我看你是来侦探我的了。喂,到底你想要什么?"

"我来找你玩的。这几天我太寂寞了,我有许多说不出的苦恼,只希望你来谈谈,你却不来。今天我跑到这里来等你,足足站了半个多钟头;你又不理我,借口说有事,我很失望;但我又跟着你跑来了。我相信你总不至真的就不再同我说一句话了。韦护,我们一向都很好的,为什么对我这么冷淡?"她窜到他身旁,一边走,一边说,又一边不住的拿眼睛来观察他。

他什么都没有说,只长长叹息了一声。

她无言的随着他走了一大段路。到后来韦护简直不觉的去握着她的手了。她稍稍跑在前面半步,反转脸来望着他说:

"韦护,我只相信你!"

韦护竟抱着她了。

最后她说:"今天你有事,明天我再来等你。我好像有许多话要同你讲似的。"

韦护只想能如此再走下去,但也只好说:"好吧,明天我来看你们。"

"你说几点钟,我等你。"

"五点十分吧,明天我非到这时不能下课。"

"好,准定呵,记着不要失约!"她便从他手膀中滑跑了。

那旧有的苦恼,像虫一样的,又在咬他的心。他并不反对恋爱,并不怕同异性接触。但他不希望为这些烦恼,让这些占去他工作的时间,使他怠惰。他很怀疑丽嘉。他确定这并不是一个一切都能折服他的人。固然,他不否认,在肉体上,她实在有诱惑人的地方,但他所苦恼的,却不只限于这单纯的欲求。他不能分析他自己的情感,这是太出于他意料了。他从没有想到在他吡离了依利亚之后还能倾心于女人。他也不想他又来爱一个中国女孩子,然而现在他却确实为一个女孩子苦着了。他要摆脱她,他已经摆脱了,而她自己又走拢来。她是那么变得异常女性的被抱在他手臂上,眸子放出纯正的热烈的光辉。他寻找不出拒绝她的理由和勇气,他想不出一个完善的方法。他变得很傻气的在街上四处穿走,望着一些红墙的房子,和褴褛的小孩,从那些上面想些不关己的可笑的小事,延迟他思虑的决断。

这时丽嘉正相反。她在另一条马路上穿着,她时时去搔她蓬松的发,在有着玻窗的店前驻下足,赏鉴她自己愉快的仪容。她并不十分了解韦护,但她以一种女人的本能,她知道他有一点隐忧,而这一定又是与她有关的;她很高兴这发现,所以这天她特意单独来观察他,结果她满意了。她想去告珊珊,但怕珊珊要阻挠她，扫她的兴，所以她在街上徜徉了好久，等到完全收敛了那得意的欢容才归家。这是她许久以来都没有过的快乐，然而却并不全是她悟出了有一个男人在为她不安，有一大部分还是她以为她可以从这里找到一种精神上的援助。她太孤单了，一切都不如意。纵是相好的珊珊，似乎也显露出一种冷淡，这冷淡，她认为是一种嘲笑的不同情的冷淡。她带着热望走到醉仙他们那里去，而他们都只在一种莫明其妙中享受着自认的自由生活。那惟一足以使他们夸耀的，只是他们无政府主义者的祖宗师复在世时的一段勤恳的光荣；然而就只这一点，在他们自己许多人口中也不能解释得很清楚。他们曾吸引过丽嘉，因为丽嘉和他们有同一的理想。而现在呢，他们却只给她失望了。她希望不要单单用梦想来慰藉自己的懈怠，总要着手干起来才好。但他们，她认为可以帮助她的，却也是无头绪，而且也并不是有着互助的、利他的精神的。当丽嘉莫奈何想不出别的方法的时候，说她愿意进工厂做女工的时候，他们竟会笑起来。丽嘉同他们住了好几天，没有一天不在争辩中，不特使她刚去时的热心，冷了一大半，反受了一些刺耳的话。每当丽嘉用犀利的言语将他们那"崇高理想"的论调一推翻，而他们暂时找不出答语的时候，他们之中总会有一个人来嘲讽她，所以她不再留在那儿了，那里没有一个是她的朋友。她回来，珊珊也没有表示她的高兴；浮生他们更是不会注意到她了。自然她会想到韦护，她确信韦护能够听她，了解她，同情她。她开始来找韦护，韦护又正因失望而决心不再来了。她从浮生口中探听到韦护最近曾有过的一些情形，她决计瞒着珊珊和浮生他们，悄悄来在马路上等他，她喜欢知道他对她的态度怎么样。现在她满意了，她知道这个她认为惟一可亲的人,并不是不愿来亲近她的。而且她觉得当他那样沉静的,像深思到什么的,单是那么无语的抱着她走的样子,是比他在滔滔解释着什么还使人动心些。

十二

整整一天,丽嘉一刻都没有停留过,房子小,她从这边一步跳过去,便被桌子抵住了;她再一跳回来,便又睡在床上了。她很兴奋,时时觉得要笑,因为她又要避着珊珊去玩一点新的花样。正因为这于她有一种新奇的意味,她不能节制她的愉快的慌张。她已经忘掉了这几天来的打击,也不介意珊珊的不温存,她也没有想到要同韦护讲述她新近所得的感想。她连这样的自问也没有:"看见他了怎样呢?为什么要这么鬼鬼祟祟呢?"她只带着一种好奇的心情:"看他怎么样?哈——"一到四点钟的时候,她跳到桌子前去照镜子,她并不是去整理脸上的颜色,因为她从来就不屑用脂粉的。她是在镜子前,做一个可爱的怪脸,为自己发笑的借口。有一次,她竟倒在床上大笑了。这时珊珊坐在桌边看书,已经注意她好久,忍不住的问:

"我真不懂你乐的是什么呢?"

丽嘉大张着左眼,将眯着的右眼一眨一眨的笑起来:

"哈!看我罗,珊!说,我像不像美国明星玛丽碧克馥?"

"我不懂你。"

"不懂吗?有人要开电影公司了,我想去试演呢。"

"我不信。"

"真的要上台了呢,人生不演戏哪成!"

"我赞成,我也想去。"

"自然罗,你也应该演,只是怕你一到那个时候,就要拦阻我了。"她又倒在床上大笑起来。

珊珊把眼张着,怀疑她,但懒于追问,只说:

"好,我知道你,你一定有什么事故,你喜欢恋爱,我就不问。"

"你不必疑心,没有什么事,如果我有,我会告诉你的,请你看看表是什么时候了,我很想去散步。"

四点三刻,她就辞谢了珊珊的陪伴(竟弄得珊珊都变色了),一人向大学走去。时时都可以遇着一两个穿洋服戴球帽的大学生,夹几本布面书和讲义,她知道学校已经下课了。她站得离校门稍远,约六分钟的光景,韦护穿着一件深灰色的夹大衣,从那大门出来,似乎刚刚同什么人周旋过一样,因为脸上还保持得有薄薄的一层笑容。丽嘉本想笑着去招呼他的,但却没有喊出声,便默默向前走了。

"到哪儿去呢?"韦护迎着她时,仿佛异常怜惜她一样,因为她是那么不做声。她转过身来随韦护走,两个手紧紧的插在毛线衣的口袋里。

"到你那里去,好不好?"

她只用疑问的眼光答应他。

"那么,到我家去。"

她又踌躇着。

"好,还早,我们且走走路吧。昨天我走了不少。"

"为什么呢?"她为那快乐的预感鼓动着。

"唉,不为什么。丽嘉,你不笑我吗?我实在是一个傻子呢。"

两人同时对望了一下,都了解那意义。

在走到比较僻静的路上时,韦护又去抱她,但她挣脱了。她给了一只手给他。她第一次感到那手比别人的要瘦一点薄一点。而她的手向来就被推许为最柔软的,使人只想能像什么东西一样的捻着揉着就好的。

他们走了一大段路,都在一种沉默中咀嚼着那情绪的变幻和心的颤动。到后来,丽嘉忽的想起一件可笑的事来,她向他说:

"浮生同雯吵了一大架,你一点也不知道吗?"

他不信的望着她:"有几天都没去看他们了。为什么呢?"

"为——真的你还不明白吗?"

他立即抖颤了一下,然而那太无理由;于是他只说他一点也不明白,但他很想知道这究竟,希望她能告诉他一点,而且他决计第二天去看看他们。

"我很不愿意他们这般糊涂,太冤枉了,丽嘉,你怎么去说他们呢?"

"我对于他们两人,都有着一种不同的喜悦。但是我很希望……——你不知道吗?雯很有一部分像传奇上、小说中的女主人,她值得有个'维特'呢。"

"'维特?'你是说……"他说不下去了。

她大声笑起来:"正是呀!"

在黄昏薄薄的天光下,他又看见那曾使他抑制过痛楚的眼睛,一种强炽的欲念,抹去了适才一点轻微的厌烦,他不愿再谈浮生了。他更将身体触拢些,微微带点悼惜似的说:"'维特'在为另一种苦恼所捆缚呢。"他没有望她,但他觉得他两眼正为一些东西烧得很痛,他望不清走到什么地方了。

丽嘉心里也有点惶惑,她想:"我该回去了吧?"但她却仍然仿佛缺少意志似的随着他找寻那最少人行的路,她不知说什么才好了。

两人又沉默的走了一段路,这沉默使两人都焦躁了,都有点恨起对方来。最后韦护下了决心,在街的拐角处找到了两部洋车,他命令她道:"到我家里去坐坐。"不过在脸上,他做出一个从来没有见过的那么一副极可怜的样子。

她没有拒绝他。

一路上他都将头倒转着,眼光停在她脸上,没有闪动一下的到了家。

在客厅里遇见了房东夫妇,他道了一声歉,便急急将丽嘉引上楼了。

房里的装潢,使丽嘉微微惊骇了一下,但随即便坦然了。她看出这房主人没有一点地方与这些精致的东西不相调和。她掷身在一张软椅上,泛泛的赞美这房子布置的匠心。

韦护也倒在椅上,温柔的转侧着,表示客人的降临,给予了他宠赐的光荣,和为这光荣而快乐着。

一个轻轻的指声在门上弹着,两人都骇了一跳,是那好听差送两杯茶来。他们都矜持着,一直等到听差出去。

开始还有许多拘束的地方,不久便很自然了。韦护握着她的手说:"我真感激你呵!"

但她将手甩脱了,她翻起桌上的书,只有一本他编的刊物,和一本其他小册子是认识的,其余散着的都是精装的外国书。她问是些什么书,他告诉她了,又引她去看那些俄国有名的文学家的全集。她欣奇的赞叹着,说:

"可惜我不能了解它。然而这也过去了,若是早一点的时候,我知道你有这么多的好书,我一定要学俄文了,只是现在我仿佛又不必了。但我对于这些著作是深深爱慕和尊敬的。"

"那么你对于我的这些书呢,"他指着另一个书架,"这全是世界有名的文学论著。你如果高兴看,我可以帮助你。"

她喜悦的望着他笑了一下,但最后说:

"我现在只想学世界语。"

于是他将话转到原来的方向。他说也正如她一样,只想能放弃文学,曾想将这两书架的书都送给谁去,不过这只是一种想望,他仿佛在生命的某部分,实在需要这些东西来伴奏,在这些里面有许多动人的情操,比一篇最确凿的理论还能激发他。而且最大的理由,是他最能在这里找到同情和同调……

丽嘉想起她曾有过的一些经验,她叫着:"正是呀,我也感觉过的。"

他问起她为什么要弃置音乐。她说那太气闷了,她没有那方面的天才,她好久都没有弄好。然而他说:

"那有什么要紧呢,一个乐师是并无大价值的。我们也不必要成为大艺术家,只是我们要能赏鉴一切艺术。我们可以从那些不朽的东西里面,认识出那最高的情绪的沸腾,和时代的转变。"

听差又弹门了。这次都非常坦然的毫没慌张,他们保持着原态,相对的站在书架边。韦护命令道:

"进来。"

她笑着望那听差,是一个很干净和善的年轻人。

"太太问,饭预备好了,是请客下去吃,还是搬上来?还有,太太和老爷都用过了。"

"那就——"他转过来向丽嘉说:"我看我们到外边去吃

饭,怎么样?"

但是丽嘉拒绝了,她不愿白吃别人的。她要回去。

于是韦护做了一个手式,听差便退出去了。

韦护求她再留一会儿,即使不肯吃饭,也得为他再耽搁一些时,他说:"丽嘉!你不知道你走后我会多么难过。"

她做了一个怪样子给他看,意思是说:"哼!我懂得你在扯谎。"但她仍然相信了,握起他的手来。

他稍稍表白了一点他近来的苦恼。他望着她的眼睛说道:"唉,你多望我一会儿吧,不知为什么在南京第一次看见你,我便深深记住它了。而且……"他做了一个动作,想去吻那眼睛的样子。但她逃避了;虽说她心里很高兴,因为赞美她眼睛的人太多,而且她也知道自己的眼睛是太美丽而引人了,于是那嘴唇便落在那握着他的手上。他看见丽嘉有点生气的样子,便变得很悲戚的说:

"唉,你责罚我吧,我太无礼了!我知道我不配这样,你太好了。"

丽嘉妩媚的望了他一眼,嗔道:"你在骂我吗?"

他又解释,解释得过分了,却使人欢喜。丽嘉真变得温柔了,温柔之中,又带着强烈的个性,和大方的豪爽,所以就更使他满意,更觉得有崇拜她,就是说有恭维她的必要。

他再请她吃饭时,她才决意走了。他只做一个苦脸默默望着她。

然而终竟他放了她,他命听差去雇了一辆人力车。他送她直到弄口。他再三再四说他最小的,又是最大的,惟一的希望,他要她明天来。

十三

走回来时,房东迎着他,关心的问道:"谁呢?"

他只摇头。

房东太太好奇的走来问:"唉,太漂亮了,太年轻了。"

这时摆上了一桌菜,因为是预备两个人的;主妇为在生人前表示贤惠,所以菜特别多。韦护问有粥没有。他吃了不多的粥,便觉得有点饱胀了,于是他加倍的抽起烟来。他在楼下客厅里延迟了许久,因为他不愿独自在着。他怕寂寞,因为刚才是太热闹了。他破例的同他们玩了一点钟的扑克。主妇说她会用牌卜命运,他好玩请她卜时,她捉弄了他。房东又问他,他只好叹息着:

"这全不是我预料的,而且也无希望。不过我可以说,她太使我迷惑了。她还年轻,不过是一个姑娘,她还不懂许多呢。"

"我希望你进行,大舅父听了也高兴呢,他老人家也该看你成家立业,快活快活了。"那表亲的房东就这么做出亲戚的关切,说出这一串自以为很得体的话。

韦护自然不会生他的气,虽说他心里想:"得了,我还管你希望不希望吗?"他只是敷衍的笑着,又将话说到牌上来。

主人夫妇虽说都太好,然而也太俗,他不能同他们说一句较深的话,他又回到楼上了,又去想她的一切,一切都可爱。她是那么善于会意的笑,那么会用眼向你表白她的心,一个处女的心。她一点不呆板,不畏缩,她没有中国女人惯有的羞涩和忸怩,又不粗鲁不低级。他早先对于她的印象,只以为是有点美好和聪明而放浪的新型女性,但现在却不同了。他发现她许多性格上的美处,她那些狂狷的,故意欺侮人的态度,只不过是因为那起人,柯君一流,逼得她使然的。于是他又想起柯君的可怜的样儿,他几乎大声的喊出:"啊!他哪配!"

他又去想那第一次见她时候的事,他记不清了,仿佛还有几个姑娘,但她是她们的代表,她们的思想显然是受了她的制约。自从来上海后,他觉得她有点厌弃他,他曾想过:"韦护有什么地方使人不舒服吗?"他觉得只有她,她始终是有生气,她若不叫你爱她,她便会给你恨她的根据。

这一晚,他什么也没做,只坐在丽嘉曾坐过的那张椅上,抽着烟,兴奋着。他不愿去想工作和爱情,因为这已经很苦了,终究是无结果,他想等过几天了再看吧,也许韦护又会厌倦的(他自己觉得这话有点骗自己)。

他到办事处去得迟了一点,他皱着眉头向别人说;"唉,只怕还得早点回去,唉,有点讨厌的事。"他既粉饰自己的惭愧,又留下早归的余地。

可是一整天丽嘉都没有来。

到六点半钟的时候,他已灰心了,勉强在吃着晚餐。而丽嘉才翩然的从听差大开着的门里,亭亭的走了进来。她在两对闪闪逼人的眼光之下,安详的要韦护不要管她,她可以一人坐在房里等他,她还向那审视她的夫妇笑了一下才上楼去。

"哼,不错呢!"

但是韦护不愿听这些,他快活得了不得的跑回自己房里去,他们见面时,不觉的走拢来友谊的拥抱了一下。

"我等了你一天。"他在她肩膀上说,微微闻着她的发的香气。

"我怕你不在家呢。"她嘴触在他的衣服上了。

"吃过饭吗?"

"自然。"

于是韦护替她取出一些水果来,自己燃起他饭后的香烟,说:"我想你不至讨厌吧。"

"我是不抽的。但我却很喜欢别人抽,只是女人除外。"

"为什么呢?"

"不为什么,大约是因为我不会抽吧。"

"那么,是欢喜我抽的。"他故意做出一副顽皮的神态。

她装着没有看见,去剥一个顶大的橘子的皮。她那又软、又润、又尖的手,在那鲜红的橘子皮上灵巧的转着。他不由的想起一句"……纤手试新橙……"的古词来。

他向她讨了两瓣剥好的橘子。

他觉得有她坐在身边,看她的一举一动,听她说话,即使是最不关紧要的也使他感到幸福。他自己知道在她面前,他是更能敬重她的。他觉得他曾枉自找了那么多的苦吃,简直是愚蠢的事,他问道:

"你那几天到什么地方去了?我真难过,我以为你讨厌我呢。"

"哈,你猜?我想你没有法猜到的。我和一个朋友到浦东的纱厂去过,还会到你的一个朋友,叫——叫什么……"

"是程涛吧。"

"对了。他告诉我他是你的朋友,我逗他说,'先生,你错了,我只认识浮生,那是因为他爱人同我曾同过学。'他回答得真妙,他说没关系,都一样,我终究会认识你的。"

韦护很诧异,与其说是诧异,勿宁说另一种爱好吧。他注视

着她,他说:

"你同她们谈过话?"

他告诉她他病了几天,他实在不清楚这次事。

"唉,你还不知道我完全是为着别的更烦恼呢。"

但等他再问她时,她又说别的了。她不愿说她曾友好过的那起人的坏话,虽说他们现在使她失望和灰心,甚至动摇起来。

韦护已经了解了一部分,他热烈的希望着说:

"你还想去做一个女工吗?"

"现在不想了,因为——你愿意我离开这里吗?"

他也笑起来了,在心里大声喊着:"她爱我呢。"

于是她谈到他的病,他说那是蠢病,若果她肯早点来这里,他就不会病了。

她对他望了一眼,他又说:

"你如果这样不吝惜你的美,而要再这么望人的时候,那,丽嘉,你可以饶恕我的鲁莽和无礼吗?"

她不觉的又望了他,然而他却并没有鲁莽,他只恨恨的说:"残忍呵,可爱的!"

两人不久便坐在一张椅上了,丽嘉很幸福的被他拦腰抱着。她讲了许多她过去的事。他也讲了许多他困苦的经过。他时时很苦痛地望着她,觉得她太美了。他看见她这么不倦的听他说话,他竟快乐得有点悲观起来。他想:"若是这时大地会沉下去,倒是最好的事。"而她呢,她没有想到,她只天真地问他:

"你会讨厌珊珊来这里吗?"

"不,绝对的不,只是不能像欢迎你一样的欢迎她。"

"但是她却拒绝我邀她。她说她不会在你这儿坐一分钟的。"

"那是因为她讨厌我。"他想起珊珊说过,说是丽嘉从没有过恋爱的嫌疑的话。他问她珊珊的话错了没有。她笑道:"那自然是说的过去。"她又改变道:"那是她不懂得我,我常常都在爱人的,只是不长久,一会儿就过去了。而且也不完全,也不热烈。"他问她为什么她知道她在爱人,她便笑起来:"我做过梦呢。"于是他紧紧抱住她,在她耳边,他抖战的说:

"丽嘉:不要使我失望,告诉我,你梦见过我吗?"

"没有,但我想你呢。"

他用力将她扳过来,他要求她说一个字,只要一个字也够了,她不肯说,但她却失魂的让他接吻了。

以后,没有一个字能逾越爱情的范围,韦护太擅长这些言语了,他使自己陶醉,也陶醉了丽嘉。直到楼下客堂的钟无情的猛打了一点的时候,她才骇得跳起来嚷着:"我要回去了。"

韦护戚然的躺在椅上,将脸埋起,不做声。他想留她,但没有表示出。他命听差雇了一辆汽车来,一路上他紧紧的抱着她,吻了她好几次。她说她从前咒骂过汽车,然而现在,若是有他的话,她愿意永远坐在汽车里。这话自然是有点矜夸,不久便到了她住的那弄口了,他送她到后门边。她望见亭子间里射出的灯光,她悄声的说:

"珊还没睡吗?"

"恐怕在等你呢,好,快点进去。"

十四

她只敲了两下门,珊珊便从窗口上伸出头来:

"是嘉吗?"

"唉。"她心里有点抱歉，觉得使朋友太等久了。她望望窗口，韦护正钻到车里去，而珊已经走下楼来，为她开门了。

她随着珊珊走进去，她说："我以为你早睡了。"

珊珊哼了一声："我想你不回来了。"

"为什么呢，你会这么想我？"这时已走进房里，她看见珊珊像很不耐烦一样，她想问她，不过珊珊却笑了："我逗你玩的。因为知道你会回来才等你啦。只是，就是不回来，也不要紧，我很相信你呢。"

她拥着珊珊，感谢的望着她，而且极诚恳的说：

"早上我和你说的，完全是假话呢。但是我并不是想骗你。说是只逗他玩一玩。那怎能够！他一望你，他就能了解你。我有几次想扯一句谎，只是你还没有说出来，他就说出你的意思来了。他真比我们聪明。我就只喜欢聪明的人。珊，我实在有点喜欢他呢。你不高兴吧？"

"没有，一点也没有。不过我觉得你不只是喜欢他，我早就知道你会爱他的，因为他太聪明了。我希望你能幸福，他好好的永远的爱你就好。他当然爱你的，你是太可爱了，若果他还要丢掉你，那他是傻子。"

"呵，珊珊，你说什么，我不懂得。"

"没有什么。"

丽嘉为一种自尊心，她不愿再问下去了。她不愿有人在她面前说韦护不好，总之，她喜欢他，就完了。她将衣服都脱了，只剩一件男人们用的坎肩和短裤，钻到被中去，直向珊珊说："你也睡吧，不早了，你明天还要上学校呢。"

"明天上午不去了。但是——还是睡吧。"她也爬上了床，她望了丽嘉半天,望得丽嘉都生气了。她才说:"嘉,你真美,我如果是一个男子,我也只爱你,我看你也很感到幸福呢。"于是她关了电门,偎着她睡了。

过了许久两人都没有说话,像是睡着了似的,忽的丽嘉说道:

"珊!我不能不告你,他吻了我呢。"

"我知道,早就从你脸上知道了。那是很自然的事呢。"

丽嘉又回想了一会儿,她想韦护太爱她了,爱得一点也不俗气,一点不骇着她,不恼着她。她还想同珊珊说几句,觉得珊珊已经快睡着了,才闭住了嘴,打了一个哈欠,简直是幸福的哈欠,翻转身去,也睡着了。

她仿佛没有睡好久,便被扰醒了。她模模糊糊听到珊珊说:

"睡得正好呢,很迟才睡着。"

她觉得她床边正坐得有个人,她想睁开眼睛看一看,但是睁不开,只听见这人(决不是珊珊)说道:

"等她睡吧。你尽管看书,我就这么坐一坐。不妨害你吗?"

她心里奇怪,怎么是韦护的声音?她以为她一定在做梦,她反把眼闭着了。

"怎么这样客气,现在我们是朋友了,我们都爱丽嘉。"

"我怕你不高兴我抢走了你的朋友。"

"哪儿的话,并没抢走呀,我们的爱是不相冲突的。"

"那就好了。只是,你看——我觉得我很不配她呢。"

丽嘉已经清清楚楚听见了,她还想未必真不是梦,她故意欠伸了一下。她觉得韦护已经将头俯了下来;珊珊也在喊她。她装着含糊的问道:"珊!是谁在房里?"

"是我,丽嘉。"

珊珊借口说是叫娘姨泡开水,她避出去了。

"是我,丽嘉,你不愿意我来看看你的房子吗?而且我要来看看你,我不能等到晚上。我已起床许久了,我简直就没睡。"

丽嘉说不出的快乐和骄矜。她张开眼来,嘲笑他像个小孩子。他俯下头要吻她的时候,她才真像小孩似的钻进被窝里去了,他便狂吻了她蓬松的散满了枕上的黑发。

有他在房里,她怎么也不好意思起来。他第一次看见她的时候,她只穿一件薄的坎肩。她分辩她并不怕人,她只是不喜欢在人面前穿着,只要他出外打一转,她便可以一切都弄好了。他要她答应一个要求,才肯出去。于是她只好将那雪白的臂膀伸出来让他在手弯上吻了一下,他看见了那丰满的,没有束着的胸,微微有两条弧线凸出贴身的衣服来。然而他却不能不走了。他要去看一看浮生他们,他还想请他们吃饭呢。

自从他搅扰过他们以后,他没有再来了。以前本是为想跳出爱情的圈子,所以决计不来,他对他们没有什么疏远的必要。他虽说知道他们为了他曾相吵过,但是他没有什么内疚,他觉得那太平常了。纵使他冒犯了雯,他们也应该谅解,何况他并没有怎么样。所以他还是很坦然的到他们这里,他愿意告诉他们他是爱丽嘉的。

可是浮生是一个单纯而又固执的人。他疑心他,他同雯吵了嘴,但他却同情他,更因为他的疏远,便更觉得他们的"韦先生"之可怜。为什么他单单要爱一个朋友的爱人呢?但是在前夜,他从雯的口中听到了一些蜚语,他知道了那天真的丽嘉被这位"韦先生"引到家里去了。浮生本不相信,现在也怀疑了。他想了好久那天他为什么要扭着雯,他还是不懂,他不相信这是逗着玩,他觉得韦护在爱情上,一定是有点靠不住的。雯呢,很恨他,一种女人的恨,他不该欺负她的,他曾经冒犯了一个女人的尊严。她起先还以为他是可饶恕的,所以同浮生吵架;现在呢,正因为有吵架那么一次暧昧的痕迹,她越觉得她是被他骗了,侮辱了。她若早知道他是这样的,她当时一定打他的耳光了。他们两人正在谈到他的时候,珊珊过这边来了。于是他们更得知了一些新的消息。他们没有为这消息欢喜,反觉得在自己心上像失去了什么一样的惆怅和不安。浮生只怀疑的反复问道:"丽嘉爱他吗?"

这时,韦护走了进来。他用一种极亲切的态度同浮生握手。浮生却淡淡的,仿佛嘲笑的说道:

"恭喜你呀,你们成功得真快!"

他叹息道:"唉,不快呢。"

他又去握雯的手,雯装做没有看见的走了开去。

"还不快,你太不费事了,因为丽嘉是小孩呢。"

"呵?"韦护去看他们,才发现他们都有着一种使人伤心的态度;他很奇异他们感情的变幻。难道韦护因为承一个女人没有鄙视他,对他和善一点,便有不耻于朋友的理由吗?他想向他们解释几句,但是那刺人的态度,就不像是肯听他的话的。他便和浮生说一点别的事。雯简直是鄙视他的坐在那里听。他不能再讲下去,他赌气似的故意说他要去看丽嘉起来了没有,他做出一副惟有在恋爱中的人才有的那急遽样子冲出去了。

他很伤心的告诉了丽嘉。她笑着说:

"他们嫉妒呢。有什么要紧?过两天就会好的。我可以同浮生讲得很好,他会了解我们。而雯呢,她很了解我,过几天就会好的。只怕她仍然要恨你呢,因为——唉,我不说了,你以后对她殷勤点,也就没有什么要责备你的了。你相信这话吗?"

他相信这话,却说他无须他们的了解,他更懒得对人殷勤,只要她不拒绝他,天天准他来,准去看他,他便幸福了。

他们正要出门的时候,珊珊转来了。于是韦护向她说:

"如果你能诚心以我为朋友,而又不反对她,我希望你能到我那里去玩玩。"

珊珊慨然的答应了。

于是丽嘉一手揪住珊珊,一手揪住韦护直跑出里门,这天韦护要请她玩一天。珊珊的准诺,更使她高兴,她还以为珊珊不愿同她一起玩呢。

他们在一个广东馆子里吃了一顿便饭,因为珊珊只答应到他家里看看,不肯陪他们在外面玩,所以她们就都到他家里去了。他招待得很好,他向学校请了假,三个人谈了许多闲话。丽嘉时时都来握他的手。韦护觉得珊珊有一种超然的态度,他想到丽嘉有这么一个朋友,真是他的光荣。不久珊珊要走了,韦护没有留她。珊珊笑着说:

"好,嘉是交给你的了。"

丽嘉也想同她朋友一块回去,却被韦护用眼睛留住了。她害羞的让珊珊吻了她的发而且看着她走了。

但是他们没有出去玩,他们没有时间,他们不愿意在形式上有一点分离。丽嘉呢,她如今真真懂得了爱情,而且她拼命的享有着,这决不是像她所想的好玩的事,这是太使人好生兴奋好生难当了。韦护呢,他是战斗过来的,他要在这里偿还他曾有过的痛苦。所以他们只将自己两人关闭在一间小房里度过了一个甜蜜的下午和一个甜蜜的夜。

第三章

一

时间向前慢慢的爬着,韦护和丽嘉的爱情也和时间一样的进展着。很快的一个星期过去了,他们两人变成一对小鸟儿似的,他们忘记了一切,连时光也忘记了。他们日以继夜,夜以继日,栖在小房子里,但他们并不会感觉到这房子之小的,这是包含海洋和峻山以及日月星辰的一个充满了福乐的大宇宙。白天,那温暖的阳光,从那窗户,两扇落地的像门似的窗户晒了进来,照到椅子的一角,他们便正坐到这里。他们的眼光,从没有离开过,而嘴便更少有停止了,有时是话说得多,有时是亲吻得更多。丽嘉常为一些爱情的动作,羞得伏在他身上不敢抬一下头,但却因为爱情将她营养得更娇媚更惹人了。他呢,他年轻了,逝去的青春复回了,且那过去的是多么不足道呵,因为他糟蹋了它。他浪漫过,他颓废过,但他却没有真真的爱过,生活过。现在呢,他爱了,他又被爱。他不能不重视这最使他沉醉,使他忘记一切不愉快的时日。他怕她一旦厌倦了跑开去,一当她不说话默着了的时候,他便要抱过她来,小心的问:"你想到什么了,告诉我!丽嘉,亲爱的!"

她呢,她太满足了,这意外的爱情的陶醉将她降伏了。她将她的爱人,看成一个巨人一样,有了他,精神便有了保障。她现在不再想用一些惊人的诗句去招领一班无用的她的臣仆般的朋友,她也不想做一些动人的、虚荣的动作。她只爱他,敬重他,一切均为他倾倒了。她不愿离开他,因为没有他,思想便没有主宰,生活便无意义了。她常常在他的怀抱里那么反复的喊道:"爱我,韦护,永远的爱我!"

饭也搬来房里用了。那年轻的听差,谨慎的一天几次扣他们的门,他们都不讨厌他,他在早晨为他们跑好远去买一包精致的点心,和各样的糖果。他们便可以少吃一点饭,因为饭吃多了,使人难过,还常常使人有一种愚蠢的感觉。而那些用最好看的纸包裹着的糖片,也便将那时时要接吻的口齿弄香了。晚上呢,他又到一个熟识的水果铺,捧一包上好的橘子、苹果、葡萄之类的东西给他们带回来。他没有一句怨言,没有一次不好看的神色,因为爱人们都是大方的,不计较小钱的,他们没有一次要过那找头。房东呢,他不管这些事,他只觉得他亲戚的这种行为使人不解,他很想得一个机会问问他们的关系,这女人到底是一个什么样的人,是不是他们就这么不正式的同居到底。而房东太太则不免有点不满意这一对,她觉得那女人太无耻了。她时时在他丈夫前骄矜着,然而她却有比丈夫还高兴的地方,就是她亲戚多给了她不少钱,仅仅为了有限的一点伙食。

丽嘉吃得太少了,因为点心水果吃得太多,又因为爱情使她觉得太饱胀了。韦护担忧她,怕她消瘦,时时问她爱吃什么。她只说:"到你不将你的嘴唇给我了的时候,我或者可以想出什么是我最爱吃的。现在呢,我一样也不爱,一样也不讨厌。"韦护却吃得比较多,他常常想,"若是都能这样有胃口,我一定会很健康起来的,像从前一样。"

一到晚餐的时候，他们都要喝一点果子酒。丽嘉不很能喝，有时嘬不过，喝一大口，却不能全吞下去，好些都溢出嘴外来了。于是韦护便爱惜的在那红唇上将那红色的酒吮干。到底不知这是爱情的酒，还是果子酒，常常这么醉得晕过去似的两人默着，红着脸，沉沉的对望，常常一顿饭使人吃惊的要用两个钟头之久。

夜晚来了，丽嘉喜欢将三盏灯都捻亮。三盏都是红色的，一盏吊在房中央，是中国宫廷里用的八角的有流苏的纱灯，一盏是小小的纸罩的台灯，放在写字桌上，也可以放在床头，上下左右，均可转动，是日本式的玲珑的东西，另外一盏，是韦护来上海不久在鲁意斯摩拍卖行买来的，又不贵，又好，他们俩都喜欢的架灯，有紫檀木的雕龙架柱，一个仿古山水画的绸罩，因为是旧东西，龙尾上又缺了一小块，所以反觉得甚是别致。房子一为这三盏灯照着时，便更觉得热闹，更使人兴奋。墙上裱糊的褐色花纸，也就变成使人欢喜的一种紫褐色了。而且在灯光之下，他们都从眼里将可爱的人看出更可爱的地方，他们总是常常舍不得睡去。

不时又有一些钢琴的声音从邻居传来，纵使是不成段落的弹奏，他们也倾耳的听着，以为这便是爱情的合奏了。

一到夜静的时候，他们便将那两盏灯关掉，只剩一盏架灯在沙发的头前。沙发是长的，丽嘉靠在上面，有时有点冷，韦护便将那幅软毯披在她身上。他呢，他枕着她。他从她手上取一张诗稿，用一种愉快的心情去读他往日写下的悲凄的诗。灯光正落在那纸上，落在他的柔软的、微微棕黄的发上。他读完一首，她便给他一个吻，或者让他吻一下。诗并不是了不得的好，但那是他爱情的自白,所以他们会常为里面的一些句子动心,常常要打断,要停下来,因此倒更感到现在真美好,真充实。

韦护又常常为她口译点诗,那些他极喜欢,他觉得比他自己写的好,而是两人都要了解的好诗。她也极愿意安安静静的听他解释之后再来读,她觉得他读起外国诗来比他读自己的诗还好听。她说她也爱那些,只是她不会写。她说珊珊写了不少好诗,只是没有他的好。有时她的腿压麻了,韦护便抱着她,她便将她飞蓬了乱发的头在他胸前揉着。他要俯曲着头,才能吻着她似羞的娇嗔的脸儿,他极自然的将她当一个小孩般的抱起来摇着。

早晨,一让阳光透过纱帘,照到房里时,韦护便先醒了。他没有想他应到办事处去,只痴痴的望着那拂在她手臂上的黑发,和黑发下的白的、腻人的项脖,一种醉人的暖香从那每一个毛孔分泌出来,还有一点像乳的气味。他希望她多睡一点,她睡熟的样子更美,更使他在身体上有一种快乐的痛苦滋生。但是,只要他轻微的转动一下,她便惊醒了。她撒娇的喊着:"爱!韦护!爱!你抱我呀!"于是她张开了眼,他们紧紧的拥着,又狂乱的接吻。他们为他们这幸福的一天的开始赞颂起来,在枕头上,她的眼睛显得更大,他有几次强逼的要吻她的眼珠,使她的泪水都流出来了,她还是没有生他的气。

现在,她不一定要他走出外面才肯起床了,她还是穿一件男人的小坎肩,她喜欢这样子,她还喜欢游泳衣,可惜她不会泅水。她说一有机会,她要学会的。

于是,一切又照旧了,不厌的重复。

直到有一天,是一个星期之后了,他们两人闲谈到珊珊的时候,丽嘉才想起她已经将她朋友弃置了这么久。她对韦护说她要去看看她。韦护也想到他应该去理发,正担忧怕将她一人放在房子里,所以也就赞成了。不过他们还是为了舍不得分开,又延迟到第二天。

二

他们在弄口分手了,丽嘉坐在洋车上,车夫飞也似的跑去,一会儿便望不清她的影子了。她带着一种久别重逢的亲昵的眼光去望到已经零落黯淡的景色,早已是初冬时分了,但她却只感受到一种喜气。她望着车夫的背,仿佛也是一个很可爱的背。她看到他快快掉换着的腿,她想,为什么他要这么高兴的快跑,他有什么希望在前面吗?唉,他不知道他却将我隔离韦护越远了。她一看见汽车过身,也要看一看坐在里面的人,她想知道是不是也像她和韦护一样那么抱着。若是只有一个人孤单的坐在上面,她便怜悯的直望到那车飞去。她暗自发笑的想道,假使她再同他坐汽车,她一定不会单让他一人来吻的。

不久,她到了,她简直觉得太快了。她望见了那小楼,那亭子间的窗,她高兴的嚷着珊珊的名字,从门口一直到楼上。珊珊独自在念英文书。她几乎叫出来了,因为她觉得这房子有点阴惨,而珊珊孤寂的像一个修道女似的。她怜悯胜于友爱的将她抱着,她骂自己都忘记来看她了。珊珊也爱抚着她,说一点俏皮的埋怨。而她呢,她仿佛对于珊珊也发生了一种莫明其妙的感情了。她时时摸着她的手,告诉她一些她的幸福。她说她惟一感到缺憾的,便是没有珊珊在她的面前。她要她以后时常去看他们,去看韦护做的诗,那比他以前的《我的日记》好得多。又说韦护常常为她读一些外文诗,那些诗,她管保她是极喜欢的。珊珊答应了她。珊珊告诉她已经替她缝了一件镶了边的缎袍,是她所喜欢的紫绦色,因为天气冷起来了,她一定会忘记这件事的。她真欢喜,她觉得那紫绦色最配她那白颈项的。但是珊珊自己缝的却很坏,很不值钱,珊珊说钱不够了,只好先尽她,因为她正在恋爱中,应当穿得好一点。她反对这意见,但不好说出来,她觉得即使穿破一点,韦护还是爱她的。

她和珊珊去看浮生他们。浮生不在家,上课去了,雯便和她笑谑了好一会。她不高兴的走了出来,要回去了,她要珊珊也同去。珊珊没有答应,说过一两天总会来的。在她们分手的时候,珊珊迟疑的说道:

"你们是太好了,只是——我看你还是要韦护明天到学校去上课吧,缺多了课,总是不好的,何况他还是教务主任。"

"我没有不要他去呀,他简直忘记了,不过我也忘记了。好,我会提醒他的,只是——唉,他若一到学校去,我便来找你,好不好?"

珊珊笑着答应了。

她很担心韦护先到家在等她,她又怕她回去后见不到韦护。她觉得时光像停住了一样老不得到家。她走进里口时,没有在走廊上看见等她的人,她几乎没有力气走进屋子去了。她在楼梯上遇见那女主人,那女人望着她笑起来说:

"没有事,尽管客堂里坐坐,不要客气,我们是亲戚呢。"

她脸都红了,她喏喏的回答了她,就跑进房来了。

房子里还留有一股很浓厚的烟气,她疑心是韦护回来过,叫听差来问,听差说是来过两个客,坐了快一个钟头才走,留了一张条子,交给韦先生的,现在就给小姐吧,他们说非要给韦先生不可。

丽嘉很奇怪,她说:

"知道了。"

她等听差走后,才打开那条子,纸是韦护抽屉里的稿纸,那上面写着:

韦护:

我们本来不应该在这正唱贺歌的时候来责备你。只是你却太荒疏了,不像一个'韦护'。现在呢,学校正有点事,明天希望你要到才好,五点钟有个教务会议。谨此恭贺你(这是从你诗中抄下来的名称)。

薄,日,同留。

她真有点说不出的不平。她去看抽屉,抽屉里都翻乱了。她很伤心,对于这些强暴者起着莫大的忿怒。她想不出一个可以惩罚他们的方略。他们对韦护太残忍了,她可以从这条纸上看出。她非常替韦护难过,于是她把纸条撕碎,放在字纸篓的下层,这样韦护便可以不看见,便可以不难过了。她把抽屉整理好,把窗子都打开,让那些讨厌的烟气出去,她真恨那些抽烟的人。她想韦护能脱离那起人就好,但是她又想道:"唉,明天就催他去上课吧!"

韦护正在这时回来了,她投到他怀里去,几乎哭了出来,韦护没有了解这情绪,只连声问:

"回来好久了,丽嘉?都是我不好,我没有想到你回来得这么快,我只到大马路跑了一个转。你猜,这是什么?"他举起他进来时丢到椅上去的一个包。

她似笑似哭的倒在他怀里望了他一眼:

"我不知道。"。

"我早上看见你的袜子尖上,破了一个小洞,所以去替你买了一双来,近处没有好看的,所以我跑到先施公司去买的,你看好不好?"

是一双肉红色的长统丝袜。丽嘉很喜欢,只是码子大了,她穿外国袜子总难得合脚,大约外国女人的脚,没有像她那么小的,她也是从来就喜欢赤着脚在地上跑的天足呀。

有韦护在她面前,她将曾有过的一些不快又忘记了,他们还是很幸福的度过这天的其余的辰光。直到晚上韦护又拿起一本诗的时候,她才想起白天发生过的事,她有两次想告诉他,却还是怕他烦恼,她不做声了,只绕着大圈子问:

"韦护,你还做诗吗?"

"不做了,我的生活已经全盘是诗了,还需要很笨的去做吗?而且我没有心去写了,心都在你身上。"

"韦护,你怎么不发表你的诗?"

"我不要那些不了解我的人,去读我的心境呢。从前以为写了只让自己一人看的,谁知它还有这么的幸运,得我爱来听它。现在只将它深藏在我们的爱情中,更不要别人来弄污它了。亲爱的,你不以这话为然吗?"

"韦护!唉,这些稿子,你都未曾给人看过罗?"

"没有呀,怎么呀,你那么望着?"

"没有,没有什么。"她又伏在他胸上了,为掩饰她的难过,

她咕咕咕的笑起来,然而她在心上痛楚的叫道:

"没有吗?有呢!我们出去之后,来过比强盗还凶的人,你不知吗?我知道呢!他们检查你的一切!他们在你抽屉里将你不愿人看的诗不尊敬的读过!而且他们还嘲笑你呢!唉,我爱的人!"

接着,她便振作起精神来,同他讲了一段有趣的故事。他也讲了一个法国人的笑话,他还模仿那法国人的腔调和神态表演了一段。后来,她装着毫不介意的说:

"我想,韦护,你缺的课太多了吧,你都忘了你的工作呢。"

这不意的话,骇了他一跳,他真的忘记了,她不该提醒他的。他诧异自己怎么会这么久都没想到。他非常难过,难过他太怠工了,他惭愧得难以见人了。他抱着她说:"假如没有这些事就好了。"

但是他马上改正了他的话:

"我要谢谢你才好,你喊醒了我。我应该出去做事了,你鼓励我吧,不然我没有离开你的勇气。明天上午,我要到另一个地方去,这比学校还要紧,以后我再告诉你吧。但是我会回来同你一道吃午饭,下午我到学校去,可以稍微迟一点,两点才走。只是,唉,你呢,你仍到珊珊那里玩去吧。"

他很纷扰的好久都不能睡着。他时时悄悄的吻她。她也没有睡着,但她不做声,装成睡得很好,像一个小哈巴狗蜷卧在他怀里。

三

韦护走了,而且带走了一切梦幻和甜蜜,只剩下一间空漠的卧室,一些呆板的用具,和那不幸的孤独的躺在床上的丽嘉。韦护放了几张风景画片在床头,给她玩。又有几张韦护过去的像片,有的穿着中国棉袍,有的穿着大皮衣帽在大雪地里拍的。照像都比现在年轻,可是在她看来只有现在才更可爱。但她很快的就厌倦了这些,仿佛一失掉韦护,便什么都不属于她了似的。她没有事可以排遣,她觉得睡得太多了。

太阳没有照到屋子,可以看见天是阴沉沉的一种脏的灰色,而且弄里太静了,听不到一点声音,静得使人怕。难道大地死去了吗?她几次神经质的跳起来,然而随即便又躺下了,她焦虑的盼着时间的逝去。

她想过她最近的幸福,这不是意料得到的。她以前没有想到韦护是这么好,给了她这么许多不胜其动心消魂的爱情。正因为她享有了,她便要牢牢捉住这爱情,不能看着这爱情又飞走。但是现在呢,一切都死寂得可怕,她仿佛正预感着那失恋的来临。她想:"也许有一日,韦护要这么将我弃置了跑掉的!唉,也许就在今天,他会回来吗?唉,我好像等了他一世纪似的!"

她哭了,她吻那些像片,又将那些丢到地上,那不是她爱的韦护,那是另外一个狠心的人在冷静的望着她。她哭了一会,被蒙着头,眼泪落在软枕上,落在白被单上,这是些多么熟稔了他们的亲密的可爱的东西呵!

因为夜来睡得不好,又思虑得太多了,人倦极,她含着泪睡着了。

这倒正好免掉了看见在脸上罩满了愁惨的阴云回来的韦护,他也忍受了一些别后的难堪,和一点不痛快的刺激。他看见她还没起床,微微有点诧异,他走拢去,才看见一手压在被面上,一手托住脸颊,那脸颊上还有许多泪痕。他捡起那些地上的像片,喃喃的说:"为什么呢,恨我吗?不爱我了吗?"

他去吻她。他触着了些湿的冰人的发,那小嘴唇嘟着,还微微保留了一点动人怜爱的伤心样子。他想叫她,告诉她爱人已经回来了,但是他觉得她一定很疲倦了,才睡得这么熟,还是让她休息一下的好。他轻轻将椅子拖在床边,望着她,坐在那里抽烟,想起那主事人说的一顿话。

没有一点错,他第一次俯首了。他找不出理由反驳,虽说在心里觉得有许多委屈。而且他真不能离她太久了,离开她,他做不出一点事。从一切的地方,有时是纸上,有时是墨水瓶里,有时竟是从一个有须的人的脸上,都会想起而浮泛出她的娇媚来,他时时都听到她在耳边腻人的叫着他名字。他想,怎么才能将她和工作溶合在一起呢,既然是不能不去做工的。

他守了她好久,她才醒来。看见韦护时,她又哭了。她勾着他的颈项,说道:"我以为你不回来了呢!韦护!告诉我,你不至于丢开我吧。"

他竭力安慰她,他擦去那脸上的泪,几乎吻了她眼睛一百次,他吻一次说一次:"看,你把我的眼睛哭坏了!"

她告诉他许久都没哭了,不知怎么今天变得那么弱,不觉的就流出了好多泪。翻开被窝看时,枕上竟留下碗大一块渍印,被单上也湿了许多小块。她答应他以后不再哭了,因为她相信韦护会永远爱她的。她像一个小孩似的没有穿好衣服便站在床上跳舞了,还是他强迫她才把衣穿好。他说今天天气特别变冷,他命听差去买了一些煤和柴来。

吃完饭已经到一点了,韦护只想还能延迟一会就好,好让丽嘉可以多快活一会,他不忍提起他吃过饭还要到学校去的事。这天丽嘉多吃了半碗饭。她说是因为哭了,小时也常是哭过后反能多吃饭。她要韦护也多吃,可是无论怎样他不能多吃,他反减饭了。他很忧愁那将来到的一刻,他不忍心又将她丢在家中哭泣,她太可爱了,天真无邪。他望着她,忍不住只想吻她,他不知说过多少次了:"我爱的小嘉呀!总有一天我会把你吞掉的。"

饭还没吃完,珊珊来了。韦护感激的望着她,他没有想到她是来看丽嘉的,他几乎以为她是为他来的了。

她替丽嘉带了许多要用的东西来。

韦护走的时候,向珊珊说:

"好,你的朋友还是交给你吧!"

丽嘉笑起来,一直追到楼梯边,她问:

"难道你不回来了吗?"

"对了,我不再来了,你相信吗?我的小嘉!"韦护大声笑着,故意骗她玩。

她也仍然笑着答应双关的话:"我相信的!"

到楼下他又要听差去买了好些丽嘉最爱吃的点心和水果。

丽嘉和珊珊这么度过了一个下午。她们将煤和柴堆在壁炉里烧起来,她们讲了好些小时在家乡烤火的事,和许多在火炉前正宜吃的东西。她将韦护写的诗给她看,告诉她韦护是没有给别人看过的。但是珊珊不高兴看。她又拿出一张外国女人的照片给珊珊看,珊珊也夸赞那女人的健壮的美,和那刚毅的眉峰。丽嘉告诉她说:

"这便是他们说韦护坏话的道理了。韦护告诉过我,他很爱依利亚,依利亚是这女人的名字,她也爱他,他们是在一个小剧团里认识的。她的气质使他吃惊。而他呢,到现在他还不明白到底依利亚爱他什么。不久他们就同居了。然而是,幸福是不久的,他不能使她满足。他发现她常常跑到一个波兰人那里过上半夜。他同她住了三个月,后来太疲惫了,求她放了他,但是她不准。她向许多人都说这中国人骗了她。她骂他,又骂中国人。于是韦护便离开她了。但这女人真怪,韦护动身回国时,她又跑来同他一起,要一同来中国。她说中国女人会抢走他,而他也一定会爱中国女人而又会被爱的,她不能任这事发生。"

珊珊注视那像片好一会。

她又说:"你说这应有被责备的理由吗?他们算恋爱还是问题呢。韦护也说他自己都怀疑,因为他那时没有痛苦,也没有欢愉,只有个女人罢了。他们白天各做各的事,距离得很远,晚上同一块吃饭和睡觉。星期日,两人到歌剧院,或是电影场打一个转。而且在离开她之后,他也没有什么难过。"

珊珊叹息着:"你说那不好吗?我倒很爱这女人呢!"

"我也很爱她,她有些地方是我们学不到的!"

于是她们又都默着了,到上灯的时候,珊珊才回去。

还好,这次她没有等好久,韦护便回来了。韦护说他在路上看见珊珊,可是她没有看见他,他又说:

"丽嘉!你真好,你有这么一个好朋友,而我却没有。她真爱你呀!简直像个母亲了。"

"你嫉妒我吗?我相信她也爱你呢,因为她太爱我了。而且她不会,永不会丢弃我的。而你呢,韦护,你也能使我如此深信不疑吗?唉,未来的事,难说得很。"

"你这样不了解我,不相信我,真使我难过。"

"不要生气吧,我怄你的。我知道你比她还爱我,然而,我怕呢。"

于是他紧紧的抱了她,凭爱情发了许多誓言,他决不会丢弃她的。等她说了一打以上的相信,他才放手。他们的时间,总是在这么一点小事上,不知跑了多远。

四

韦护近来每天都出去办事,只有星期五下午和星期日才能留在丽嘉面前,然而他们却更相爱了。每到饭前,丽嘉便站在走廊上去等他,有时还走到弄外去,不管街口上有人没有人,隔好远便要跑起来欢呼,投到他怀里去。他呢,含蓄的笑着,紧紧地把她挟回来,常常都将她举得离了地面了。而且许多次,无论他的表亲在客堂也好,不在也好,他都抱起她跑上楼去,去到他们的小房里。她都叫起来了,却十分满足。他们要在这短的一瞬刻,来偿还他们分离后的不尽的苦痛。丽嘉不知有多少次希望他能留住,但她却不愿说出。偶尔他偷了懒,向学校请了假,这她便更高兴了,感激得了不得。她更爱他,她也更温柔。于是他本有一点负疚和不安的心情,也为她的欢悦消逝去了。他们极端珍惜不要让下午的时间有一忽儿是空跑掉了的。

房东太奇怪他们了。有一天,他以戚谊的资格直接来扣他们的门,韦护郑重的为他介绍;

"这是我的爱人!我的生命!你看,她不好吗,她给予我的简直太多了。"

他一个字的意义也不懂。他看见丽嘉很可爱的,大胆问起她的家世来。

丽嘉很讨厌这些问询,但她现在没有憎恨的心思,也没有揶揄的趣味,她对这洋行办事员稍稍敷衍了一下。

他又装做会意的样子,向韦护说:

"爱情呢我是懂得的,我也赞成。只是你们太好了,一切小说上戏本上还找不出像你们这么好的。然而俗话讲得好,'月圆必阙'——好,你们笑了,你们一定不信这些的。我就不讲它。不过,韦护,你却太使人奇怪了。你变得太快,若不是我天天都看见你,我一定不认得你了。不是你的相貌变了,是你的气质全不同了。我想凡你的朋友,都可以看得出。不是吗,小姐?"

"是的,恐怕有点变吧,那是因为他现在有了爱情的缘故。"丽嘉爱好的望着她爱人。

韦护却否认的说:

"嘉,你错了呢,你听我说!"他望着那房东,"我丝毫没有变,我仍然是我,不过我从前只将我的一面,虚伪的一面,给人看的。现在呢,我是赤裸的,毫无粉饰的了。这因为我早先虽有一个躯壳,然而却没有心,于是我便为一切其他的东西,过着机械的时日,我只是一个世故的人,为人所了解和欢迎的人。唉,就是说只是一个市侩呢。现在呢,我有了丽嘉,我为我们爱情的享受而生活,我忘记一切对人的机智了。于是我便被不了解和诧异了。然而这一丝一毫都是毋足轻重的,因为这不能有害于我们的爱情。嘉,不是的吗?只要我们永远相爱!"

于是他们忘情的在人面前也接起吻来了。

这办事员被他们骇得只摇头,心里想:

"大约这便是所谓新人物吧!"

他走后,他们又笑起他来了,而且还笑自己。她说:

"我看你真白费力气同他那样声明,他一生也不会懂得你的。"

"为什么我不可以说呢,我恨不得要大声喊给全世界,给他们看看我们的幸福呢。"

"不过我不厌烦他,他没权力反对我们的爱情。"

"什么有权力呢?什么也没有权力!"

他们迟到很夜深才去睡,因为白天难堪的分离的记忆还遗留着,而明天的这难堪的重复,使他们时时恐怖的预感着。他们偎坐在火炉旁边,房子里的灯都捻熄了,只有熊熊的火光不定的闪着,脸儿更显得通红,眼光更充实了,他们不倦的讲着往昔的事。

她有许多姊妹,她从不困苦,但是她却孤独。她惟有在小说中、梦幻中得到安慰。她许多次幻觉着那不可言说的,又是并不能懂的福乐的来临。她现在才知道这福乐是什么。她后来离了家,读了一些书,又结识了许多朋友,似乎是应快乐了,然而还像缺少什么一样。也有人爱过她,但是她太轻视那些浅薄的忠荩,她骂那些人是阴谋者。她同男子接近过,只觉得男人们容易支使,不反抗她,而她却从不曾在他们之中,有过一点深刻的交谊。她不相信他们,甚或觉得有揶揄之必要。女友呢,她同许多人好过,都爱她,服从她,照应她,然而都不真真了解她,她太容易厌倦她们的殷勤。她只对珊珊有相当的敬仰,她看到珊珊近来刻苦念书,越佩服她的毅力,但同时她非常怜悯她,希望她也能得到一个像韦护这么好的人就好。

韦护的故事太多了。他说了好多次同他表妹的事,那只是一种中国旧式才子气派的完成,他不能不找出那么一小点点的伤感。他没有一点冲动便眼看她被别人娶去,他只留下了近一百首的押韵的诗词。他和歌女露茜的事也告诉她了,那纯粹为的好奇。露茜则为的金钱。还有,便是依利亚,依利亚是一个奇怪的女子,办起事来,一点不马虎。她同许多人好过,但不久都把他们丢了。她同韦护决裂的时候,她大声嚷,几乎打他了。她说:"你契丹人,你想跑掉吗,你不知道我爱你吗?你不喜欢那波兰人,他可以去他妈的。我也讨厌他呢。只是你不能干涉我。你应知道你不配。然而我是不能放弃你的,像你这样的契丹人,太使我爱了。"终竟他还是跑掉了,他说她是一个动人的家伙,却也是个怕人的家伙。

丽嘉爱听这些故事,觉得有味,只为他惋惜。他常常要在话中停止下来,他说:

"你为什么不早点来到我的命运里呢?你看,我在年轻的时候是那么浪费了青春。"她一定道:

"现在也不迟,我们的未来还长着呢。"

于是他也学语着:

"我们的未来还长着呢。"

他们就常常这么消磨一个晚上,到钟打一点、两点的时候,他看见她眼皮无力了,才将她抱上床去。

五

八点钟的时候,冬天这不算晏。韦护不能不从那使人留恋的被中起来。街上很冷,常常要飞一点小雨或小雪,办事处又没有火,他大衣也不能脱。他不时要打哈欠,他太缺少睡眠了。人人都笑他,误解他,显然是他和丽嘉的恋爱,他们是不理解和不同情的。他不去叱责他们,他知道他们没有别的,只有一副最切实用的简单头脑。但是他也忍耐着和挣扎着,他不能有弃置这些工作的念头。这是他的信仰。无论他的个性是更能成其为浪漫派诗人也好,狂热的个人主义也好,他的思想,是确定不移的。他不能离开这地方,他只能像一只蚂蚁似的往前爬去,倒在另一些蚂蚁的上面死了,又让后来的爬在他自己头上。他有几次都决计将那刊物的事委托给别人,因为已经延期好几期,但是他不肯放弃,他要在办事处抽时间来整理。他又在休息的时间编讲义。他是不怕劳苦的,劳苦之后,只要一回到家,一切便全变了,因为丽嘉在那里。他常常对丽嘉这么说,对别人也这么说,他之所以要工作,是因为有她的生活的热力在鼓动他。然而这话是不全靠得住的,人有一种惰性,而且比较起来,他常常眷恋着丽嘉这边,而潜意识里,还常常起着可怕的念头,便是丢了学校工作,成天留在我的爱面前。

　　同时也有许多人对他起着反感。原来就有一部分人不满意他的有礼貌的风度,说那是上层社会的绅士气派;有的人苛责他过去的历史;然而都不外乎嫉妒。现在呢,都找到了攻击的罅隙,说他的生活,他的行为,都足以代表他的人生观。说他是一个伪善者、投机者。仲清竟到学生前也说起他的坏话,公开他的住址,这本来是不公开的;他示意人们去参观,那像一个堕落的奢糜的销金窟。

　　于是当韦护和丽嘉饮着晚酒的时候,也有着不熟悉的扣门声。他们熠熠的审视丽嘉,却不能在她身上得着什么,也自以为得意的走了。

　　有两次有人当面嘲讽了他。他忿怒得直想去打那些侮辱了他的人,但是他什么动作也没有,他隐忍了,装出一种不自然的笑,仿佛要人知道他不愿也不必同那一些不足道的糊涂人分辩。这是因为他知道他的地位很孤单,很孤单。

　　他开始了一种恐怖的预感。他试着去多做点事,接连迟回了好几天,但结局也是失败。于是他不知所以的常常烦闷起来。他想起他们刚住在一块的时日,是多么快乐的时日,他忘记了他的工作,他常常违背一点她的禁止,多喝几杯酒,他常常感伤的抱着她喊道:"我要我们离开这世界才好,我们去学鲁滨孙飘流在无人的岛上去吧!"

她呢,还天真的附和着他。

夜深了,她枕在他手臂上睡得很酣适。他望着她,更深的看出她的美,他们的生命的谐和。他痛苦的想那将要来到的恐怖。他能吗,能抱起丽嘉飞去吗?但是他不能离开丽嘉。他想起曾有过的挣扎,他愿从这女人手中跑掉,但是他痛苦,并没跑掉。只怪她,后来又找着他。然而他又打自己,为什么没有这见解?丽嘉对他太好了,给予他无上的快乐。他想了许多,总想不出一个好法子。他不能像从前与依利亚的情形,那时他没有觉得爱情和工作的冲突的。而丽嘉呢,起始的时候,就使他不敢接近,因为他不知觉间,便预感着这是不协调的。但是这能怪她吗?她没有一次有妨害他工作的动机。虽说她舍不得他,她怕那分离的痛苦,但是她不会要求他留在家里的。那么,这冲突并不在丽嘉或工作,只是在他自己,于是他反省自己了。他在自己身上看出两种个性和两重人格来!一种呢,是他从父母那里得来的,那一生潦倒落拓多感的父亲,和那热情、轻躁以至于自杀的母亲,使他们聪明的儿子在很早便有对一切生活的怀疑和空虚。因此他接近了艺术,他无聊赖的以流浪和极端感伤虚度了他的青春。若是他能继续舞弄文墨,他是有成就的。但是,那新的巨大的波涛,汹涌的将他卷入漩涡了,他经受了长时间的冲击,才找到了他的指南,他有了研究马克思列宁等人著作的趣味。他跑到北京,跑到外国,他更坚定了自己的意志。他完全换了一个人。他耐苦,然而却是安心的锻炼了三年,他又回南方来。他用明确的头脑和简切的言语,和那永远像机器一般的有力,又永久的鼓着精神干起工作来,他得到无数的忠实的同志的信仰。但是,唉,他遇着丽嘉了!这热情的、有魔力的女人,只用一双眼便将他已死去的那部分,又喊醒了,并且发展得可怕。他现在是无力抵拒,只觉得自己精神的崩溃。他看清了自己,也看清了一切。但是他还是不能判断他自己,他太爱她了,他不准自己对她有一点不忠实。他在万般无奈时,只有竭力忘去这些可怕的,完全是幻觉的憧憬。他狂乱的去吻她全身,这样他便又可完全浸润在爱情中,而不烦恼了。

他又请了几天假。丽嘉虽不纵恿,也不反对,她以为这是她的幸福。他又预支了一些薪水,常常带她到电影院去,或是饮食馆去。他无节制的,又不思虑的度过了一些时候,像酗酒者般的醉在爱情中的一些难忘的快活时日。

六

丽嘉本很喜欢看电影,现在有韦护伴着,自然更乐意。她爱许多漂亮的明星,她爱那些能表现出热的和迷人的一些演员。韦护则说这些人都不如她,若是她能现身银幕,世间所有男子都会在他们的情人身上找出缺陷来。她常常把从电影上学来的许多可爱的动作拿来表演,她也爱吃一点好吃的东西。她更喜欢在温暖的房子里,将身子烤得热热的,又跑在冷空气中呼吸,那凉飕的风,轻轻的打击着热的、嫩的、腻的脸颊,有说不出一种微痒的舒服。

韦护呢,只要他不去办事,不去上课,不和一些难合的人在一块，他都是快乐而骄傲的。慢慢的，他有点怕到那些地方去了，每去一次，便愈觉得人人都在冷淡他，怀疑他，竟至鄙视他了；而那难处置的问题便又来扰搅他。他未必非要把这些他的生命的甘露来弃置，他苦苦的避开这些。他想，让自然的命运来支配我以后的时日吧，现在，且顾现在。但是最后，有几次他再不能忍受他的被人歧视了，他仿佛觉得人人在他背后，说他的名字，摇头，噘嘴。他想自动辞脱一切职务，退身出来，离开这里，到无人认识的地方去插田也好，做小买卖也好，甚或当乞丐也好。他做出一种闲谈的样子，对丽嘉说：

"假使我们有一天不能不离开这里，被迫到乡下去生活的时候，你觉得怎么样呢？"

她毫不思虑的率直的答道：

"那正好呢。那时候，你仍然穿你的蓝粗布短衣，我们第一次见面时，你穿的那件。你的头发长了起来，胡须也不剃了。你一定变得更好看，而且强壮。我呢，我也做一件蓝布衣穿，我最欢喜赤着脚在草地上走。我小时常那么顽皮的走过。我会做许多事。顶好我们有一间小的干净的茅屋，我们像乡下农人一样的生活起来。但是夜晚了，我们仍然可以在我们的小的摇摇不定的烛光下来读诗，那时你一定还可以做些更好的诗。"

他不免苦笑起来，还问她：

"若是连一间小茅屋也没有，要四处去讨呢？"

她对他斜望一眼，意思是说："你怎么说一些无意思的话。"但她仍然答应他了。她觉得即使是这样，也仍然有趣味，她笑着说道：

"那不更好吗？我可以不要你操一点心思。什么地方都可以混一宵,或是那些小山羊的栏前,或是那稻草堆上。你大约不知道,那干的稻草的香气,躺在那上面,比这鹅绒还舒服呢。"

于是她躺在床上滚了起来,将那床看成稻草堆了。

他也常常为她的这无忧的气质鼓动了,他知道无论走到什么地方她不会丢弃他,而她一定比他更适宜那些新的环境。因为她单纯,她惟一的只知有爱情。只是他,他虽说幻想了许多,然而却不能得一个最后的决断。那是行不通的,他不能磨去他原来的信仰,他已不能真真的做到只有丽嘉而不过问其他的了。唉,若是在以前,当他惊服和骄恃自己的才情的时候,便遇着丽嘉,那是一无遗恨和阻隔的了。而现在呢,他在比他生命还坚实的意志里,渗入了一些别的东西,这是与他原来的个性不相调和的,也就是与丽嘉的爱情不相调和的。他怠惰了,逸乐了,他对他的信仰,有了不可饶恕的不忠实;而他对丽嘉呢,也一样的不忠实了。他想,与其这么强做快乐去骗她,宁肯将一切均向她吐实。他又想,若是不能放弃工作而撇开她时,使她去尝试那失恋的苦,是无宁自己死去,来让她哀哭的。那样她不会对爱情生怀疑,对韦护生怀疑,她仍然可以保存一颗完美的心。假如他走了,虽则仍是同样的失了他,然而,那情景,是多么不堪设想呵!她无论如何是承受不住的。他在自己感到无力能拔起自己的时候,便又要在丽嘉处找救援,他诚恳的问她:

"你不是很讨厌我信仰的主义吗?为什么你又要爱我?"

她诚恳的答应他:

"那是你误解了。我固然有过一些言论,批评过一些马列主义者,那是我受了一点别的影响,我很幼稚,还有,就是你们有些同志太不使人爱了。你不知道,他们仿佛懂了一点新的学问,能说几个异样的名词,他们就也变成只有名词了;而且那么糊涂的自大着。是的,我喜欢过一些现代青年,但他们太荒谬和自私,我很失望。他们写信给我,寄到珊珊那里,满纸是任情的谩骂,以为我只该爱他们。但是我却只爱你,韦护!而且敬重你!"

他请她凭她的爱情说一点对于他的工作的态度,他希望她说一点她的不满意,她会强制他脱离那些,她是好胜的人,一定可以将他抢过来的。

但是她只诧异的说:

"你怀疑我吗?我没有一点什么意思呀!虽说我不能同你分离得太久,然而那并不是我的爱情的矜夸。你不是也这么感到么?我并不希望你因我而弃置你的事业,我知道,你不像我呢。唉,韦护!我感觉到呢,你常常为我请假而你又不安呢。以后,我不准你再请假了。你知道我的意思么?"

她微微有点不高兴起来。

于是他去哄她,说:

"唉!我的嘉!怎么你会这么多心?你不知道我毫没有别的意思,只怕我的爱人会有一丝一忽在我身上感到不满吗?你看,你若还生我的气,我怎么好呢?"

他装得太好了,总容易骗过她。她还是快乐的,而他则真是一切都失败了。假使她要带起他走,那就好了。

因此他仍陷在苦恼中。

七

可是时间一天一天的紧迫起来了。学校快放假,他到底是辞了事,还是继续下去?而且,他知道不满意他的人太多了。若是他现在自愿退了出来，或是无通知之必要的就走了，那至少在一部分人看来，是值不得惋惜的，因为他太不忠实了。即使他有勇气，他愿减少这一不光荣的负咎，他以后就得到了安慰吗？是的，他是有丽嘉，他为爱而牺牲事业，那不为名为利的事业，他仍然可以骄傲而生存的。只是真的他们能跑到一个无人的岛上么，他们能恢复到简单的农人生活么？这不只是要生活简单，而是全靠他们有简单的精神。所以虽说他筹算过他最近可以得到的全部收入，足够两人跑到一个没有人认识的小县城里或乡下，可以无事的，靠极低的粮食，和爱情度过一年以上，但是无论他计算得若何周密，他自己也了然这只是想骗过自己，安慰自己，那样对丽嘉就无所抱愧了。实际他不能这么做，甚至连想到若是丽嘉能不爱他，能丢弃他，则他就可以被释放了，可以照旧努力工作了。

于是有一次，他将性子变得很无理，很粗野，为了一点小得可怜的事，他咒骂了她。她没有说一句话，只用怜悯的眼光望着他，最后她说：

"我触怒了你吗？我相信你不会介意的。那么，一定是有别的人或别的事使你烦恼了。那，韦护，你不可以告诉我吗？"

一些眼泪糊住了那双迷人的眼睛。而他，他忍不住大哭起来，跪在她膝前像一个忏悔的教徒。她又说：

"一定的，你有些什么，韦护！你说呀！"

他抱紧她的腰肢，一任他的眼泪涂污她的新衣，他神经质的哭道：

"是的，我有的，我有的……"

然而他清醒了，他用那男性特有的茹苦的忍耐，他不愿说出

来,他改正道:

"是的,我有的这不可饶恕的坏脾气呵,我爱的,忘掉这可怕的记忆吧!我不是真的对你这么坏的!你能饶恕我么,我的爱嘉?"

"没有饶恕存在的,韦护!我只爱你!"

这一幕短短的悲喜剧,更证明了他的失望。他又开始振作,只是越振作,就越感到内心的冲突,就越痛苦。而这时,那最使他敬重的陈实同志,给了他一个警告的暗示。他离开家,在那冬天的无人迹的公园里,苦思了一个下午。他知道这是最后的一刻了,他不能再延缓。于是在一个长的激烈的争斗之后,那一些美的、爱情的、温柔的梦幻与希望、享受,均破灭了。而那曾有过一种意志的刻苦和前进,又在他全身汹涌着。他看见前途比血还耀目的灿烂,他走到他办事的地方,他要到广东去。

他再回到丽嘉的面前时,他已有铁的意志的决断。唉,只这女人太可怜了,当她抚着他的瘦胸和那怦怦跳着的心时,她还无感觉的沉醉在爱情中。虽然,他也不免偶尔又起了犹疑,只是他认清了爱情不可再延长,这不特害了他,于丽嘉也决不是有益的。他在第三天,选到了一个绝好的机会,便是珊珊也在这里的时候,他硬起心肠,向丽嘉作了一个最后的长久的深切的观望。然后他穿起大衣,说是要出外打一个转,他用力吻了她嘴唇,握着珊珊的手说:

"可感谢的,朋友!你且留在这儿吧,请一直等到我再回来。"

声音有点哽咽了,手微微抖颤着。珊珊也不觉的心里抖颤了一下,她骇得直着声音说:

"不,我不能等你的,你还是留着吧!"

但是他早已松脱手跑走了。

在楼下他伫立了一会,听到楼上没有一点声响,才阔步向外走去,眼泪不觉的流满脸上。呵!这不可再得的生命的甜蜜啊!

两个女人不安的坐在火炉边,那曾充满了欢乐的炉边。等了好久,夜来临了。丽嘉不快的像是自语的说:

"怎么还不回来呢?"

"我觉得他仿佛有点难过似的。为什么呢?"

"你也觉得吗?我常常都觉得呢。但是他没有向我说一句,他只反复说他爱我,唉,珊,你说他会永远爱我吗?我很怕呢。"

珊珊不知怎么回答才好,她竭力安慰了她朋友,说了一些别的故事。

然而十一点了,韦护还没有回来。丽嘉焦急起来,她要在夜暗中去寻找她的爱,却被珊珊阻住了。她说:

"若是你走了,他回来又怎办呢?"

于是她们又耐心的等到一点半,这时有人在楼下大门口按铃。丽嘉跳起来嚷道:

"一定是韦护!"

两人都走到走廊上去,丽嘉向着下面的黑暗的大门,大声的问,欢喜得声音都变得有点抖颤了:

"是谁?韦护吗?"

听差走出来开门,也同时问:"是谁?"

"送信来的,韦先生有一封信送给楼上的小姐。"

丽嘉骇得不知所措的望着珊珊,喃喃的喊着奇怪。

她冲跳到楼梯口时,听差给了她一封厚的信,她发昏似的跑回房里扯去那信封。

八

信这么写着：

丽嘉！准韦护再这么一次喊你的名字吧！唉！我这不可饶赦的人！现在呢，我在残酷的撞起这可怕的钟，像霹雳一般的喊给我爱听：韦护走了！永远的走了！永不再回！

唉！我心痛的爱人呵！你不会惊诧吗，当你看到这封信。我哀求你莫哭吧，韦护值不得你这么深爱呢。然而我希望你听我解释几句。

说我还爱你，这只是使你更其生恨的。因为我是这么无情的负心的丢弃你走了。唉！我的小嘉！你可以骂我的，而且你该咒骂我的。你说我骗了你，骗了你纯洁的爱吧！但是，韦护呢，韦护之自责是超过了宇宙间所有的诅咒的。但是无论怎样，他自己知道，他不能不承认他是永远爱他的小嘉的。

事实是这样，一切旁人对于韦护的恶意的批评，都成了定评了，韦护又有了流氓行为，又欺骗了女人。而你所最怕的，也便如斯之快的来摧残你那纯真的性灵了。不过韦护却感到他的小嘉是有对他的宽容，所以他要说一点他近来的莫大的苦闷：

我相信你是比其他一切人都能了解我的。当你听我述完我幼时的困苦，和我母亲的自杀之后，你抱着我，为我过去嘤嘤啜泣的时候，你便应知道我是得了一种怎么样的天秉啊！是一种完全神经质的、对一切都起着幻灭之感的人。若果在那时，我能得到一点爱，即使只有你所给我的百分之一，我一定也满足了我的梦想，我一定永远睡在爱情的怀中讴歌一世。可是你知道，我却在未得爱情以前，接受了另一种人生观念的铁律，这将我全盘变了。

这我所同你讲过的我三年的冷静的劳苦生活可以为证！但能诅咒谁呢，我竟遇着了你，你喊醒了我曾有过的，和未敢梦想的一切热求。于是争斗开始了，一面站在我不可动摇的工作上，一面站在我生命的自然需要上。我苦斗了好些时，我留下了一束诗作为纪念。但是太不幸了，真是你的不幸，你为什么爱我呢？我一看到我是有希望你听我说一句话的时候，我便发狂似的觉得有倾倒在你面前之必要。于是爱情战胜了！这要感谢你，呵，多么甜蜜的时日呵！我们享有过的，只是太短促了。不久这争斗便又开始，而错误（若果有错误）也应有一部分归咎于你的。假如当我犹疑而希冀于你有决断的时候，只要你一种动作，我便可以完全是你的了。多么可惜呵，你没有看出我的怯懦来。你没有一丝一毫想从我工作上取得胜利。于是终究造成了我们的爱情的不可弥补的缺憾，这分离的惨剧！所以我要说，韦护终究是物质的，也可以说是市侩的，他将爱情亵渎了，他值不得丽嘉的深爱呵！

现在我走了！就在明天清晨我到广东去，也许不久还要转来，也许……总之，丽嘉！却永不会回到你的怀里了。

而你呢，你不必伤心！我再三说这是不值得的。你应该去找一条你应走的人生大道。而且，你是那么聪明，只要你稍微刻苦一点，一切在你都不是难题呵！我现在只有一点遗恨，我后悔没有在这三月之中给你一点俄文的基础，使你能去读我所读过的那些诗句。然而这也是多么可笑的遗憾呵！

一切都不必多说了，因为这只能给你以更多的纷扰。你可以忘去我的！而我呢，虽说是离你而走了，但即使当我死时，我也可以感到充实，因为我是爱你的呵！

最后，我的那些书籍，我想送给你（我永不看了）。那些诗，还有我过去的日记,则均随你处置,焚去亦是幸事。房租已多交了三个月,最好你能继续住下去,因为这可以作为我想象你之根据,虽然我是希望我能忘掉你一点的。

好!不再说了!最后再喊你一次吧:我爱的丽嘉!而且准我再向你的眼,唇,一切……作一次最后的想象吧!

好……你爱的韦护给予你的惟一的信。

丽嘉几乎昏过去了。这可怕的字组成一些可怕的句,竟成了一切可怕的印象,她疯狂的叫道:

"这是不可能的!这是不可能的!我要追他去!我要追他去!"

她跳着冲去,却被珊珊挡住了。珊珊没有一点方法。她看了那信,她知道一切已不可挽回了。然而她却不能不守着她朋友,她希望有一点什么强暴的力,将这可怜的人麻醉去,免得看这惨剧,她抱着她朋友说道:

"镇静一点吧!强一点吧!既然他能离开你而生活,那你为什么一定要他伴着你呢?而且,他还说他是爱你呢!即使他以后忘掉你,但是他却那么热烈的爱过你呀,这是不可否认的事实。嘉!你平和点吧!我们再一同好好生活吧!韦护既然已经决心走了,我看找恐怕也找不回来了。我们还是来盘算我们自己的事!"

丽嘉失望的痛哭起来。一切韦护的声音和神态都分明的显现在她眼前,但是都多么的辽远了呵!她不听珊珊的劝告,固执在床上滚着,大声的沉痛的哭着,她不知喊了韦护多少声,不知是恨,还是爱的不断的叫着那使人伤心的名字。她还嚷着要去追他回来,即使再见一次也好,因为她想起了许多还未曾,又必须向他说的话。

可是这时天已在发亮了。市声轰起,她仿佛明晰的看见那海中远去的船,而韦护正以苍白的脸色,向着海的这方。于是她又哭起来。她递过一双手去给抱着她的珊珊,无力的说:

"唉,什么爱情!一切都过去了!好,我现在一切都听凭你。我们好好做点事业出来吧,只是我要慢慢的来撑持呵!唉!我这颗迷乱的心!"

(此篇作于1929年至1930年,原载1930年1至5月《小说月报》第21卷第1至5号,大江书铺1930年9月初版)

1923年,丁玲在湖南常德。

1952年,丁玲在北京多福巷16号寓所书屋。

·梦珂·

我在霞村的时候

因为政治部太嘈杂，莫俞同志决定要把我送到邻村去暂住，实际我的身体已经复原了，不过既然有安静的地方暂时休养，趁这机会整理一下近三月来的笔记，觉得也很好，我便答应他到霞村去住两个星期，离政治部有三十里路。

同去的还有一位宣传科的女同志，她大约有些工作，但她不是个好说话的人，所以一路显得很寂寞。加上她是一个"改组派"的脚，我的精神又不大好，我们上午就出发，可是太阳快下山了，才到达目的地。

远远看这村子，也同其他村子差不多。但我知道，这村子里还有一个未被毁去的建筑得很美丽的天主教堂和一个小小的松林，而我就将住在靠山的松林里，从这里可以直望到教堂。现在已经看到靠山的几排整齐的窑洞和窑洞上的绿色的树林，我觉得很满意这村子。

从我的女伴口里，我认为这村子是很热闹的；但当我们走进村口时,却连一个小孩子、一只狗也没有碰到,只是几片枯叶轻轻的被风卷起,飞不多远又坠下来了。

"这里从先是小学堂,自从去年鬼子来后就打毁了,你看那边台阶,那是一个很大的教室呢。"阿桂(我的女伴)告诉我,她显得有些激动,不像白天那样沉默了。她接着又指着一个空空的大院子:"一年半前这里可热闹呢,同志们天天晚饭后就在这里打球。"

她又急起来了:"怎么今天这里没有人呢?我们是先到村公所去,还是到山上去呢?咱们的行李也不知道捎到什么地方去了,总得先闹清才好。"

村公所大门墙上,贴了很多白纸条,上面写着"××会办事处"、"××会霞村分会"、"……"。但我们到了里边,却静悄悄的找不到一个人,几张横七竖八的桌子空空的摆在那里。我们正奇怪,匆匆的跑来一个人,他看了一看我,似乎想问什么,接着又把话咽下去了,还想不停的往外跑,但被我们叫住了。

他只好连连的答应我们:"我们的人嘛,都到村西口去了。行李?嗯,是有行李,老早就抬到山上了,是刘二妈家里。"他一边说一边也打量着我们。

我们知道了他是农救会的人,便要求他陪同我们一道上山去,并且要他把我写给这边一个同志的条子送去。

他答应了替我们送条子,却不肯陪我们,而且显得有点不耐烦的样子,把我们丢下独自跑走了。

街上也是静悄悄的,有几家在关门,有几家门还开着,里边黑漆漆的,我们也没有找到人。幸好阿桂对这村子还熟,她引导着我走上山,这时已经黑下来了,冬天的阳光是下去得快的。

山不高,沿着山脚上去,错错落落有很多石砌的窑洞,也常有人

站在空坪上眺望着。阿桂明知没有到,但一碰着人便要问:

"刘二妈的家是这样走的么?""刘二妈的家还有多远?""请你告诉我怎样到刘二妈的家里?"或是问:"你看见有行李送到刘二妈家去过么?刘二妈在家么?"

回答总是使我们满意的,这些满意的回答一直把我们送到最远的、最高的刘家院子里,两只小狗最先走出来欢迎我们。

接着便有人出来问了。一听说是我,便又出来了两个人,他们掌着灯把我们送进一个院子,到了一个靠东的窑洞里。这窑洞里面很空,靠窗的炕上堆得有我的铺盖卷和一口小皮箱,还有阿桂的一条被子。

他们里面有认识阿桂的,拉着她的手问长问短的,后来索性把阿桂拉出去了。我一个人留在这屋子里,只好整理铺盖。我刚要躺下去,她们又涌进来了。有一个青年媳妇托着一缸面条,阿桂、刘二妈和另外一个小姑娘拿着碗、筷和一碟子葱同辣椒,小姑娘又捧来一盆燃得红红的火。

她们殷勤的督促着我吃面,也摸我的两手、两臂。刘二妈和那媳妇也都坐上炕来了。她们露出一种神秘的神气,又接着谈讲着她们适才所谈到的一个问题。我先还以为她们所诧异的是我,慢慢我觉得不是这样的,她们只热心于一点,那就是她们谈话的内容。我只无头无尾的听见几句,也弄不清,尤其是刘二妈说话之中,常常要把声音压低,像怕什么人听见似的那么耳语着。阿桂已经完全变了,她仿佛满能干似的,很爱说话,而且也能听人说话的样子,她表现出很能把握住别人说话的中心意思。另外两人不大说什么,不时也补充一两句,却那么聚精会神的听着,深怕遗漏去一个字似的。

忽然院子里发生一阵嘈杂的声音,不知有多少人在同时说话,也不知道闯进了多少人来。刘二妈几人慌慌张张的都爬下炕去往外跑,我也莫名其妙的跟着跑到外边去看。这时院子里实在完全黑了,有两个纸糊的红灯笼在人丛中摇晃,我挤到人堆里去瞧,什么也看不见,他们也是无所谓的在挤着而已,他们都想说什么,都又不说,只听见一些极简单的对话,而这些对话只有更把人弄糊涂的:

"玉娃,你也来了么?"

"看见没有?"

"看见了,我有些怕。"

"怕什么,不也是人么,更标致了呢。"

我开始总以为是谁家要娶新娘子了,他们回答我不是的;我又以为是俘虏,却还不是的。我跟着人走到中间的窑门口,却见窑里挤得满满的是人,而且烟雾沉沉的看不清,我只好又退出来。人似乎也在慢慢的退去了,院子里空旷了许多。

我不能睡去,便在灯底下又整理着小箱子,翻着那些练习簿、像片,又削着几支铅笔。我显得有些疲乏,却又感觉着一种新的生活要到来以前的那种昂奋。我分配着我的时间,我要从明天起遵守规定下来的生活秩序,这时却有一个男人嗓子在门外响起了:

"还没有睡么?××同志。"

还没有等到我的答应,这人便进来了,是一个二十岁左右的、还文雅的乡下人。

"莫主任的信我老早就看到了,这地方还比较安静,凡事放心,都有我,要什么尽管问刘二妈。莫主任说你要在这里住两个星期,行,要是住得还好,欢迎你多住一阵。我就住在邻院,下边的那几个窑,有事就叫这里的人找我。"

他不肯上炕来坐,地下又没有凳子,我便也跳下炕去:

"呵，你就是马同志，我给你的一个条子收到了么？请坐下来谈谈吧。"

我知道他正在这村子上负点责，是一个未毕业的初中学生。

"他们告诉我，你写了很多书，可惜我们这里没有买，我都没有见到。"他望了望炕上开着口的小箱子。

我们话题一转到这里的学习情形时，他便又说："等你休息几天后，我们一定请你做一个报告；群众的也好，训练班的也好，总之，你一定得帮助我们，我们这里最难的工作便是'文化娱乐'。"

像这样的青年人我在前方看了很多很多，当刚刚接触他们的时候常常感到惊讶，觉得这些同自己有一点距离的青年们都实在变得很快，我又把话拉回来。

"刚才，他们发生了什么事么？"

"刘大妈的女儿贞贞回来了。想不到她才了不起呢。"即刻我感到在他的眼睛里面多了一样东西，那里面放射着愉快的、热情的光辉。

我正要问下去时，他却又加上说明了："她是从日本人那里回来的，她已经在那里干了一年多了。"

"呵！"我不禁也惊叫起来了。

他打算再告诉我一些什么时，外边有人在叫他了，他只好对我说明天他一定叫贞贞来找我。而且他还提起我注意似的，说贞贞那里"材料"一定很多的。

很晚阿桂才回来睡，她躺到床上老是翻来覆去的睡不着，不住的唉声叹气。我虽说已经疲倦到极点了，仍希望她能告诉我一些关于今晚上的事情。

"不，××同志！我不能说，我真难受，我明天告诉你吧，呵！我们女人真作孽呀!"于是她把被蒙着头,动也不动,也再没有叹息,我不知道她什么时候才睡着的。

第二天一早我便到屋外去散步,不觉得就走到村子底下去了。我走进了一家杂货铺,一方面是休息,一方面买了他们很多枣子,是打算送给刘二妈家里煮稀饭吃的。那杂货铺老板听我说住在刘二妈家里,便挤着那双小眼睛,有趣的低声问我道:

"她那侄女儿你看见么?听说病得连鼻子也没有了,那是给鬼子糟蹋的呀。"他又转过脸去朝站在里边门口的他的老婆说:"亏她有脸面回家来,真是她爹刘福生的报应。"

"那娃儿向来就风风雪雪的,你没有看见她早前就在街上浪来浪去,她不是同夏大宝打得火热么?要不是夏大宝穷,她不老早就嫁给他了么?"那老婆子拉着衣角走了出来。

"谣言可多呢,"他转过脸来抢着又说。这次他的眼睛已不再眨动了,却做出一副正经的样子:"听说起码一百个男人总'睡'过,哼,还做了日本官太太,这种缺德的婆娘,是不该让她回来的。"

我忍住了气,因为不愿同他吵,就走出来了。我并没有再看他,但我感觉到他又眯着那小眼睛很得意的望着我的背影。

走到天主堂转角的地方,又听到有两个打水的妇人在谈着,一个说:

"还找过陆神父,一定要做姑姑,陆神父问她理由,她不说,只哭,知道那里边闹的什么把戏,现在呢,弄得比破鞋还不如……"

另一个便又说:"昨天他们告诉我,说走起路来一跛一跛的,唉,怎么好意思见人!"

"有人告诉我,说她手上还戴得有金戒指,是鬼子送的哪!"

"说是还到大同去过,很远的,见过一些世面,鬼子话也会说哪。……"

这散步于我是不愉快的，我便走回家来了。这时阿桂已不在家，我就独自坐在窑洞里读一本小册子。

我把眼睛从书上抬起来，就看见靠墙立着两个粮食篓子，那大约很有历史的吧，它的颜色同墙壁一般黑，我把一块活动的窗户纸掀开，就看见一片灰色的天（已经不是昨天来时的天气了）和一片扫得很干净的土地，从那地的尽头上，伸出几株枯枝的树，疏疏朗朗的划在那死寂的铅色的天上。

院子里简直没有什么人走动。

我又把小箱子打开，取出纸笔来写了两封信。怎么阿桂还没回来呢？我忘记她是有工作的，而且我以为她是将与我住下去似的了。

冬天的日子本来是很短的，但这时我却以为它比夏天的还长呢。

后来我看见那小姑娘出来了，于是跳下炕到门外去招呼她，她只望着我笑了一笑，便跑到另外一个窑洞里去了。我在院子里走了两个圈，看见一只苍鹰飞到教堂的树林子里边去了。那院子里有很多大树。

我又在院子里走起来，我走到靠右边的尽头处，我听见有哭泣的声音，是一个女人，而且在压抑住自己，时时都在擤鼻涕。

我努力的排遣自己，思索着这次来的目的和计划，我一定要好好休养，而且按着自己规定的时间去生活。于是我又回到房子里来了，既然不能睡，而写笔记又是多么无聊呵！

幸好不久刘二妈来看我了，她一进来，那小姑娘跟着也来了，后来那媳妇也来了。她们便都坐到我的炕上，围着一个小火盆。那小姑娘便检阅着那小方炕桌上的我的用具。

"那时谁也顾不到谁,"刘二妈述说着一年半前鬼子打到霞村来的事,"咱们住在山上的还好点,跑得快,村底下的人家有好些都没有跑走,也是命定下的,早不早迟不迟,这天咱们家的贞贞却跑到天主堂去了,后来才知道她是找那个外国神父要做姑姑去的,为的也是风声不好,她爹正在替她讲亲事,是西柳村的一家米铺的小老板,年纪快三十了,填房,家道厚实,咱们都说好,就只贞贞自己不愿意,她向着她爹哭过。别的事她爹都能依她,就只这件事老头子不让,咱们老大又没儿,总企望把女儿许个好人家。谁知道贞贞却赌气跑下天主堂去了,就那一忽儿,落在火坑了哪,您说做娘老子的怎不伤心……"

"哭的是她的娘么?"

"就是她娘。"

"你的侄女儿呢?"

"侄女儿么,到底是年轻人,昨天回来哭了一场,今天又欢天喜地到会上去了,才十八岁呢。"

"听说做过日本人太太,真的么?"

"这就难说了,咱也摸不清,谣言自然是多得很,病是已经弄上身了,到那种地方,还保得住干净么?小老板的那头亲事,还不吹了,谁还肯要鬼子用过的女人!的的确确是有病,昨天晚上她自己也就说了。她这一跑,真变了,她说起鬼子来就像说到家常便饭似的,才十八岁呢,已经一点也不害臊了。"

"夏大宝今天还来过呢,娘!"那媳妇悄声的说着,又用着探问的眼睛望着二妈。

"夏大宝是谁呢?"

"是村底下磨房里的一个小伙计,早先小的时候同咱们贞贞同过一年学,两个要好得很,可是他家穷,就连咱们家也不如,他正经也不敢怎样的,偏偏咱们贞贞痴心痴意,总要去缠着他,一来又怪了他;要去做姑姑也还不是为了他?自从贞贞给日本鬼弄去后,他倒常来看看咱们老大两口子。起先咱们大爹一见他就气,有时骂了他,他也不说什么,骂走了第二次又来,倒是一个有良心的孩子,现在自卫队当一个小排长呢。他今天又来了,好像向咱们大妈求亲来着呢,只听见她哭,后来他也哭着走了。"

"他知不知道你侄女儿的情形呢?"

"怎会不知道?这村子里就没有人不清楚,全比咱们自己还清楚呢。"

"娘,人都说夏大宝是个傻孩子呢。"

"嗯,这孩子总算有良心,咱是愿意这头亲事的。自从鬼子来后,谁是有钱的人呢?看老大两口子的口气,也是答应的。唉,要不是这孩子,谁肯来要呢?莫说有病,名声就实在够受了。"

"就是那个穿深蓝色短棉袄,戴一顶古铜色翻边毡帽的。"小姑娘闪着好奇的眼光,似乎也很了解这回事。

在我记忆里出现了这样一个人影:今天清晨我动身出外散步的时候,看见了这么一个年轻的小伙子,有着一副很机伶也很忠厚的面孔,他站在我们院子外边,却又并不打算走进来的样子;约莫当我回家时,又看他从后边的松林里走出来。我只以为是这院子里人或邻院的人,我那时并没有很注意他,现在想起来,倒觉得的确是一个短小精悍、很不坏的年轻人。

我的休养计划怕不能完成了,为什么我的思绪这样的乱?我并不着急于要见什么人,但我幻想中的故事是不断的增加着。

阿桂现出一副很明白我的神气,望着我笑了一下便走出去了。

我明白了她的意思,于是来回在炕上忙碌了一番;觉得我们的铺、灯、火都明亮了许多。我刚把茶缸子去搁在火上的时候,果然阿桂又到门口了,我听见她后边还跟得有人。

"有客人来了,××同志!"阿桂还没有说完,便听见另外一个声音噗哧一笑:"嘻……"

在房门口我握住了这并不熟识的人的手了。她的手滚烫,使我不能不略微吃惊。她跟着阿桂爬上炕去时,在她的背上,长长的垂着一条发辫。

这间使我感到非常沉闷的窑洞,在这新来者的眼里,却很新鲜似的,她拿着满有兴致的眼光环绕的探视着。她身子稍稍向后仰的坐在我的对面,两手分开撑住她坐的铺盖上,并不打算说什么话似的,最后便把眼光安详的落在我的脸上了。阴影把她的眼睛画得很长,下巴很尖。虽在很浓厚的阴影之下的眼睛,那眼珠却被灯光和火光照得很明亮,就像两扇在夏天的野外屋宇里的洞开的窗子,是那么坦白,没有尘垢。

我也不知道如何来开始我们的谈话,怎么能不碰着她的伤口,不会损害到她的自尊心。我便先从缸子里倒了一杯已经热了的茶。

"你是南方人吧?我猜你是的,你不像咱们省里的人。"倒是贞贞先说了。

"你见过很多南方人么?"我想最好随她高兴说什么我就跟着说什么。

"不,"她摇着头,仍旧盯着我瞧,"我只见过几个,总是有些不同。我喜欢你们那里人,南方的女人都能念很多很多的书,不像咱们,我愿意跟你学,你教我好么?"

我答应她之后忽的她又说了:"日本的女人也都会念很多很多

书,那些鬼子兵都藏得有几封写得漂亮的信:有的是他们的婆姨来的,有的是相好来的,也有不认识的姑娘们写信给他们,还夹上一张照片,写了好些肉麻的话,也不知道她们是不是真心,总哄得那些鬼子当宝贝似的揣在怀里。"

"听说你会说日本话,是么?"

在她脸上轻微的闪露了一下羞赧的颜色,接着又很坦然的说下去:"时间太久了,跑来跑去一年多,多少就会了一点儿,懂得他们说话有很多好处。"

"你跟着他们跑了很多地方么?"

"并不是老跟着一个队伍跑的,人家总以为我做了鬼子官太太,享富贵荣华,实际我跑回来过两次,连现在这回是第三次了。后来我是被派去的,也是没有办法,我在那里熟,工作重要,一时又找不到别的人。现在他们不再派我去了,要替我治病。也好,我也挂牵我的爹娘,回来看看他们。可是娘真没有办法,没有儿女是哭,有了儿女还是哭。"

"你一定吃了很多的苦吧。"

"她吃的苦真是想也想不到,"阿桂又做出一副难受的样子,像要哭似的,"做了女人真倒霉,贞贞你再说吧。"她更挤拢去,紧靠她身边。

"苦么,"贞贞像回忆着一件辽远的事一样,"现在也说不清,有些是当时难受,于今想来也没有什么;有些是当时倒也马马虎虎的过去了,回想起来却实在伤心呢,一年多,日子也就过去了。这次一路回来,好些人都奇怪的望着我。就说这村子的人吧,都把我当一个外路人,也有亲热我的,也有逃避我的。再说家里几个人吧,还不都一样,谁都爱偷偷的瞧我,没有人把我当原来的贞贞看了。我变了么,想来想去,我一点也没有变,要说,也就心变硬一点罢了。人在那种地方住过,不硬一点心肠还行么,也还是因为没有办法,逼得那么做的哪!"

一点有病的象征也没有,她的脸色红润,声音清晰,不显得拘束,也不觉得粗野。她并不含一点夸张,也使人感觉不到她有过什么牢骚,或是悲凉的意味,我忍不住要问到她的病了。

"人大约总是这样,哪怕到了更坏的地方,还不是只得这样,硬着头皮挺着腰肢过下去,难道死了不成?后来我同咱们自己人有了联系,就更不怕了。我看见日本鬼子在我捣鬼以后,吃败仗,游击队四处活动,人心一天天好起来,我想我吃点苦,也划得来,我总得找活路,还要活得有意思,除非万不得已。所以他们说要替我治病,我想也好,治了总好些。这几天病倒不觉得什么了,路过张家驿时,住了两天,他们替我打了两次药针,又给了一些药我吃。只有今年秋天的时候,那才厉害,人家说我肚子里面烂了,又赶上有一个消息要立刻送回来,找不到一个能代替的人,那晚上摸黑路我一个人来回走了三十里,走一步,痛一步,只想坐着不走了。要是别的不关紧要的事,我一定不走回去了,可是这不行哪,唉,又怕被鬼子认出我来,又怕误了时间,后来整整睡了一个星期,才又拖着起了身。一条命要死好像也不大容易,你说是么?"

她并没有等我的答复,却又继续说下去了。

有的时候,她也停顿下来,在这时间,她也望望我们,也许是在我们脸上找点反应,也许她只是思索着别的。看得出阿桂是比贞贞显得更难受,阿桂大半的时候沉默着,有时也说几句话,她说的话总只为的传达出她的无限的同情,但她沉默着时,却更显得她为贞贞的话所震慑住了,她的灵魂在被压抑,她感受了贞贞过去所受的那些苦难。

我以为那说话的人是丝毫没有想到要博得别人的同情的，纵是别人正在为她分担了那些罪过，她似乎也没有感觉到，同时也正因为如此，就使人觉得更可同情了。如果她说起她的这段历史的时候，并不是像现在这样，心平气和，甚至就使你以为她是在说旁人那样，那是宁肯听她哭一场，哪怕你自己也陪着她哭，都是觉得好受些的。

后来阿桂倒哭了，贞贞反来劝她。我本有许多话准备同贞贞说的，也说不出口了，我愿意保持住我的沉默。而且当她走后，我强制住自己在灯下读了一个钟头的书，连睡得那么邻近的阿桂，也不去看她一眼，或问她一句，哪怕她老是翻来覆去的睡不着，一声一声的叹息着。

以后贞贞每天都来我这里闲谈，她不只是说她自己，也常常很好奇的问我许多那些不属于她的生活中的事。有时我的话说得很远，她便显得很吃力的听着，却是非常之要听的。我们也一同走到村底下去，年轻人都对她很好；自然都是那些活动分子。但像杂货店老板那一类的人，总是铁青着脸孔，冷冷的望着我们，他们嫌厌她，卑视她，而且连我也当着不是同类的人的样子看待了。尤其那一些妇女们，因为有了她才发生对自己的崇敬，才看出自己的圣洁来，因为自己没有被人强奸而骄傲了。

阿桂走了之后，我们的关系就更密切了，谁都不能缺少谁似的，一忽儿不见就会彼此挂念。我喜欢那种有热情的、有血肉的、有快乐、有忧愁、却又是明朗的性格的人，而她就正是这样。我们的闲谈常常占去了很多时间，我却总以为那些谈天，于我的学习和修养，都是非常有帮助的。可是日子一天天过去，贞贞对我并不完全坦白的事，竟被我发觉了；但我绝不会对她有一丝怨恨的，而且我将永远不去触她这秘密，每个人一定有着某些最不愿告诉人的东西深埋在心中，这是只属于私人感情的事，既与旁人毫无关系，也不会有关系于她个人的道德的。

已经到了我快走的那几天了，贞贞忽然显得很烦躁，并没有什么事，也不像打算要同我谈什么的，却很频繁的到我屋子中来，总是心神不宁的，坐立不是的，一会儿又走了。我知道她这几天吃得很少，甚至常常不吃东西。我问过她的病状，我清楚她现在所担受的烦扰，决不只是肉体上的。她来了，有时还说几句毫无次序的话；有时似乎要求我说一点什么，做出一副要听的神气。但我也看得出她在想一些别的，那些不愿让人知道的，她是正在掩饰着这种心情，装出无所谓的样子。

有两次，我看见那显得很精悍的年轻小伙子从贞贞母亲的窑中出来，我曾把他给我的印象和贞贞一道比较，我以为我非常同情他，尤其当现在的贞贞被很多人糟蹋过，染上了不名誉的、难医的病症的时候，他还能耐心的来看她，向她的父母提出要求，他不嫌弃她，不怕别人笑骂。他一定觉得她这时更需要他，他明白一个男子在这样的时候对他相好的女人所应有的气概和责任。而贞贞呢，虽说在短短的时间中，找不出她有很多的伤感和怨恨，她从没有表示过她希望有一个男子来要她，或者就说是抚慰吧；但我也以为因为她是受过伤的，正因为她受伤太重，所以才养成她现在的强硬，她就有了一种无所求于人的样子。可是如果有些爱抚，非一般同情可比的怜惜，去温暖她的灵魂是好的。我喜欢她能哭一次，找到一个可以哭的地方去哭一次。我是希望着我有机会吃到这家人的喜酒，至少我也愿意听到一个喜讯再离开。

"然而贞贞在想着一些什么呢?这是不会拖延好久,也不应成为问题的。"我这样想着,也就不多去思索了。

刘二妈,她的小媳妇、小姑娘也来过我房子,估计她们的目的,无非想来报告些什么,有时也说一两句。但我总不给她们说话的机会,我以为凡是属于我朋友的事,如若朋友不告诉我,我又不直接问她,却在旁人那里去打听,是有损害于我的朋友和我自己,也是有损害于我们的友谊的。

就在那天黄昏的时候,院子里又热闹起来了,人都聚集在那里走来走去,邻舍的人全来了,他们交头接耳的,有的显得悲戚,也有的满感兴趣的样子。天气很冷,他们好奇的心却很热,他们在严寒底下耸着肩,弓着腰,笼着手,他们吹着气,在院子中你看我,我看你,好像在探索着很有趣的事似的。

开始我听见刘大妈的房子里有些吵闹的声音,接着刘大妈哭了。后来还有男人哭的声音,我想是贞贞的父亲吧。接着又有摔碗的声音,我忍不住,分开看热闹的人冲进去了。

"你来的很好,你劝劝咱们贞贞吧。"刘二妈把我扯到里边去。

贞贞把脸藏在一头纷乱的长发里,却望得见有两颗狰狰的眼睛从里边望着众人。我只走到她旁边便站住了。她似乎并没有感觉我的到来,或者也把我当作一个毫不足以介意的敌人之一罢了。她的样子完全变了,几乎使我不能在她的身上回想起一点点那些曾属于她的洒脱、明朗、愉快,她像一个被困的野兽,她像一个复仇的女神,她憎恨着谁呢,为什么要做出那么一副残酷的样子?

"你就这样的狠心,你全不为娘老子着想,你全不想想这一年多来我为你受的罪……"刘大妈在炕上一边捶着一边骂,她的眼泪就像雨点一样,有的落在炕上,有的落在地上,还有的就顺着脸往下流。

有好几个女人围着她,扯着她,她们不准她下炕来。我以为一个人当失去了自尊心,一任她的性情疯狂下去的时候,真是可怕。我想告诉她,你这样哭是没有用的,同时我也明白在这时是无论什么话都不会有效果的。

老头子显得很衰老的样子,他垂着两手,叹着气。夏大宝坐在他旁边,用无可奈何的眼光望着两个老人。

"你总得说一句呀,你就不可怜可怜你的娘么?……"

"路走到尽头总要转弯的,水流到尽头也要转弯的,你就没有一点弯转么?何苦来呢?……"

一些女人们就这样劝贞贞。

我看出这事是不会如大家所希望的了。贞贞早已经表示不要任何人可怜她,她也不可怜任何人。她是早已有决定,没有转弯的,要说赌气,就算赌气吧。她是咬紧了牙关要和大家坚持下去的神情。

她们听了我的劝告,请贞贞到我的房里边去休息,一切问题到晚上再谈。于是我便领着贞贞出来了。可是她并没有到我的房中去,她向后山上跑走了。

"这娃儿心事大呢!……"

"哼,瞧不起咱乡下人了……"

"这种破铜烂铁,还搭臭架子,活该夏大宝倒霉……"

聚集在院子中的人们纷纷议论着,看看已经没有什么好看的了,便也散去了。

我在院子中也踌躇了一会,便决计到后山去。山上有些坟堆,坟周围都是松树,坟前边有些断了的石碑,一个人影子也没有,连落叶的声音都没有。我从这边穿到那边,我叫着贞贞的名字,似乎有点回声,来安慰一下我的寂寞,但随即更显得万山的沉静,天边的红霞已经退尽了,四周围浮上一层寂静的、烟似的轻雾,绵延在远近的山的腰边。我焦急,我颓然坐在一块碑上,我盘旋着一个问题:再上山去呢,还是在这里等她呢?我希望我能替她分担些痛苦。

我看见一个影子从底下上来了。很快我便认识出就是夏大宝。我不做声,希望他没有看见我,让他直到上面去吧。但是他却在朝我走来。

"你找了么?我到现在还没有看见她。"我不得不向他打个招呼。

他却走到我面前,而且就在枯草地上坐下去。他沉默着,眼望着远方。

"山上有些坟堆,坟周围都是松树,坟前边有些断了的石碑。"

我微微有些局促。他的确还很年轻呢,他有两条细细的长眉,他的眼很大,现在却显得很为呆板,他的小小的嘴紧闭着,也许在从前是很有趣的,但现在只充满着烦恼,压抑住痛苦的样子,他的鼻是很忠厚的,然而却有什么用?

"不要难受,也许明天就好了,今天晚上我定要劝她。"我只好安慰他。

"明天,明天,……她永远都会恨我的,我知道她恨我……"他的声音稍稍的有点儿哑,是一个沉郁的低音。

"不,她从没有向我表示过对人有什么恨。"我搜索着我的记忆,我并没有撒谎。

"她不会对你说的,她不会对任何人说的,她到死都不饶恕我的。"

"为什么她要恨你呢?"

"当然罗……"忽的他把脸朝着我,注视着我,"你说,我那时不过是一个穷小子,我能拐着她逃跑么?是不是我的罪?是么?"

但他并没有等到我的答复就又说下去了,几乎是自语:"是我不好,还能说是我对么,难道不是我害了她么?假如我能像她那样有胆子,她是不会……

"她的性格我懂得,她永远都要恨我的。你说,我应该怎样?她愿意我怎样?我如何能使她快乐?我这命是不值什么的,我在她面前也还有点用处么?你能告诉我么?我简直不知我应该怎样才好,唉,这日子真难受呀!还不如让鬼子抓去……"他不断的喃喃下去。

当我邀他一道回家去的时候,他站起来同我走了几步,却又停住了,他说他听见山上有声音。我只好鼓励他上山去,我直望到他的影子没入更厚的松林中去时,才踏上回去的路,然而天色已经快要全黑了。

这天晚上我虽然睡得很迟,却没有得着什么消息,不知道他们怎样过的。

等不到吃早饭,我把行李都收拾好了。马同志答应今天来替我搬家。我已准备回政治部去,并且回到××去;因为敌人又要大举"扫荡"了,我的身体不准许我再留在这里,莫主任说无论如何要先把这些伤病员送走。我的心却有些空荡荡的,坚持着不回去么?身体又累着别人;回去么?何时再来呢?我正坐在我的铺上沉思着的时候,我觉得有人悄悄的走进我的窑洞。

她一耸身跳上炕来坐在我的对面了,我看见贞贞脸上稍稍的有点浮肿,我去握着那只伸在火上的手,那种特别使我感觉刺激的烫热又使我不安了,我意识到她有着不轻的病症。

"贞贞!我要走了,我们不知何时再能相会,我希望,你能听你娘……"

"我就是来告诉你的,"她一下就打断了我的话,"我明天也要动身了。我恨不得早一天离开这家。"

"真的么?"

"真的!"在她的脸上那种特有的明朗又显出来了。"他们叫我回……去治病。"

"呵!"我想我们也许要同道的,"你娘知道了么?"

"不,还不知道,只说治病,病好了再回来,她一定肯放我走的,在家里不是也没有好处么?"

我觉得她今天显得稀有的平静。我想起头天晚上夏大宝说的话了。我冒昧的便问她道:

"你的婚姻问题解决了么?"

"解决,不就是那么么?"

"是听娘的话么?"我还不敢说出我对她的希望,我不愿想着那年轻人所给我的印象,我希望那年轻人有快乐的一天。

"听她们的话,我为什么要听她们的话,她们听过我的话么?"

"那么,你果真是和她们赌气么?"

"……"

"那么,……你真的恨夏大宝么?"

她半天没有回答我,后来她说了,说得更为平静的:"恨他,我也说不上。我总觉得我已经是一个有病的人了,我的确被很多鬼子糟蹋过,到底是多少,我也记不清了,总之,是一个不干净的人了。既然已经有了缺憾,就不想再有福气,我觉得活在不认识的人面前,忙忙碌碌的,比活在家里,比活在有亲人的地方好些。这次他们既然答应送我到××去治病,那我就想留在那里学习,听说那里是大地方,学校多;什么人都可以学习的。大家扯在一堆并不会怎样好,那就还是分开,各奔各的前程。我这样打算是为了我自己;也为了旁人,所以我并不觉得有什么对不住人的地方,也没有什么高兴的地方。而且我想,到了××,还另有一番新的气象。我还可以再重新作一个人,人也不一定就只是爹娘的,或自己的。别人说我年轻,见识短,脾气别扭,我也不辩,有些事情哪能让人人都知道呢?"

我觉得非常惊诧,新的东西又在她身上表现出来了。我觉得她的话的确值得我们研究,我当时只能说出我赞成她的打算的话。

我走的时候,她的家属在那里送我,只有她到公所里去了,也再没有看见夏大宝。我心里并没有难受,我仿佛看见了她的光明的前途,明天我将又见着她的,定会见着她的,而且还有好一阵时日我们不会分开了。果然,一走出她家的门,马同志便告诉了我关于她的决定,证实了她早上告诉我的话很快便会实现了。

(此篇作于1940年底,原载1941年6月20日《中国文化》第3卷第1期,收入《我在霞村的时候》,远方书店1944年3月初版)

1938年初,丁玲(右)在山西。

1979年11月第四届全国文代会上,丁玲(右)与巴金(左)。

夜

一

羊群已经赶进了院子，赵家的大姑娘还坐在她自己的窑门口纳鞋帮，不时扭转着她的头，垂在两边肩上的银丝耳环，便很厉害的摇晃。羊群拥挤着朝栏里冲去，几只没有出外的小羊跳蹦着，被撞在一边，叫起来了。

攒聚在这边窑里炕上的几个选举委员会的委员，陆续从窗口跳了出来。他们刚结束了会议，然而却还在叮咛些什么，纳着鞋帮的清子便又扭转过来，露出一掬粘腻的、又分不清是否含着轻蔑的笑容。

被很多问题弄得疲乏了的委员们，望了望天色，蓝色的炊烟已经从窑顶上的烟囱里吐出来，又为风吹往四方；他们决定赶到前边的庄子去吃饭，因为在这晚上还要布置第二天的选举大会。然而已经三四天没有回家的指导员却意外的被准许回家。区委委员曾为他向大家说了一阵牧畜是很重要的等等的话，说他的唯一的牛就在这两天要生产,而他的老婆是一个只能烧烧三顿饭,四十多岁了的女人。

招待员从扫着石磨的老婆身边赶了出来:"已经派好了饭呢。怎的又走了呢?家里婆姨烧的饭香些么?"他抓住年轻的代理乡长的手,乡长在年下刚娶了一个才十六岁、长得很漂亮的妻子,因此,常常会被别人善意的拿来取笑。

站在大门口看对山盛开的桃花的又是那发育得很好的清子。长而黑的发辫上扎着粉红的绒绳。从黑坎肩的两边伸出条纹花布袖子的臂膀,高高的举着,撑在门柱上边,十六岁的姑娘,长得这样高大,什么不够法定的年龄,是应该嫁人了的啊!

在桥头上分了手,大家都朝南走,只有何华明独自往北向着回家的路上。他还看见那倚在门边的粗大姑娘,无言的眺望着辽远的地方。一个很奇异的感觉,来到他心上,把他适才在会议上弄得很糊涂了的许多问题全赶走了。他似乎很高兴,跨着轻快的步子,吹起口哨来。然而却又忽然停住,他几乎说出声音来的那么自语了:

"这妇女就是落后,连一个多月的冬学都动员不去的,活该是地主的女儿,他妈的,他赵培基有钱,把女儿当宝贝养到这样大还不嫁人……"

他有意的摇了一下头,让那留着的短发拂着他的耳壳,接着便把它抹到后脑去,像抹着一层看不见的烦人的思绪,于是他也眺望起四周来。天已经快黑了。在远远的两山之间,停着厚重的靛青色的云块,那上边有几缕淡黄色的水波似的光,很迅速的又是在看不见的情形中变幻着。山的颜色和轮廓也都模糊成一片,只给人一种沉郁之感,而人又会多想起一些什么来的。明亮的西边山上,人还跟在牛的后边,在松软的田地里走来走去。也有背着犁,把牛从山坡上赶回家去的。只有这作为指导员的他还让土地荒着。二十天来,为着这乡下的什么选举,回家的次数就更少,简直没有上过一次山。相反的,就是当他每次回家之后听到的抱怨和唠叨也就更多。

其实每当他看见别人在田地里辛劳着的时候,他就要想着自己那几垧等着他去耕种的土地,而且意识到在最近无论怎样都还不能离开的工作,总是说不出的一种痛楚。假如有什么人关切的问着他,他便把话拉开去。他在人面前说笑,谈问题,做报告,而且在村民选举大会的时候,还被人拉出来跳秧歌舞,唱郿鄠,他有被全乡的人所最熟稔和欢迎的嗓子,然而他不愿同人说到他的荒着的田地,他只盼望着这选举工作一结束,他便好上山去。那土地,那泥土的气息,那强烈的阳光,那伴他的牛在呼唤着他,同他的生命都不能分离开来的。

转到后沟的时候,已经全黑下来了,靠着几十年的来来去去和习惯了在黑处的视觉,他仍旧走得很快;而思绪也很快的转着,他是有很久的历史,很多可纪念的事同这条凶险、幽僻的深沟一道写着的。当他还小的时候,他在这里为了追一条麂子跑到有丛林的地带去而遇见过豹。他也曾离开过这里,挟着一个小包卷去入赘在老婆的家中,那时他才二十岁,她虽说已经三十二岁了,可是即使现在他也不能在回忆中搜出一个难看的印象。不久,他又牵了驮着老婆的小驴回来了。什么地方埋葬过他的一岁的儿子,和什么地方是安睡着他四岁女儿的尸体,无论在怎样的深夜他都能看见。而且有一年多他们在这沟里简直只能在夜晚才能动作。那个小队长不就是被打死在那棵大榆树边的么?那时他正在赤卫队。他自从做了指导员以来常常弄得很晚才回家,而这些过去的印象带着一些甜蜜、辛酸和兴奋来抚慰他。

他实在被很多艰深的政治问题弄得很辛苦,而村乡上的工作也的确繁难,因此他对于这孤独的夜行,虽还不能说养成为一种爱好,但却实在是并不讨厌。

两边全是很高的山,越走树林越多,汩汩的响着的水流,有时在左,有时在右。在被山遮成很窄的一条天上,有些很冷静的星星眨着眼来望他。微微的南风,在身后斜吹过来,总带着一些熟悉的却也分不清是什么的香味。远远的狗在叫了,有两颗黄色的灯光在暗处。他的小村是贫穷的,几乎是这乡里最穷的小村,然而他爱它,只要他看见那堆在张家窑外边的柴堆,也就是村子最外边的一堆柴,他就格外有一种亲切的感觉。他并且常常以为骄傲,那就是在这只有二十家人家的村子里,却有二十八个共产党员。

当他走上那宽坦的斜坡路,就走得更快了,他奇怪为什么这半天他几乎完全把他的牛忘记了。他焦急的要立刻明白这个问题:生过了呢,还是没有?平安无事呢,还是坏了?他在平日闲空时也曾幻想过一条小牛,同它母亲一模一样,喜欢跳跃。他急急的跑到了家,走向关牛的地方。

二

第二次从牛的住处回来后,老婆已经把炕收拾好,而她自己并不打算睡,仍坐在灶门前。她凝视着他,忍着什么,不说话。但他却看出,在她脸上的每条皱纹里都埋伏得有风暴。习惯使他明白,除了披上衣,赶快出门是不能避免的。然而时间已经很晚了,加上他的牛……他不能出去,他嫌恶的看着她已开始露顶的前脑,但他希望省去一场风波,只好不去理她,而且在他躺下去时,说:"唉,实在熬!"他这样说,为的表示他不愿意吵架,让女人会因为他疲乏而饶了他。

然而有一滴什么东西落在地下了,女人在哭,先是一颗两颗的,后来眼泪便在脸上开了许多条河流不断的流着。微弱的麻油灯,照在那满是灰尘的黄发上,那托着腮颊的一只瘦手在灯下也就显出怕人的苍白。她轻轻的埋怨着自己,而且诅咒:

"你是应该死的了,你的命就是这样坏的呀!活该有这么一个老汉,吃不上穿不上是你的命嘛……"

他不愿说什么,心里又惦着牛,便把身子朝窑外躺着。他心里想:"这老怪物,简直不是个'物质基础',牛还会养仔,她是个什么东西,一个不会下蛋了的母鸡。"什么是"物质基础"呢,他不懂,但他明白那意思,就是说那老东西已经不会再生娃的了,这是从副书记那里听来的新名词。

他们两人都极希望再有个孩子。他需要一个帮手,她一想到她没有一个靠山就伤心,可是他们却更不和气;她骂他不挣钱,不顾家,他骂她落后,拖尾巴。自从他做了这乡的指导员以后,他们便更难以和好,像有着解不开的仇恨。

以前他们也吵架的,但最近她更觉得难过了,因为他越来越沉默得厉害。好像他的脾气变得好了,而她的更坏,其实是他离去的更远,她毫不能把握住他。她要的是安适的生活,而他到底要什么呢?她不懂,这简直是荒唐。更其令她伤心的,是她明白她老了,而他年轻,她不能满足他,引不起他丝毫的兴趣。

她哭得更厉害,捶打着什么,大声咒骂,她希望能激怒他。而他却平静的躺着,用着最大的力量压住自己的嫌厌,一个坏念头便不觉的又来了:

"把几垧地给了她,咱也不要人烧饭,做个光身汉,这窑,这锅灶,这碗碗盏盏全给她,我拿一副铺盖、三两件衣服,横竖没娃,她有土地、家具,她可以抚养个儿子,咱就……"仿佛感觉到一种独身的轻松,翻了一个身,一只暖烘烘的猫正睡在他侧边,被他一打,弓着身子走了一步又躺下了。这猫已养了三年,是只灰色的猫,他并不喜欢别的猫,然而却很喜欢这只灰猫,每当他受苦回家后,它便偎在他身边,他躺在热炕上摸着它,等老婆把饭烧好了拿上来。

老婆还在生气,他担心她失错把她旁边孵豆芽的缸打破,他是很欢喜吃豆芽的。但他却不愿说话,他又翻过身去,脚又触到炕角上的篓子,那里边罩了一窝新生的小鸡,因为被惊,便啾啾的叫了起来。

"知道我身体不成,总是难活,连一点忙都不帮,草也是我铡的,牛要生仔,也不管……"她好像已经站了起来。他怕她跑过来,便一溜下炕,往院子里去了,他心里却还在赌气的说:"牛,小牛都给你。"

半个月亮倒挂在那面山顶上边,照得院子有半边亮。一只狗躺在院当中,看见他便站起来走过一边去。他信脚又到了牛栏边,槽里还剩下很多的草。牛躺在暗处,轻轻的喷着鼻子。"妈的,为什么还不生呢!"便焦急的想起明天的会。

他刚要离开牛栏的时候,一个人影横过来,轻声的问着:"你的牛生仔了没有?"这人一手托着草筐,一手撑在牛栏的门上,挡住他出来的路。

"是你,侯桂英。"他嗄声的说了,心不觉的跳得快了起来。

侯桂英是他间壁的青联主任的妻子,丈夫才十八岁,而二十三岁了的她却总不欢喜,她曾提出过离婚。她是妇联会的委员,现在被提为参议会的候选人。

这是第三次还是第四次了,当他晚上起来喂牲口时,她也跟着来喂,而且总跟过来说几句话,即使白天见了,她也总是眯着她那单眼皮的长眼笑。他讨厌她,恨她,有时就恨不得抓过来把她撕开,把她压碎。

月亮光落在她剪了的发上,落在敞开的脖子上,牙齿轻轻的咬着嘴唇,她望着他,他也呆立在那里。

"你……"

他感到一个可怕的东西在自己身上生长出来了,他几乎要去做一件吓人的事,他可以什么都不怕的,但忽然另一个东西压住了他,他截断了她说道:

"不行的,侯桂英,你快要做议员了,咱们都是干部,要受批评的。"于是推开了她,头也不回的走进自己的窑里去。老婆已经坐到炕上,好像还在流眼泪。

"唉!"他长长的抽了一口气,躺在炕上。

像经过了一件大事后那样有着应有的镇静,像想着别人的事件似的想着适才的事,他觉得很满意。于是他喊他的老婆:"睡吧,牛还没有养仔呢,怕要到明天。"

老婆看见他在说话了,便停止了哭泣,吹熄了灯。

"这老家伙终是不成的,好,就让她烧烧饭吧。闹离婚影响不好。"

然而院子里的鸡叫了。老婆已脱了衣服,躺在他侧边,她唠叨的问着:"明天还要出去么?什么开不完的会……"

"牛是又怕要侍候了……"但他已经没有很多时间来想牛的

事，他需要睡眠，他阖着眼，努力去找瞌睡，却只见一些会场，一些群众，而且听到什么"宣传工作不够罗，农村落后呀，妇女工作等于零……"等等的话，他一想到这里，就免不了烦躁，如何能把农村弄好呢，这里没有做工作的人呀。他自己是个什么呢？他什么也不懂，他没有住过学，不识字，他连儿子都没有一个，而现在他做了乡指导员，他明天还要报告开会意义……

窗户纸在慢慢变白，间壁已经有人起身了。而何华明却刚刚沉入在半睡眠状态中，黄瘦的老婆已经睡熟了，有一颗眼泪嵌在那凹下去了的眼角上。猫又睡在更侧边，沉沉的打着鼾。映在曙光里的这窑洞倒也显得很温暖很恬适。

天渐渐的大亮了。

（此篇作于1941年6月，原载1941年6月10日、11日《解放日报》，署名晓菡，收入《我在霞村的时候》，远方书店1944年3月初版）

1938年,丁玲(右)与西北战地服务团团员田间(左)在西安。

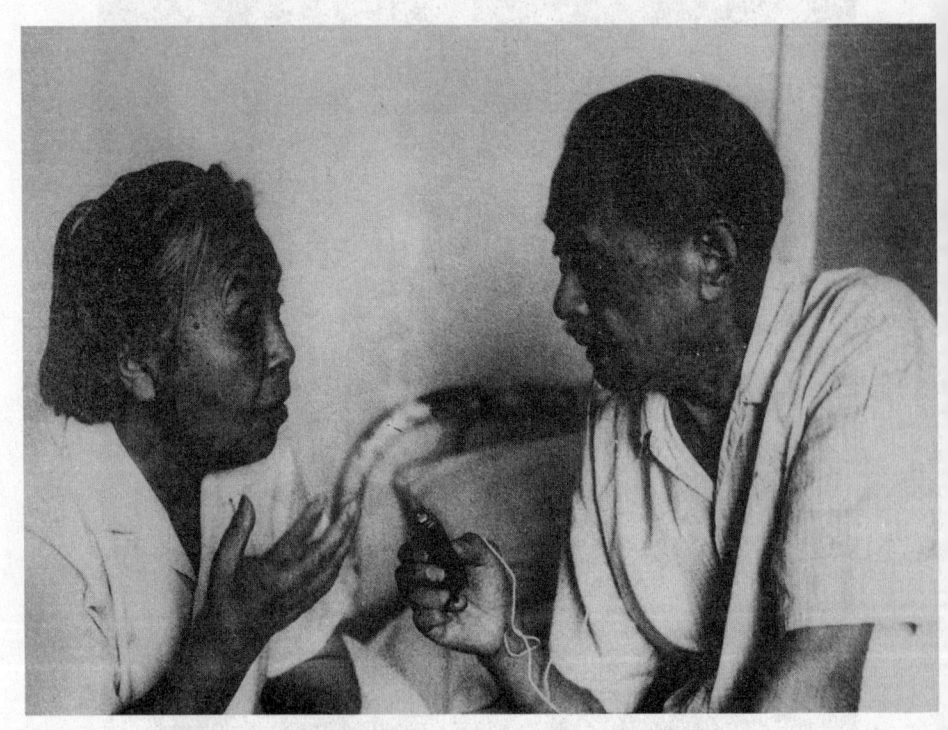
1981年,丁玲与友人亲切交谈。

·梦珂·

在医院中

一

　　十二月里的末尾,下过了第一场雪,小河大河都结了冰,风从收获了的山岗上吹来,刮着拦牲口的篷顶上的苇杆,呜呜的叫着,又迈步到沟底下去了。草丛里藏着的野雉,便刷刷的整着翅子,更钻进那些石缝或是土窟洞里去。白天的阳光,照射在那些冰冻了的牛马粪堆上,蒸发出一股难闻的气味。几个无力的苍蝇在那里打旋,可是黄昏很快的就罩下来了,苍茫的,凉幽幽的从远远的山岗上,从刚刚可以看见的天际边,无声的,四面八方的靠近来,鸟鹊都打着寒战,狗也夹紧了尾巴。人们便都回到他们的家,那惟一的藏身的窑洞里去了。
　　那天,正是这时候,一个穿灰色棉军服的年轻女子,跟在一个披一件羊皮大衣的汉子后面,从沟底下的路上走来。这女子的身段很伶巧，又穿着男子的衣服，简直就像一个未成年的孩子似的，她在有意的做出一副高兴的神气，睁着两颗圆的黑的小眼，欣喜的探照荒凉的四周。

"我是没有什么工作经验的，将来麻烦你的时候一定很多，总请你帮忙才好啦，李科长！你是老革命，鄂豫皖来的吧？"

她现在很惯于用这种声调了，她以为不管到什么机关去，总得先同这些事务工作人员弄好。在学校的时候，每逢到厨房打水，到收发科取信，上灯油，拿炭，就总是拿出这么一副讨好的声音，可是倒并不显得卑屈，只见其轻松的。

走在前边的李管理科长，有着一般的管理科长不急不徐的风度，俨然将军似的披着一件老羊皮大衣。他们在有的时候显得很笨，有时却很聪明。他们会使用军队里最粗野的骂人术语，当勤务员犯了错误的时候；他们也会很微妙的送一点鸡，鸡蛋，南瓜子给秘书长，或者主任。这并不要紧，因为只由于他的群众工作好，不会有其他什么嫌疑的。

他们从那边山腰又转到这边山腰，在沟里边一望，曾闪过白衣的人影，于是那年轻女子便大大的嘘了一口气，像特意要安慰自己说："多么幽静的养病的所在啊！"

她不敢把太愉快的理想安置得太多，却也不敢把生活想得太坏，失望和颓丧都是她所怕的，所以不管遇着怎样的环境，她都好好的替它做一个宽容的恰当的解释。仅仅在这一下午，她就总是这么一副恍恍惚惚，却又装得很定心的样子。

跟在管理科长的后边，走进一个院子，而且走进一个窑洞。这就是她要住下来的。这简直与她的希望相反，这间窑决不会很小，决不会有充足的阳光，一定还很潮湿。当她一置身在空阔的窑中时,便感觉得在身体的四周,有一种怕人的冷气袭来,薄弱的、黄昏的阳光照在那黑的土墙上,浮着一层凄惨的寂寞的光,人就像处在一个幽暗的,却是半透明的那么一个世界,与现世脱离了似的。

她看见她小皮箱和铺盖卷已经孤零零的放在那冷地上。

这李科长是一个好心的管理科长,他在动手替她把那四根柴柱支着的铺整理起来了。

"你的被这样的薄!"他抖着那薄饼似的被子时不禁忍不住的叫起来了。队伍里像这样薄的被子也不多见的。

她回顾了这大窑,心也不觉的有些忐忑,但她是不愿向人要东西的,她说:"我不大怕冷。"

在她的铺的对面,已经有一个铺得很好的铺,他告诉她那是住着一个姓张的医生的老婆,是一个看护。于是她的安静的、清洁的、有条理的独居的生活的梦想又破灭了。但她却勉强的安慰自己:"住在这样大的一间窑里,是应该有个伴的。"

那位管理科长不知怎样一搞,床却碎在地下了。他便匆匆的走了,大约是找斧子去的吧。

这年轻女子便蹲在地上将这解体的床铺诊治起来,她找寻着可以使用的工具,她看见靠窗户放有一张旧的白木桌。假如不靠着什么那桌子是站不住的,桌子旁边随便的躺着两张凳子。这新办不久的医院里的家具,也似乎是从四方搜罗来的残废者啊!

用什么方法可以打发走这目前的无聊的时光呢,那管理科长又没有来?她只好踱到院子里去。院子里的一个粪堆和一个草堆连接起来了,简直没有插足的地方。两个女人跪在草堆里,浑身都是草屑,一个掌着铡刀,一个把着草束,专心的铡着,而且播弄那些切碎了的草。

她站在她们旁边,看了一会,和气地问道:"老乡!吃过了没有?"

"没坐啦!"于是她们停住了手的动作,好奇的、呆呆的来打量她,并且有一个女人就说了:"呵!又是来养娃娃的呵!"她一头剪短了的头发乱蓬得像个孵蛋的母鸡尾巴。而从那头杂乱得像茅草的发中,露出一块破布片似的苍白的脸,和两个大而无神的眼睛,有着鱼的表情。

"不,我不是来养娃娃的。是来接娃娃的。"在没有结过婚的女子一听到什么养娃娃的话,如同吃了一个苍蝇似的心里涌起了欲吐的嫌厌。

在朝东那面的三个窑里,已经透出微弱的淡黄色的灯光。有初生婴儿的啼哭。这是她曾熟悉过的一种多么挟着温柔和安慰的小小生命的呼唤呵。这呱呱的声音带了无限的新鲜来到她胸怀,她不禁微微开了嘴,舒展了眉头,向那有着灯光的屋子里,投去一缕甜适的爱抚:"明天,明天我要开始了!"

再绕到外边时,暮色更低的压下来了。沟底下的树丛只成了模糊的一片。远远的半山中,穿着一条灰色的带子,晚霞在那里飘荡。虽说没有多大的风。空气却刺骨的寒冷。她只好又走回来,她惊奇的跑回已经有了灯光的自己的住处。管理科长什么时候走回来的呢。她的铺也许弄妥当了。她到屋里时,却只见一个穿黑衣的女同志端坐在那已有的铺上,就着一盏麻油灯整理着一双鞋面,那麻油灯放在两张重叠起来的凳上。

"你是新来的医生,陆萍么?"当她问她的时候,就像一个天天见惯了的人似的那么坦直和自然，随便的投来了一瞥，又去弄她的鞋面去了。还继续的哼着一个不知名的小调。

她一点也没有注意从这新来的陆萍那里是送来了如何的高兴。她只用平淡的节省的字眼在回答她。她好像一个老旅行者，在她的床的对面，多睡一个人或少睡一个人或更换一个人都是一样，没有什么可以引起波动的。她把鞋面翻看了一回之后，便把铺摊开了。却又不睡，只坐在被子里，靠着墙，从新又唱着一个陕北小调。

陆萍又去把那几根柴柱拿来敲敲打打，怎么也安置不好，她只好把铺开在地上，决心熬过这一夜。她又坐在被子里，无所谓的把那个张医生的老婆打量起来了。

她不是很美丽吗，她有一个端正的头型，黑的发不多也不少，五官都很均正，脖项和肩胛也很适衬，也许正是宜于移在画布上去的线条，可是她仿佛没有感情，既不温柔，也不凶暴，既不显得聪明，又不见得愚蠢，她答应她一些话语，也述说过，也反问过她，可是你是无法窥测出她是喜悦呢，还是厌憎。

忽然那看护像被什么针刺了似的，陡的从被子里跳出来了，一直冲了出去。陆萍听见她推开了间壁的老百姓的门，一边说着些什么，带着高兴的走了进去，那曾因她跑走时鼓起一阵大风的被子，有大半拖在地上。

现在又只剩陆萍一个人。被子老裹不严，灯因为没有油只剩一点点凄惨的光。老鼠出来了，先是在对面床底下，后来竟跳到她的被子上来了。她蜷卧在被子里，也不敢脱衣裳，寒冷不容易使人睡着。她不能不想到许多事，仅仅这一下午所碰到的也就够她去消磨这深夜的时候了。她竭力安慰自己，鼓励自己，骂自己，又替自己建筑着新的希望的楼阁,努力使自己在这楼阁中睡去,可是窑对面牛棚里的牛,不断的嚼着草根,还常常用蹄子踢着什么。她再张开眼时,房子里已经漆黑,灯不知在什么时候已经熄灭,老鼠便更勇敢地迈过她的头。

很久之后,才听到间壁的窑门又开了。医生的老婆便风云叱咤的一路走回来,门大声的响着,碰倒了一张凳子,又踩住了自己的被子,于是她大声的骂:"狗禽的,操他奶奶的管理员,给这么一滴儿油,一点便黑了,真他妈拉格屄!"她连串的熟悉的骂那些极其粗鲁的话,她从那些大兵们学的很好,不过即使她这么骂着的时候,也并看不出她有多大的憎恨,或是显得猥亵。

陆萍这时一声也不响,她从嘴唇的动弹中,辨别出她适才一定吃过什么很满意的东西了。那看护摸上床之后,头一着枕,便响起很匀称的鼾声。

二

陆萍是上海一个产科学校毕业的学生,是依照她父亲的理想,才进去了两年,她自己就感到她是不适宜于做一个产科医生。她对于文学书籍更感到兴趣,她有时甚至讨厌一切医生,但仍整整住了四年。八一三的炮火把她投进了战争,她到伤兵医院去服务,耐心的为他们洗换,替他们写信给家里,常常为了一点点的须索奔走。她像一个母亲一个情人似的看护着他们。他们也把她当着一个母亲一个情人似的依靠着。他们伤好了,她为他们愉快。可是他们走了,有的向她说了声再会,也有来一封道谢的信,可是也就不会再有消息。她便悄悄的拿回那寂寞的感情,再投掷到新来的伤兵身上。这样的流浪生活,几乎消磨了一整年,她受了很多的苦,辗转的跑到了延安,才做了抗大的学生。她自己感觉到在内在的什么地方有些改变,她用心的啃着从未接触过的一些书籍,学着在很多人面前发言。她仿佛看见了自己的将来,一定是以一个活跃的政治工作者的面目出现。她很年轻,才二十岁,自恃着聪明,她满意这生活,和这生活的道路。她不会浪费她的时间,和没有报酬的感情。在抗大又住了一年,她成了一个共产党员。而这时政治处的主任找她谈话了,为了党的需要,她必须脱离学习到离延安四十里地的一个刚开办的医院去工作。而且医务工作应该成为她终身对党的贡献的事业。她声辩过,说她的性格不合,她可以从事更重要的或更不重要的。甚至她流泪了。但这些理由不能够动摇那主任的决心,就是不能推翻决议。除了服从没有旁的办法。支部书记也来找她谈话,小组长成天盯着她谈。她讨厌那一套。那些理由她全懂。事实是要她割断这一年来她所憧憬的光明前途,又重复回到旧有的生活,她很明白,她决不会成为一个了不起的医生,她不过是一个很普通的产婆,或者有没有都没有什么关系。她是一个富于幻想的人,而且有能耐去打开她生活的局面。可是"党","党的需要"的铁箍套在头上,她能违抗党的命令么?能不顾这铁箍么,这由她自己套上来的?她只有去,但她却说好只去做一年。而且打扫了心情,用愉快的调子去迎接该到来的生活,伊里基不说过吗?"不愉快只是生活的耻辱"。于是她到医院来了。

院长是一个四川人,种田的出身,后来参加了革命,在军队里工作得很久。他对医务完全是外行。他以一种对女同志并不须要尊敬和客气的态度接见陆萍,像看一张买草料的收据那样懒洋洋的神气读了她的介绍信,又盯着她瞪了一眼:"唔,很好!留在这里吧。"但他是很忙的,他不能同她多谈。对面屋子里住得有指导员,她可以去找他。于是他不再望她了,端坐在那里,也并不动手作别事。

指导员黄守荣同志,一副八路军里青年队队长的神气。很谨慎,却又很爱说话,衣服穿得很整齐。表现一股很朴直很幼稚的热情。有点羞涩,却又企图装得大方。

他告诉她这里的困难,第一,没有钱;第二,刚搬来,群众工作还不好,动员难;第三,医生太少,而且几个负责些的都是外边刚来的,不好对付。

把过去历史,做过连指导员的事也同她说了。他是多么想到连上去呵。

从指导员房里出来之后,在一个下午还遇了几个有关系的同事。那化验室的林莎,在用一种怎样敌意的眼睛来望她。林莎有一对细的弯的长眼,笑起来的时候眯成一条半圆形的线,两角往下垂,眼皮微微肿起,露出细细的引逗人的光辉。好似在等着什么爱抚,好似在问人:"你看,我还不够漂亮么?"可是她对着刚来的陆萍,眼睛只显出一种不屑的神气:"哼!什么地方来的这产婆,看那寒酸样子!"她的脸有很多的变化,有时像朵微笑的花,有时像深夜的寒星。她的步法非常停当。用很慢的调子说话,这种沉重又显得柔媚,又显得傲慢。

陆萍只憨憨的对她笑,心里想:"我会怕你什么呢,你敢用什么来向我骄傲?我会让你认识我。"她既然有了这样的信心,她就要做到。

又碰到一个在抗大的同学,张芳子,她在这里做文化教员。这个常常喜欢在人面前唱唱歌的人,本来就未引起过她的好感的。这是一个最会糊糊涂涂的懒惰的打发去每一个日子的人。她有着很温柔的性格,不管伸来怎样的臂膀,她都不忍心拒绝的,可是她却很少朋友,这并不会由于她有什么孤僻的性格,只不过因为她像一个没有骨头的人,烂棉花似的没有弹性,不能把别人的兴趣绊住。陆萍在刚看见她时,还涌起一阵欢喜,可是再看看她那庸俗的平板的脸孔时,心就像沉在海底下似的那么平稳,那么凉。

她又去拜访了产科主任王梭华医生,她是一位浑身都是教会女人气味的太太——她是小儿科医生。她总用着白种人看有色人种的眼光来看一切,像一个受惩的仙子下临凡世,又显得慈悲,又显得委屈。只有她丈夫给了陆萍最好的印象,这是一个有绅士风的中年男子,面孔红润,声音响亮,时时保持住一种事务上的心满意足,虽说她看的出他只不过是一种资产阶级所惯有的虚伪的应付,然而却有精神,对工作热情;她并不喜欢这种人,也不需要这种人做朋友,可是在工作上她是乐意和这人合作的。她不敢在那里坐的很久,那位冷冷的坐在侧边的夫人总使她害怕,即使在她和气和做得很明朗的气氛之下,她也感到有一种说不出的压抑。

不管这种种的现象,曾给与她多少不安和彷徨,然而在睡过了一夜之后,她都把它像衫袖上的尘土抖掉了。她理性的批判了那一切。她又非常有原气的跳了起来,她自己觉得她有太多的精力,她能担当一切。她说,让新的生活好好的开始吧。

· 梦珂 ·

三

每天把早饭一吃过,只要没有特别的事故,她可以不等主任医生,就轮流到五间产科病室去察看。这儿大半是陕北妇女,和很少的几个××,××或××的学生。她们都很欢迎她,每个人都用担心的、谨慎的眼睛来望她,亲热的喊着她的名字,琐碎的提出许多关于病症的问题,有时还在她面前发着小小的脾气,女人的爱娇。每个人的希望都寄托在她的身上。像这样的情形在刚开始,也许可以给人一些兴奋和安慰,可是日子长了,天天是这样,而且她们并不听她的话。她们好像很怕生病,却不爱干净,常常使用没有消毒过的纸,不让看护洗濯,生产还不到三天就悄悄爬起来自己去上厕所,甚至她们还很顽固。实际她们都是做了母

她没办法,只好带上口罩,用毛巾缠着头,拿一把大扫帚去扫院子。

亲的人，却要别人把她们当着小孩子看待，每天重复着那些叮咛的话，有时也得假装生气，但结果房子里仍旧很脏，做勤务工作的看护没有受过教育，什么东西都塞在屋角里。洗衣员几天不来，院子里四处都看得见有用过的棉花和纱布，养育着几个不死的苍蝇。她没办法，只好带上口罩，用毛巾缠着头，拿一把大扫帚去扫院子。一些病员，老百姓，连看护在内都围着看她。不一会，她们又把院子弄成原来的样子了。谁也不会感觉的有什么抱歉。

除了这位张医生的老婆之外，还有一位不知是哪个机关的总务处长的老婆也在这里。她们都是产科室的看护，她们一共学了三个月看护知识，可以认几十个字，记得十几个中国药名。她们对看护工作既没有兴趣，也没有认识。可是她们不能不工作。新的恐惶在压迫着。从外面来了一批又一批的女学生，离婚的案件经常被提出。自然这里面也不缺少真正的觉悟，愿意刻苦一点，向着独立做人的方向走，不过大半仍是又惊惶，又懵懂。这两位夫人，尤其是那位已经有了二十六七岁的总务处长的夫人摆着十足的架子，穿着自制的中山装，在稀疏的黄发上束上一根处女带，自以为漂亮满想骄傲一下的那么凸出肚皮在院子中摆来摆去。她们毫无服务的精神，又懒又脏，只有时对于鞋袜的缝补，衣服的浆洗才表示无限的兴趣。她不得不催促她们，催促不成就只好代替，她为了不放心，也只得守着她们消毒，替孩子们洗换，做棉花球，卷纱布。为了不愿使病人产妇多受苦痛，便自己去替几个开刀了的，发炎的换药。这种成为习惯了的道德心，虽不时髦，为许多人看不起，而在她却是在很小的时候，就已经被养成。

一到下午,她就要变得愉快些,这是说当没有产妇临产而比较空闲的时候。她去参加一些会议,提出她在头天夜晚草拟的一些意见书。她有足够的热情,和很少的世故。她陈述着,辩论着,倾吐着她成天所见到的一些不合理的事,她不懂得观察别人的颜色,把很多人不敢讲的,不愿讲的都讲出来了。她得到过一些拥护,常常有些医生,有些看护来看她,找她谈话,尤其是病员,病员们也听说了她常常为了他们的生活管理,和医疗的改善与很多人冲突,他们都很同情她,但她已经成为医院里小小的怪人,被大多数人用异样的眼睛在看着是不成问题了的。

其实她的意见已被大家承认是很好的,也决不是完全行不通,不过太新奇了;对于已成为惯例的生活中就太显的不平凡。但做为反对她的主要理由便是没有人力和物力。

而她呢,她不管,只要有人一走进产科室,她便会指点着:"你看,家具是这样的坏。这根惟一的注射针已经弯了。而医生和院长都说要学着使用弯针,橡皮手套破了不讲它,不容易补,可是多用两三斤炭不是不可以的。这房子这样冷,如何适合于产妇和落生婴儿……"她带着人去巡视病房,好让人知道没有受过教育的看护是不行的。她形容这些病员的生活,简直是受罪。她替她们要清洁的被袄,暖和的住室,滋补的营养,有次序的生活。她替她们要图画、书报,要有不拘形式的座谈会,和小型的娱乐晚会……

听的人都很有兴趣的听她讲述,然而除了笑一笑以外再没什么有用处的东西。

然而也决不是毫无支持,她有了两个朋友。她和黎涯是在很融洽的第一次的接谈中便结下了坚固的友谊。这位在外科室做助手的同属于南方的姑娘,显得比她结实、单纯、老练。她们两人谈过去,现在,将来,尤其是将来。她们织着同样的美丽的幻想。她们评鉴着在医院的一切人。她们奇怪为什么有那么多的想法都会一样,她们也不去思索,便又谈下去了。

除了黎涯之外,还有一位常常写点短篇小说或短剧的外科医生郑鹏。他在手术室里是位最沉默的医生。他不准谁多动一动。有着一副令人可怕的严肃面孔,他吝啬到连两三个字一句的话也不说,总是用手代替说话。可是谈起闲天来便漫无止境了,而且是很长于描绘的。

每当她在工作的疲劳之后,或者当感觉到在某些事上,在某些环境里受着一些无名的压迫的时候,总不免有些说不出的抑郁,可是只要这两位朋友一来,她可以任情的在他们面前抒发,她可以稍稍把话说的尖刻一点,过分一点,她不会担心他们不了解她,歪曲她,指摘她,悄悄去告发她。她的烦恼便消失了,而且他们计划着,想着如何把环境弄好,把工作做的更实际些。两个朋友都说了她,说她太热情,说热情没有通过理智便没有价值。

她们也谈医院里发生的一些小新闻,譬如林莎到底会爱谁呢?是院长,还是外科主任,还是另外的什么人。她们都讨厌医院里关于这新闻太多或太坏的传说,简直有故意破坏院长威信的嫌疑,她们常常为院长和林莎辩护,然而在心府里,三个人同样讨厌着那善于周旋的女人,而对院长也毫不能引起尊敬。尤其在陆萍,几乎对林莎有着不可解释的提防。

医院里还传播着指导员老婆打了张芳子耳光的事。老婆到卫生部去告状,所以张芳子便被调到兵站上的医务所去了。而且大家猜测着她在那里也住不长。她会重复着这些事件。

医院里大家都很忙,成天嚷着技术上的学习,常常开会,可是为什么大家又很闲呢,互相传播着谁又和谁在谈恋爱了,谁是党员,谁不是,为什么不是呢,有问题,那就有嫌疑!……

现在也有人在说陆萍的闲话了,已经不是关于那些建议的事,她对于医院的制度,设施,谈得很多,起先还有人说她放大炮,说她热心,说她爱出风头,慢慢也成了老生常谈,不大为人所注意。纵使她的话还有反响,也不能成为不可饶赦,不足以引起诽谤。可是现在为了什么呢,她竟常常被别人在背后指点着,甚至躺在床上的病人,也听到一些风声,暗暗的用研究的眼光来望她。

但敏感的陆萍却一点也没有得到暗示,她仍在兴致很浓厚的去照顾着那些产妇,那些婴儿,为着她们一点点的须索,去同管理员,总务处,秘书长,甚至院长去争执。在寒风里,束紧了一件短棉衣,从这个山头跑到那个山头,脸都冻肿了,脚后跟常常裂口。她从没有埋怨过。尤其是夜晚。有大半数的夜晚她得不到整晚的睡眠,有时老早就有一个产妇等着在夜晚生,有时半夜被人叫醒,那两位看护的胆子很小,黑夜里不敢一人走路,她只好就在那可以冻死人的深夜里到厨房去打水。接产室虽然烧了一盆炭火,而套在橡皮手套的手,常常冰得发僵,她心里又急,又不敢露出来,只要不是难产,她就一个人做了,因为主任医生住得很远,她不愿意在这样的寒夜里去惊醒他。

她不特是对她本身的工作,仍然抱着服务的热忱,而且她很愿意得到更多的经验在其它的技术上,所以她只要逢到郑鹏施行手术的时候,恰巧她又没有工作,她便一定去见习。她以为外科在战争时期是最需要的了。假如她万不得已一定要做医务工作的时候，做一个外科医生比做产婆好得多，那么她可以到前方去，到枪林弹雨里奔波忙碌，她总是爱飞。总不满于现状。最近听说郑鹏有个大开刀，她正准备着如何可以使自己不失去这一个机会。

四

记挂着头天晚上黎涯送来的消息，等不到天亮就醒了。也因为五更天特别冷，被子薄，常常会冷醒的。一醒就不能再睡着。窗户纸透过一层薄光，把窑洞里的物件都照得很清楚。她用羡慕的眼光去看对面床上的张医生的老婆。她总像一个在白天玩的太疲倦了的孩子似的那么整夜喷着平匀的呼吸，她也同她一样有着最年轻的年龄，她工作得相当累，可是只有一觉好睡，她记得从前睡也会醒，却醒的迷迷糊糊，翻过身，挡不着瞌睡的一下就又睡着了。然而睡不着，也很好，她便凝视着淡白的窗纸而去想起许多事，许多毫不重要的事，平日没有时间想这些，而想起这些事的时候，却是一种如何的享受啊！她想着南方的长着绿草的原野，想着那些溪流，村落，各种不知名的大树。想着家里的庭院，想着母亲和弟弟妹妹，家里屋顶上的炊烟还有么？屋还有么？人到何处去了？想着幼小时的伴侣，那些年轻人跑出来没有呢？听说有些人是到了游击队……她梦想到有一天她到那地方，她呼吸着那带着野花、草木气息的空气，她被故乡的老人们拥抱着，她总希望还能看见母亲。她离家快三年了，她刚强了许多，但在什么秘密的地方，却仍需要母亲的爱抚啊！……

窗户外无声的飘着雪片,把昨天扫开的路又盖上了。催明的雄鸡,远近的啼着,一阵阵的号音的练习,隐隐约约传来。于是她便又想着一个问题:"手术室不装煤炉如何成呢?"她烦恼着院长了,他只懂得要艰苦艰苦,却不懂医治护理工作的必需有的最低的条件。她又恨外科主任,为什么她不固执着一定要装煤炉,而且郑鹏也应该说话,这是他们的责任,一次两次要不到,再要下呀!她觉得非常的不安宁,于是她爬了起来,她轻轻的生火,点燃灯,写着恳求的信去给院长。她给黎涯也写了一个条子,叫她去做鼓动工作,而她上午是不能离开产科病室的。她把这一切做完后,天便大亮了,她得紧张起来,她希望今天下午不会有临产的妇人,她带着欢喜的希企要去看开刀啊!

黎涯没有来,也没有回信。她忙着准备下午手术室里所需要的一切。假如临时缺少了一件东西,而影响到病人生命时,则这责任应该由她一个人负担。所以她得整理全个屋子,把一切都消毒过,都依次序的放着,以便动用时的方便。她又分配了两个看护的工作,叮咛着她们应该注意的地方,她是一点也不敢懈怠的。

郑鹏也来检查了一次。

"陆萍的信你看看好么?"黎涯把早晨收到的纸条给他。

"我想无论如何在今天是不可能,也来不及。所以我并没有听她的话,不过假如太冷,我以为可以缓几天再动手术。这是要你斟酌的。"

郑鹏把纸条折好后还了她。没有暴露什么,皱了皱眉头,便又去审视准备好了的那些刀钳子,剪子。那精致的金属的小家具,凛然的放着寒光,然而在他却是多么熟悉和亲切。他把一切都巡视了一遍之后,向黎涯点了点头,意思是说"很好"。他们在这种时候,便只是一种工作上的关系,他下命令,她服从,他不准她有一点做为朋友时的顽皮的。最后,在走出去时,才说:"两点钟请把一切都弄好。多生一盆火,病人等不得我去安置火炉。"

一吃过午饭,陆萍便逃也似的转过这边山头来。

黎涯也传染了那种沉默和严肃。她只向她说病人不能等到装置火炉。她看见手术室里已经有几个人。她陡的被一种气氛压着,无言的去穿好消毒的衣帽。

病人在肋下的肚腹间中了一小块铁,这是在两月前中的炸弹,曾经在他身上取出过十二块,只有这一块难取,曾经取过一次,没有找到。这是第二次了,因为最近给了他些营养,所以显得还不算无力。他能自己走到手术室来,并且打算把盲肠也割去。不过他坐上床时脸色便苍白了。他用一种恐怖而带着厌倦的眼光来望着这群穿白衣的人。他颤抖着问道:"几个钟头?"

"快得很。"是谁答应了他。但陆萍心里明白医生向病人总是不说真话的。

郑鹏为着轻便,只穿一件羊毛衫在里边。黎涯也没有穿棉衣,大家都用着一种侍候神的那么虔诚和谨慎。病人躺在那里了。他们替他用药水洗着。陆萍看见原来的一个伤口,有一寸长的一条线,郑鹏对她做了一个手势,她明白要她帮着看护滴药。科罗芳的气味她马上呼吸到了。但那不要紧,她只能嗅到一点,而数着数的病人,很快就数不出声音来了。

她看见郑鹏非常熟练地去划着,剪着,翻开着,紧忙的用纱布去拭干流着的血,不断的换着使用的家具,黎涯一点也不紊乱的送上每一件。刀口剪了一寸半,红的、绿的东西都由医生轻轻的从那里托了出来。又把钳子伸进去,他在找着,找着那藏得很深的一块铁。

房子里烧了三盆木炭火,却仍然很冷。陆萍时常担心着把肚子露在外边而上了蒙药的病人。她一点不敢疏忽自己的职守。她时时注意着他的呼吸和反应。

医生又按着,又听,又翻开很多的东西,盘结在一起,微微的蒸气从那翻开的刀口往外冒,时间过去快半点钟了,陆萍用担心的神色去望郑鹏,可是他并没有理会她,他又把刀口再往上拖长些,重新在靠近肋骨的地方去找。而血仍在有的时候流出,他仍得拭去它。病人脸色更苍白,她很怕他冷,而她自己却感到有些头晕了。

房门关得很严密,又烧着三盆熊熊的炭火。陆萍望着时钟焦急起来了。已经有三刻钟了,他们有七个人,这么被关在一间不通风的屋子里,如何能受呢?

终究那块铁被他用一根最小的钳子夹了出来,有一粒米大,铁片周围的肉只有一点点地方化了脓。于是他又开始割盲肠。陆萍觉得实在头晕得厉害,但她仍然支持着,可是在这时黎涯却忽然靠在床上不动了。她因为在这间屋子里呆的很久,炭气把她熏坏了。

"扶到院子里去。"郑鹏向着两个看护命令着。另外那两个医生马上接替了黎涯的工作。陆萍看见黎涯死人似的被人架着拖出去,泪水涌满了眼睛,她不知道她还会活不会活,只想跟着出去看,可是她明白她在管着另一个人的生命。她不能走。

郑鹏的动作更快,但等不到他完毕,陆萍也支持不住的呻吟着。"扶她到门口,把门开一点缝。"

陆萍躺倒在门口。然而却清醒了一些。她挥着手喊道:

"进去!进去!他一人不行的。"

于是她一人在门口往外爬,她想到黎涯那里去。两个走回来的看护,把她拉了一下又放下了。

她没有动。雪片飞到她脸上。她发抖,牙齿碰着牙齿,头里边有东西猛力往外撞。不知道睡了好久,她听到很多人走到她身边,她意识到是把病人抬回去。她心想天已经不早了。应该回去睡,但又想她要去看黎涯,假如黎涯有什么好歹,啊!她是那么的年轻呀!

冷风已经把她吹醒了,但一种激动和虚弱主宰着。她飘飘摇摇在雪地上奔跑,风在她周围叫,黄昏压了下来,她满挂着泪水和雪水,她哭喊着:"就这么牺牲了么?她的妈妈一点也不知道呵!……"

她没有找到黎涯,却跑回自己的窑。她已经完全清楚,她需要静静的睡眠,可是被一种不知是什么东西压迫着,忍不住要哭要叫。

病人都挤在她屋子里,做着各种的猜测,有三四床被子压着她,她仍在里面发抖。

到十一点,郑鹏带了镇静剂来看她。郑鹏一样也头晕得厉害,但他却直支持到把手术弄完。他到无人的雪地山坡上坐了一个钟头,使自己清醒,然后才走回来,吃了些热开水。他去看黎涯,黎涯已经很好的睡了。他又吃了点东西,便带着药片来看她。

陆萍觉得有朋友在身边,更感到软弱,她不住的嘤嘤的哭了起来,她只希望能见到她母亲,倒在母亲的怀里痛哭才好。

郑鹏服侍她把药吃好后才回去,她是什么时候睡着了的呢,谁也不知道。然而即使在第二天,连黎涯也走过来看她的时候,她还没有起来。她对黎涯说,似乎什么兴趣都没有了,只想就这么躺着不动。

五

陆萍像害了病似的几天没有出来,而医院里的流言却四处飞。这些话并不相同。有的说她和郑鹏在恋爱,她那夜就发疯了,现在还在害相思病。有的说是组织不准他们恋爱,因为郑鹏是非党员,历史不明。……

陆萍自己无法听这些,她只觉得自己脑筋混乱。现实生活使她感到太可怕。她想着为什么那晚有很多人在她身旁走过,却没有一个人援助她。她想着院长为节省几十块钱,宁肯把病人,医生,看护来冒险。她回省她日常的生活,到底于革命有什么用?革命既然是为着广大的人类,为什么连最亲近的同志却这样缺少爱。她踌躇着,她问她自己,是不是我对革命有了动摇呢。

旧有的神经衰弱症又来缠着她了,她每晚都失眠。

支部里也有人在批评她了。小资产阶级意识,知识分子的英雄主义、自由主义等等的帽子都往她头上戴,总归就是说党性不强。

院长把她叫去说了一顿。

病员们也对她冷淡了,说她浪漫。

是的,应该斗争呀!她该同谁斗争呢?同所有人吗?要是她不同他们斗争,便应该让开,便不应该在这里使人感到麻烦。那么,她该到什么地方去?她拼命的想站起来,四处走走,她寻找着刚来的这股心情。她成天锁紧了眉毛在窑洞里冥想。

郑鹏黎涯两人也奇怪着为什么她一下就衰弱下去。他们常常来同她谈天，替她减少些烦闷，而谴责却更多了。甚至连指导员也相信了那些谣传而正式的责问她，为恋爱而妨害工作是不行的。

这样的谈话，虽使她感到惊讶与被侮辱，却又把她激怒起来了，她寻仇似的四处找着缝隙来进攻，她指摘着一切。她每天苦苦寻思，如何能攻倒别人，她永远相信，真理是在自己这边的。

现在她似乎在为另一种力量支持着，只要有空便到很多病房去，她搜集着许多意见，她要控告他们。她到了第六号病房，那里住得有一个没有脚的害疟疾病的人。他没有等她说话，就招呼她坐下。用一种家里人的亲切来接待她。

"同志！我来医院已经两个多星期了，听到些别人说你的事，那天就想和你谈谈，你来得正好，你不必同我客气，我得靠着才能接待你。我的双脚都没有了。"

"为什么呢？"

"因为医务工作不好，没有人才，冤冤枉枉就把双脚锯了。"

"这是什么时候的事。"

"三年了。那时许多夜都只想自杀。"

陆萍不懂得如何安慰他，便说："我实在呆不下去了。我们这医院像个什么东西！"

"同志，现在，现在已算好的了。来看，我身上虱子很少，早前我为这双脚住在医院里，几乎把我整个人都喂了虱子呢。你说院长不好，可是你知道他过去是什么人，是不识字的庄稼人呀！指导员不过是个看牛娃娃，他在军队里长大的，他能懂得多少？是的，他们都不行，要换人，换谁，我告诉你，他们上边的人也就是这一套。你的知识比他们强，你比他们更能负责，可是油盐柴米,全是事务,你能做么?这个作风要改,对,可是那么容易么?……你是一个好人,有好的气质,你一来我从你脸上就看出来了。可是你没有策略,你太年轻,不要急,慢慢来,有什么事尽管来谈谈,告告状也好,总有一点用处。"他呵呵的笑着,望着发愣的她。

"你是谁?你怎么什么都清楚。我要早认识你就好了。"

"谁都清楚的,你去问问伙夫吧。谁告诉我这些话的呢?谁把你的事告诉我的呢?这些人都很明白的,你应该多同他们谈谈才好。眼睛不要老看在那几个人身上,否则你会被消磨下去的。在一种剧烈的自我的斗争环境里,是不容易支持下去的。"

她觉得这简直是个怪人,她便不离开,他像同一个别的小弟妹们似的向她述说着许多事。一些属于看来太残酷的斗

"你是谁?你怎么什么都清楚。我要早认识你就好了。"

争。他解释着，鼓励着，耐心的教育着。她知道他过去是一个学生，到苏联去过，现在因为残废了就编一些通俗读本给战士们读。她为他流着泪，而他却似乎对本身的荣枯没有什么感觉似的。……

没有过几天，卫生部来人找她谈话了。她并没去控告。但经过几次说明和调查，她幸运地是被了解着的。而她要求再去学习的事也被准许了。她离开医院的时候，还没有开始化冰，然而风刮在脸上已不刺人。她真真的用迎接春天的心情来离开这里的。虽说黎涯和郑鹏都使她留恋，她却只把那个没有脚的人向她谈的话转赠给他们。

新的生活虽要开始，然而还有新的荆棘。人是要经过千锤百炼而不消溶才能真真有用。人是在艰苦中成长。

（原载1941年11月15日《谷雨》第1期）

1982年,丁玲在北京复兴门外大街22号楼寓所内。